व्यवहार कुशलता

व्यवहार कुशलता

आत्मविश्वास विकसित करने के कारगर सिद्धांत

लेस गिबलिन

अनुवाद : डॉ. सुधीर दीक्षित

MANJUL

मंजुल पब्लिशिंग हाउस

MANJUL

मंजुल पब्लिशिंग हाउस

कॉरपोरेट एवं संपादकीय कार्यालय

• द्वितीय तल, उषा प्रीत कॉम्प्लेक्स, 42 मालवीय नगर, भोपाल-462003

विक्रय एवं विपणन कार्यालय

• 7/32, अंसारी रोड, दरियागंज, नई दिल्ली-110002

वेबसाइट : www.manjulindia.com

वितरण केन्द्र

अहमदाबाद, बेंगलुरू, भोपाल, कोलकाता, चेन्नई,
हैदराबाद, मुम्बई, नई दिल्ली, पुणे

लेस गिबलिन द्वारा लिखित मूल अंग्रेजी पुस्तक
हाउ टु हैव कॉन्फ़िडेंस ऐंड पावर इन डीलिंग विद पीपल
का हिन्दी अनुवाद

यह हिन्दी संस्करण 2011 में पहली बार प्रकाशित
5वीं आवृत्ति 2019

ISBN 978-81-8322-239-6

हिन्दी अनुवाद : डॉ. सुधीर दीक्षित

मुद्रण व जिल्दसाज़ी : थॉमसन प्रेस (इंडिया) लिमिटेड

समर्पण

मेरी पत्नी ग्रेटचेन
और माँ एलिज़ाबेथ को
जिनकी प्रेरणा, मार्गदर्शन और मदद
से ही यह पुस्तक साकार हो सकी

विषय वस्तु

खंड एक

लोगों की स्वाभाविक प्रवृत्तियों का उपयोग अपने पक्ष में कैसे करें

खंड दो

लोगों के कार्य और नज़रिये को नियंत्रित कैसे करें

खंड तीन

मित्र बनाने और बनाए रखने के तरीक़े

खंड चार

प्रभावी भाषण तकनीकें सफल होने में आपकी मदद कैसे कर सकती हैं

खंड पाँच

लोगों का सफल प्रबंधन कैसे किया जाए

खंड छह

संबंधों की अभ्यास पुस्तिका

यह पुस्तक आपके लिए क्या कर सकती है

यह पुस्तक आपके लिए क्या कर सकती है

देखिए, ईमानदारी से सोचने पर आप इसी नतीजे पर पहुँचेंगेः हम सभी दूसरों से कुछ न कुछ चाहते हैं। हम दूसरों से सद्‌भावना और मित्रता चाहते हैं। हम उनकी स्वीकृति और समर्थन चाहते हैं।

> व्यापारी लोगों से मुनाफ़ा कमाना चाहता है। पति-पत्नी एक-दूसरे से प्रेम और स्नेह चाहते हैं। अभिभावक चाहते हैं कि बच्चे उनका कहना मानें। बच्चा अपने माता-पिता से सुरक्षा और प्रेम चाहता है। सेल्समैन लोगों से कागज़ पर दस्तख़त कराना चाहता है। अधिकारी अपने कर्मचारियों से वफ़ादारी, उत्पादकता और सहयोग चाहता है। कर्मचारी बॉस से अपने काम के लिए श्रेय और प्रशंसा चाहता है।

हर आम व्यक्ति सफलता और ख़ुशी चाहता है। क्या आपने कभी यह सोचा है कि दरअसल हमारी सफलता या ख़ुशी में दूसरे लोग बहुत महत्वपूर्ण भूमिका निभाते हैं? जी हाँ, यह सच है! हमारी सफलता काफ़ी हद तक दूसरों के साथ हमारे व्यवहार पर ही आधारित होती है। और आपकी ख़ुशी की परिभाषा चाहे जो हो, थोड़ा सा सोचने पर भी आप यह मानने पर मजबूर हो जाएँगे कि आपकी ख़ुशी भी काफ़ी हद तक इस बात पर निर्भर करती है कि दूसरों के साथ आपके संबंध कैसे हैं।

अपनी मनचाही चीज़ पाने की कोशिश क्यों न करें?

हमें इस बात के लिए शर्मिन्दा होने कोई ज़रूरत नहीं है कि हम दूसरों से कुछ चाहते हैं। हमें इस बात के लिए भी शर्मिन्दा होने की कोई ज़रूरत नहीं

है कि हम लोक-व्यवहार में सफल होना चाहते हैं।

इसके बजाय आइए इस बारे में खुलकर बात करते हैं कि आप दूसरों से जो पाना चाहते हैं, उसे कैसे हासिल कर सकते हैं।

मैं आपको कोई अति आशावादी सब्ज़बाग़ नहीं दिखाऊँगा कि लोगों को कैसे काम करना चाहिए। न ही मैं कोई पैंतरेबाज़ी या चालबाज़ी सिखाऊँगा, जिसके ज़रिए आप अपनी इच्छाओं का दमन करके सबको ख़ुश करें।

इसके बजाय मैं इस पुस्तक में कुछ ऐसी बातें बताना चाहता हूँ, जो मैंने खोजी हैं। जैसे, मनुष्य कोई भी क्रिया या प्रतिक्रिया क्यों और कैसे करता है? यही नहीं, मैं यह भी बताऊँगा कि मेरे इन सिद्धांतों पर चलकर आप अपनी मनचाही चीज़ कैसे पा सकते हैं, चाहे यह बॉस से अपनी तनख़्वाह बढ़वाना हो, संभावित ग्राहक से ऑर्डर लेना हो या नए पड़ोसी से अच्छे संबंध बनाना हो।

कहा गया है कि "ज्ञान ही शक्ति है।" लेकिन यह ज्ञान कोरा सैद्धांतिक नहीं होना चाहिए। मानव स्वभाव कैसा होना चाहिए, यह उतना महत्वपूर्ण नहीं है। ज़्यादा महत्वपूर्ण तो यह है कि मानव स्वभाव कैसा है, क्योंकि वास्तविक मानव स्वभाव के ज्ञान से ही आप दूसरों से अपनी मनचाही चीज़ हासिल कर सकते हैं।

इस पुस्तक में मैंने जो विधियाँ बताई हैं, उनमें कोई ऊँचे-ऊँचे सिद्धांत नहीं हैं और कोई आदर्शवादी कपोल कल्पना भी नहीं है। ये *विधियाँ और तकनीकें आज़माई हुई हैं*। इनका विकास मानवीय संबंधों के मेरे क्लीनिक्स में कई वर्षों तक हुआ है और ये विधियाँ हज़ारों लोगों के जीवन में उपयोगी सिद्ध हुई हैं।

ये विधियाँ कुछ लोकप्रिय विचारों के विपरीत लग सकती हैं।

लेकिन इनकी सबसे बड़ी ख़ूबी यह है कि ये कारगर हैं!

सब जीतते हैं; कोई भी हारता नहीं है

हज़ारों लोग जानते हैं कि वे दूसरे लोगों से कुछ न कुछ चाहते हैं। लेकिन वे अपनी मनचाही चीज़ हासिल करने से इसलिए सकुचाते हैं, क्योंकि वे सोचते

हैं कि अपनी इच्छाएँ पूरी करना तो स्वार्थ की निशानी है। सहज बोध उन्हें बताता है कि ख़ुशी और सफलता हासिल करने के लिए यह ज़रूरी है कि किसी अन्य व्यक्ति से थोड़ी सफलता या ख़ुशी छीन ली जाए।

देखिए, एक बात साफ़ कर लें : सफल मानव संबंधों का अर्थ है कि आप अपनी मनचाही चीज़ पाने के बदले सामने वाले को उसकी मनचाही चीज़ दें। लोक-व्यवहार का कोई दूसरा तरीक़ा कारगर हो ही नहीं सकता। जो व्यक्ति दूसरों से अपनी मनचाही चीज़ें तो ले लेता है, लेकिन बदले में कुछ नहीं देता या कुछ नहीं देना चाहता, उसे मानव संबंधों पर पुस्तक पढ़ने की कोई ज़रूरत नहीं है।

यह पुस्तक उन हज़ारों लोगों के लिए लिखी गई है, जो लोक-व्यवहार की कला में माहिर बनना चाहते हैं। यानी सामने वाले से अपनी मनचाही चीज़ कैसे पाएँ- और सामने वाले को उसकी मनचाही चीज़ देकर कैसे ख़ुश करें!

व्यवहार कुशल बनने के तीन बुनियादी तरीक़े

कोई भी व्यक्ति परिपूर्ण नहीं होता। हम सभी को ऐसी चीज़ों की ज़रूरत होती है, जो दूसरे हमें दे सकते हैं। आपके पास कुछ ऐसी चीज़ें होती हैं, जिनकी दूसरों को ज़रूरत है। लोगों के साथ हमारा सारा व्यवहार इन ज़रूरतों पर ही निर्भर होता है। हम दूसरों के साथ केवल इन तीन बुनियादी तरीक़ों से व्यवहार करते हैं :

1. आपको सामने वाले से जो चीज़ चाहिए, आप उसे शक्ति, धमकी, दबाव या चालाकी से हथिया सकते हैं। देखिए, इस श्रेणी में अपराधी तो आते ही हैं, साथ ही कई सम्माननीय लोग भी होते हैं, जो बहुत बारीक़ी से इस तरीक़े का इस्तेमाल करते हैं।

2. आप लोक-व्यवहार के भिक्षु बन सकते हैं और दूसरों से अपनी मनचाही चीज़ की भिक्षा माँग सकते हैं। ऐसे दमित व्यक्तित्व वाला इंसान दूसरों के साथ इस तरह का सौदा करता है : "चाहे जो हो जाए, मैं आपके सामने सिर नहीं उठाऊँगा या आपको कोई कष्ट नहीं दूँगा; बदले में आप बस मुझसे अच्छा व्यवहार करें।"

3. आप संतुष्टिदायक आदान-प्रदान और लेन-देन की नीति अपना सकते हैं। यानी आप दूसरों को उनकी चाहत तथा ज़रूरत की चीज़ें देते हैं और बदले में वे भी आपको आपकी ज़रूरत तथा चाहत की चीज़ें देते हैं।

अपनी अप्रयुक्त विशेषताओं का दोहन कैसे करें

इस पुस्तक में ऊपर बताए गए पहले दो तरीक़ों के बारे में कुछ नहीं बताया जाएगा। यहाँ तो आप तीसरे तरीक़े के बारे में सीखेंगे। यानी वे कौन से आज़माए हुए तरीक़े हैं, जिनसे आप दूसरों को उनकी मनचाही चीज़ देकर अपनी मनचाही चीज़ पा सकते हैं ?

इस वक़्त आपके पास बहुत सी चीज़ें हैं, जिन्हें दूसरे लोग चाहते हैं। यदि आप ये चीज़ें दूसरों को देंगे, तो वे ख़ुशी-ख़ुशी बदले में आपको सफलता और ख़ुशी सौंप देंगे। हो सकता है आपको कभी इस बात का पूरी तरह अहसास ही न हुआ हो कि आपके पास ऐसी मूल्यवान विशेषताएँ हैं, जिनके लिए दूसरे लोग तरस रहे हैं। मैं इस पुस्तक में आपको इन्हीं विशेषताओं के बारे में बताना चाहता हूँ।

आप अपनी मनचाही चीज़ पा सकते हैं और साथ ही दूसरों की मदद भी कर सकते हैं

कई वर्षों तक तो हम यह मानते आए कि अगर हमने सफलता और ख़ुशी पाने की अपनी इच्छाओं को संतुष्ट करने की कोशिश की, तो किसी दूसरे की इच्छाएँ संतुष्ट नहीं हो पाएँगी। लेकिन प्रमाण और तथ्य दूसरी ही दिशा में संकेत करते हैं।

देखिए, ज़्यादा संभावना तो इस बात की है कि दुखी व्यक्ति के बजाय ख़ुश व्यक्ति दूसरों को ज़्यादा ख़ुशी देगा। ज़्यादा संभावना इस बात की है कि असफल व्यक्ति के बजाय समृद्ध व्यक्ति अपने साथियों को ज़्यादा लाभ पहुँचाएगा। इसी तरह, इस बात की भी ज़्यादा संभावना है कि कुंठित इच्छाओं वाले व्यक्ति के बजाय संतुष्ट व्यक्ति दूसरों की इच्छाओं के प्रति ज़्यादा उदार और सहिष्णु होगा, जिसकी तार्किक इच्छाएँ पूरी हो चुकी हैं।

मनोवैज्ञानिक, अपराधविज्ञानी, पादरी और अब तो चिकित्सक भी कहने लगे हैं कि दुखी लोग ही संसार के अधिकांश कष्टों और दुखों का कारण हैं। वे कहते हैं कि ख़ुद को दुखी और कुंठित करके आप दूसरों का जितना बुरा करते हैं, उतना किसी दूसरे तरीक़े से नहीं कर सकते।

सफल संबंधों का रहस्य

सफल संबंधों का रहस्य यह है कि इस बात का ज़्यादा से ज़्यादा ज्ञान हासिल किया जाए कि मानव स्वभाव कैसा है; मानव स्वभाव को कैसा होना चाहिए, यह सीखना उतना आवश्यक नहीं है। जब हम यह जान लेते हैं कि हमारे सामने क्या है, तभी हम उससे सफलतापूर्वक निबट सकते हैं।

तो आइए, मानव स्वभाव पर एक नज़र डालते हैं! आइए, देखते हैं कि दूसरे लोग सचमुच क्या चाहते हैं! आइए, इन ज़रूरतों और इच्छाओं की पूर्ति करने की कुछ विधियाँ सीखते हैं। आइए, यह पता लगाते हैं कि मानव स्वभाव के ख़िलाफ़ काम करने के बजाय इसके साथ मिलकर काम कैसे किया जाए।

हमें यह पता चलेगा कि शायद संसार की बड़ी समस्या यह नहीं है कि लोग ग़लत प्रकार के हैं। बड़ी समस्या तो यह है कि हम प्रायः अपने साथी इंसानों की भूख को नज़रअंदाज़ कर देते हैं। आपको यह पाकर सुखद आश्चर्य होगा कि मानव स्वभाव को दरअसल घटिया या आदर्श मानने की ज़रूरत नहीं है। हमें तो इसे जस का तस स्वीकार करना चाहिए। जब ईश्वर ने इंसान को बनाया था, तब वह जानता था कि वह क्या कर रहा है!

जब भी कोई मानव स्वभाव की बेहिसाब आलोचना करता है और अपनी मुश्किलों के लिए संपूर्ण मानव जाति को बुरा-भला कहता है, तो मुझे फ़ोर्ट वेन, इंडियाना की वुल्फ़ एंड डेसॉर कंपनी के कार्मिक विभाग के संचालक हैरी मैटेल्स्की की बात याद आ जाती है :

"लेस, क्या तुमने कभी इस बात पर ग़ौर किया है कि औसत टाइपिस्ट ही टाइपराइटर को दोष देती है? और कमज़ोर गोल्फ़ खिलाड़ी ही ख़राब शॉट का दोष हमेशा अपने घटिया गोल्फ़ क्लब्स को देता है? आप हमेशा पाएँगे कि जो लोग लोक-व्यवहार में सबसे कम निपुण होते हैं, वही हमेशा

मानव स्वभाव को कोसते रहते हैं - और वे अपनी तमाम मुश्किलों का दोष दूसरों के ख़राब स्वभाव पर मढ़ते हैं।"

आत्मविश्वास के साथ व्यवहार करना

इस पुस्तक का वास्तविक उद्देश्य आपको व्यवहार कुशल बनाना है ताकि आप पूरे *आत्मविश्वास* के साथ व्यवहार करें और सफलता हासिल करें।

दूसरों के साथ व्यवहार करते समय बहुत से लोगों में आत्मविश्वास की कमी क्यों होती है? इसका एक बड़ा कारण यह है कि वे दरअसल यह समझते ही नहीं हैं कि जिन लोगों से वे व्यवहार कर रहे हैं, वे कैसे हैं। अनजान चीज़ों और व्यक्तियों से निबटते समय हम हमेशा अनिश्चित होते हैं और हममें आत्मविश्वास की कमी होती है। यक़ीन न हो, तो उस मैकेनिक पर नज़र डालें, जो किसी अपरिचित कार का इंजन सुधारने की कोशिश कर रहा हो! वह झिझकता है! उसकी हर गतिविधि से आत्मविश्वास की कमी झलकती है। दूसरी ओर, एक निपुण मैकेनिक को देखें, जो उस इंजन पर काम कर रहा है, जिसके बारे में उसे पूरी जानकारी है। उसकी हर गतिविधि से आत्मविश्वास झलकता है। यही हमारे सामने आने वाली हर चीज़ के बारे में सच है। हम किसी चीज़ के बारे में जितना ज़्यादा जानते हैं- उसके साथ काम करते समय हममें उतना ही ज़्यादा आत्मविश्वास होगा।

यह अच्छी तरह याद रखें कि मानव संबंधों पर कुछ "नियम" रट लेने या उन्हें फ़ॉर्मूलों की तरह दोहराने से आपमें लोक-व्यवहार का आत्मविश्वास नहीं आ जाएगा। आत्मविश्वास तो तभी आएगा, जब आप मानव स्वभाव को समझ लेंगे और मानव व्यवहार के पीछे के बुनियादी सिद्धांतों को जान लेंगे। एक बार जब आप यह समझ लेंगे कि लोग जैसा व्यवहार करते हैं, उसके पीछे क्या कारण है, तो आपमें लोक-व्यवहार के प्रति आत्मविश्वास स्वतः ही आ जाएगा।

यह पुस्तक आपको मानव स्वभाव की समझ तो प्रदान करेगी ही, साथ ही आपको लोक-व्यवहार में सफल होने की विशिष्ट व्यावहारिक विधियाँ भी बताएगी। इसमें आपको आज़माई हुई तकनीकें बताई जाएँगी, जिनके ज़रिए

आप मानव स्वभाव के अपने ज्ञान का अभ्यास कर सकते हैं। इन आज़माई हुई तकनीकों से हज़ारों लोगों को लाभ हुआ है और मेरा दावा है कि आपको भी होगा। जब आप लोक-व्यवहार के ज्ञान पर अमल करने लगेंगे, तो लोगों के साथ व्यवहार करते समय आपको एक नई *शक्ति* का अनुभव होगा।

...आइए, अब अध्याय 1 पर चलते हैं।

खंड एक

लोगों की स्वाभाविक प्रवृत्तियों का उपयोग अपने पक्ष में कैसे करें

अध्याय 1

सफलता और ख़ुशी का रहस्य

हम सभी जीवन में दो चीज़ें चाहते हैं : *सफलता* और *ख़ुशी*।

हम सभी भिन्न-भिन्न होते हैं। सफलता का आपका विचार सफलता के मेरे विचार से अलग हो सकता है। लेकिन अगर हम सफल या ख़ुश होना चाहते हैं, तो इसके लिए हमें एक बड़े पहलू से सफलतापूर्वक निबटने की ज़रूरत होती है। यह बड़ा पहलू हर क्षेत्र के लिए समान होता है, चाहे आप वकील हों या डॉक्टर, व्यवसायी, सेल्समैन, अभिभावक, सेल्स-क्लर्क, गृहिणी या कोई और।

सारी सफलता और ख़ुशी का साझा पहलू है *दूसरे लोग*।

वैज्ञानिक अध्ययनों में यह साबित हो चुका है कि अगर आप व्यवहार कुशल बन जाएँ, तो आप किसी भी व्यवसाय, पेशे या कारोबार में सफलता की राह पर 85 प्रतिशत आगे पहुँच जाएँगे और व्यक्तिगत ख़ुशी की राह पर तो लगभग 99 प्रतिशत।

सिर्फ़ कामचलाऊ संबंध कारगर नहीं होते

केवल व्यवहार कुशलता सीखना ही सफलता या ख़ुशी की गारंटी नहीं है। कार्टून के पात्र कैस्पर मिल्केटोस्ट्स जैसे व्यक्ति ने जीवन में कष्ट से बचने के लिए लोगों से व्यवहार करने का अपना तरीक़ा सीखा है। दब्बू, एकाकी, पैरपोंछ क़िस्म के इस व्यक्ति ने यह सीखा है कि "लोगों के साथ व्यवहार करने" का तरीक़ा यह है कि उनके तलवे चाटे जाएँ, भले ही वे उसे अपने क़दमों तले रौंदकर आगे बढ़ जाएँ।

दूसरे छोर पर तानाशाह और निरंकुश क़िस्म का व्यक्ति होता है। इस व्यक्ति ने भी "लोगों के साथ व्यवहार करने" का अपना तरीक़ा खोज लिया है : वह सारे विरोध को कुचल देता है, उनका इस्तेमाल पैरपोंछ की तरह करता है और उन्हें अपने क़दमों तले रौंदता हुआ आगे बढ़ता है।

लोगों के साथ व्यवहार कैसे किया जाए, इस बारे में जानने के लिए हमें और अधिक पुस्तकें पढ़ने की ज़रूरत नहीं है, क्योंकि हममें से हर व्यक्ति के पास इसका व्यक्तिगत तरीक़ा पहले से ही होता है। यहाँ तक कि न्यूरॉटिक मनोरोगी के पास भी लोगों से व्यवहार करने का कोई न कोई ख़ास तरीक़ा होता है। मनोवैज्ञानिक बताते हैं कि ये मनोरोगी भी दूसरों से व्यवहार करने का अपना तरीक़ा ईजाद करते हैं और न्यूरॉसिस को मनोरोगी की प्रतिक्रियाओं के पैटर्न के रूप में परिभाषित किया जा सकता है।

लोगों को साथ लेकर चलने या उनके साथ व्यवहार करने का ऐसा तरीक़ा ईजाद करना महत्वपूर्ण है, जिससे हमें व्यक्तिगत संतुष्टि भी मिल जाए और किसी का अहं भी आहत न हो। दरअसल, व्यवहार कुशलता लोगों से ऐसा व्यवहार करने का विज्ञान है, जिससे हमारे और उनके दोनों के अहं को चोट न पहुँचे। और यही व्यवहार करने का एकमात्र ऐसा तरीक़ा है, जिससे सच्ची सफलता या ख़ुशी मिलती है।

90 प्रतिशत लोग जीवन में असफल क्यों होते हैं

10,000 लोगों के रिकॉर्ड का विश्लेषण करने के बाद कारनेगी इंस्टिट्यूट ऑफ़ टेक्नोलॉजी ने यह निष्कर्ष निकाला कि मनुष्य को 15 प्रतिशत सफलता कार्यक्षमता, तेज़ दिमाग़ और तकनीकी प्रशिक्षण की बदौलत मिलती है, जबकि 85 प्रतिशत सफलता अच्छे व्यक्तित्व या व्यवहार कुशलता की बदौलत मिलती है!

हार्वर्ड यूनिवर्सिटी में ब्यूरो ऑफ़ वोकेशनल गाइडेंस ने नौकरी से निकाले गए हज़ारों पुरुषों और महिलाओं का अध्ययन किया। अध्ययन में उन्होंने पाया कि तीन में से एक व्यक्ति को इसलिए निकाला गया, क्योंकि वह काम करने में अयोग्य था, जबकि बाक़ी दो को इसलिए निकाला गया, क्योंकि वे लोगों के साथ सफल व्यवहार नहीं कर पाए थे।

डॉ. अल्बर्ट एडवर्ड विगैम ने अपने सिंडिकेटेड कॉलम "लेट्स एक्सप्लोर युअर माइंड" में जिस अध्ययन के बारे में बताया है, उसके आँकड़े तो और भी गंभीर हैं। उन्होंने बताया कि एक वर्ष में 4,000 लोगों को नौकरी से निकाला गया। उनमें से केवल 10 प्रतिशत यानी 400 लोगों को नौकरी से इसलिए निकाला गया था, क्योंकि वे अपना काम ठीक से नहीं कर सकते थे, जबकि नब्बे प्रतिशत यानी 3,600 लोगों को नौकरी से इसलिए निकाला गया था, क्योंकि उनमें दूसरे लोगों के साथ सफल व्यवहार करने वाला व्यक्तित्व नहीं था!

सफलता और ख़ुशी का स्त्रोत

अपने चारों ओर देखें! क्या आपकी जान-पहचान के सबसे सफल लोग सबसे बुद्धिमान और योग्य हैं ? जो लोग सबसे सुखी हैं और जीवन में सबसे ज़्यादा आनंद लेते हैं, क्या वे आपके बाक़ी परिचितों से ज़्यादा चतुर हैं ? संभवतः आप यही कहेंगे कि आपके जो परिचित सबसे ज़्यादा सफल हैं और जीवन में सबसे ज़्यादा आनंद लेते हैं, वे दूसरे लोगों के साथ "व्यवहार में निपुण" हैं।

दूसरों के साथ आपकी समस्याओं के कारण आपके अपने व्यक्तित्व में छिपे हैं

आज करोड़ों लोग ऐसे हैं, जो सामाजिक स्थितियों में संकोची, शर्मीले, दब्बू और असहज दिखते हैं, जो हीन भावना के शिकार होते हैं। उन्हें कभी यह अहसास ही नहीं होता कि उनकी वास्तविक समस्या मानव संबंधों की समस्या है। वे कभी यह समझ ही नहीं पाते कि वे व्यक्ति के रूप में सिर्फ़ इसलिए असफल हैं, क्योंकि उन्होंने दरअसल दूसरों के साथ सफलतापूर्वक व्यवहार करने का तरीक़ा नहीं सीखा।

दूसरी ओर, उन लोगों की संख्या भी इतनी ही है, जो कम से कम ऊपर से संकोची और एकाकी क़िस्म के लोगों के बिलकुल विपरीत नज़र आते हैं। वे आत्मविश्वासी दिखते हैं। वे "दबंग" होते हैं। वे जिस भी सामाजिक समूह- चाहे वह घर हो, ऑफ़िस हो या क्लब हो- में होते हैं, उसमें दूसरों पर रौब जमाते रहते हैं। लेकिन उन्हें भी यह महसूस होता है कि वे किसी चीज़ से वंचित हैं। वे इस बात पर हैरान होते हैं कि कर्मचारी या परिवार

वाले उनकी प्रशंसा क्यों नहीं करते और इसके लिए उन्हें लगातार मजबूर क्यों करना पड़ता है। और सबसे बढ़कर, आत्म-साक्षात्कार के पलों में उन्हें यह अहसास होता है कि जिन लोगों को प्रभावित करने के लिए वे सबसे ज़्यादा आतुर रहते हैं, उनसे उन्हें मनचाही प्रशंसा या मान्यता नहीं मिलती है। वे सहयोग देने के लिए लोगों को मजबूर करते हैं, वफ़ादारी और मित्रता देने के लिए मजबूर करते हैं, अपना मनचाहा काम करने के लिए मजबूर करते हैं, लेकिन जिस एक चीज़ को वे सबसे ज़्यादा चाहते हैं, उसके लिए वे किसी को मजबूर नहीं कर सकते। वे लोगों को इस बात के लिए मजबूर नहीं कर सकते कि वे उन्हें पसंद करें। उन्हें उनकी मनचाही चीज़ कभी इसलिए नहीं मिल पाती, क्योंकि उन्होंने दूसरे लोगों के साथ व्यवहार करने या व्यवहार कुशलता की कला में महारत हासिल नहीं की।

अपनी पुस्तक *अंडरस्टैंडिंग फ़ियर इन अवरसेल्वज़ एंड अदर्स** में बोनेरो ओवरस्ट्रीट कहती हैं कि बाधक भावनात्मक समस्याओं की जड़ हमेशा दूसरों के साथ हमारे संबंधों में होती है। "जब किसी व्यक्ति की कार बर्फ़ीले हाईवे पर फिसल जाती है, तो उसे डर लगता है, लेकिन इस डर से उसका व्यक्तित्व विकृत नहीं होता। जब उसके पैर पर हथौड़ा गिर जाता है, तो उसे दर्द होता है, लेकिन इस दर्द से स्थायी शत्रुता उत्पन्न नहीं होती... सिर्फ़ एक ही क्षति है, जिसे झेलने के बाद व्यक्ति भावनात्मक रूप से स्वस्थ नहीं रह सकता- उसके और साथी इंसानों के बीच सद्भावना की क्षति।"

आधुनिक युग में आदिम तरीक़ा काम नहीं आता

हो सकता है इतिहास में कभी ऐसा समय रहा हो, जब कोई शीर्षस्थ उद्योगपति यह कह सकता हो, "लोग जाएँ भाड़ में!" और इसके बावजूद प्रगति कर सकता हो! हो सकता है कि वह दौर द्वितीय विश्व युद्ध तक चला हो, जब उपभोक्ता वस्तुओं की कमी थी, इसलिए ऐसे नज़रिए के बावजूद सेल्समैन, सेल्सक्लर्क और व्यवसायी प्रगति कर सकते थे।

"नारी उन्मुक्तता" का युग शुरू होने से पहले घरेलू संबंध भी बहुत सरल होते थे। पति या पिता मालिक की भूमिका निभाता था; और अगर वह इसे सफलतापूर्वक निभाता था, तो ज़्यादा मुश्किल नहीं होती थी- कम से कम ऊपरी तौर पर।

---

*न्यूयॉर्क : हार्पर एंड ब्रदर्स, 1951

लेकिन अब ज़माना बदल चुका है। आज जो लोग अतीत में रह रहे हैं और परमाणु युग में आने के बाद भी घोड़ा-वाला आदिम तरीक़ा आज़मा रहे हैं, वे अब पीछे छूट रहे हैं। आधुनिक युग में जेट की शक्ति वाले मानव संबंधों के विशेषज्ञ उनसे बहुत आगे निकल चुके हैं।

जैसे-जैसे सभ्यता विकसित हो रही है, जैसे-जैसे नए आविष्कार हमारे संसार को छोटा कर रहे हैं, और जैसे-जैसे हमारा आर्थिक जीवन अधिक विशेषज्ञतापूर्ण तथा जटिल होता जा रहा है, अन्य लोग हमारे लिए ज़्यादा महत्वपूर्ण होते जा रहे हैं।

डेवी क्रोकेट का युग बीत चुका है

डेवी क्रोकेट एक असभ्य व्यक्तिवादी था और उस ज़माने में यह संभव भी था। क्रोकेट के युग में लोग एक-दूसरे पर उतने निर्भर नहीं थे, जितने कि आज हैं। वह रात के भोजन में स्टेक खाएगा या गरमा-गरम स्टू पिएगा, यह काफ़ी हद तक उसकी व्यक्तिगत इच्छा और निशानेबाज़ी की योग्यता पर निर्भर करता था। लेकिन मिसेज़ गिबलिन को ग्रेड ए स्टेक का बेहतरीन टुकड़ा मिलता है या नहीं, यह बहुत हद तक इस बात पर निर्भर करता है कि नुक्कड़ के कसाई के साथ उनके संबंध कैसे हैं या पिछले सप्ताह उनके पति लोगों के सामने व्यवहार कुशलता के साथ पेश आए या नहीं।

डेवी क्रोकेट के लिए तो सिर्फ़ बंदूक चलाने की योग्यता ही काफ़ी थी। लेकिन आधुनिक संसार में व्यवहार कुशलता पहले स्थान पर आती है; तकनीकी योग्यता इसके बाद आती है। मैं आपको कुछ उदाहरण बताना चाहता हूँ :

मानव व्यवहार का ज्ञान तकनीकी ज्ञान से ज़्यादा महत्वपूर्ण है

यदि आज किसी पेशे में तकनीकी योग्यता का वर्चस्व है, तो वह बेशक इंजीनियरिंग ही है। परड्यू यूनिवर्सिटी अपने इंजीनियरिंग विद्यार्थियों के पाँच वर्ष से थोड़े अधिक समय तक का रिकॉर्ड रखती है। यूनिवर्सिटी में जिन लोगों को सबसे अधिक अंक मिले, वे सबसे ज़्यादा बुद्धिमान थे, उन्होंने सारे तकनीकी विवरणों में महारत हासिल की थी और उनका भविष्य सबसे ज़्यादा सुनहरा दिख रहा था। लेकिन जब उनकी तुलना सबसे कम अंक पाने वाले विद्यार्थियों से की गई, तो एक आश्चर्यजनक तथ्य पता चला! दोनों श्रेणियों

के लोगों की आमदनी में बमुश्किल 200 डॉलर सालाना का अंतर था।

दूसरी ओर, जब सामाजिक संपर्क में व्यवहार कुशलता की उत्कृष्ट योग्यता दिखाने वाले स्नातकों की आमदनी से तुलना की गई, तो यह पता चला कि उनकी आमदनी "स्मार्ट" समूह के लोगों से 15 प्रतिशत और कमज़ोर व्यक्तित्व वाले लोगों से 33 प्रतिशत ज़्यादा थी।

विडंबना यह है कि आज कई लोग अपने व्यक्तित्व को बेहतर बनाने में तो बहुत ज़्यादा रुचि लेते हैं, लेकिन मानव संबंधों की तकनीकों में बिलकुल रुचि नहीं लेते या बहुत कम लेते हैं। बहरहाल, जैसा शीर्ष मनोवैज्ञानिक डॉ. अल्बर्ट एडवर्ड विगैम ने संकेत किया है, यदि आप व्यक्तित्व की बुनियादी तह तक पहुँचें, तो यह सरल है; यह दूसरों की रुचि जगाने और उनकी सेवा करने की योग्यता से अधिक कुछ भी नहीं है।

दूसरों के बिना कोई सफलता नहीं मिलती

चाहे हम इस बात को पसंद करें या न करें, लोग हमेशा मौजूद रहेंगे। हमारे आधुनिक संसार में हम दूसरे लोगों के बिना कोई सफलता या ख़ुशी हासिल नहीं कर सकते।

यह आवश्यक नहीं है कि सबसे सफल डॉक्टर, वकील या सेल्समैन वही हो, जो सबसे ज़्यादा बुद्धिमान है या अपने काम में सबसे ज़्यादा योग्य है। इसी तरह यह भी आवश्यक नहीं है कि सबसे ज़्यादा सामान बेचने वाली और इसमें सबसे ज़्यादा आनंद पाने वाली सेल्सगर्ल वही हो, जो सबसे ज़्यादा सुंदर या बुद्धिमान है।

सबसे सुखी पति-पत्नी वे नहीं होते, जिनके चेहरे सबसे ज़्यादा सुंदर होते हैं या जिनका शरीर सबसे गठीला होता है।

किसी भी क्षेत्र में सफल व्यक्ति की तलाश करेंगे, तो आपको एक ऐसा पुरुष या महिला मिलेगी, जो लोगों के साथ व्यवहार करने की कला में निपुण है या जिसमें व्यवहार कुशलता का "हुनर" है।

अपनी मनचाही चीज़ पाने के आज़माए हुए तरीक़े

सफल व्यवहार कुशलता में मेरी शुरू से ही गहरी रुचि रही है। बरसों तक

मैंने अपनी जान-पहचान के सफल स्त्री-पुरुषों का अध्ययन किया। मैं यह देखना चाहता था कि उन्हें कौन सी चीज़ चलाती है। इसी वजह से मैंने असफल स्त्री-पुरुषों का भी अध्ययन किया। मुझे इस विषय पर जो भी सामग्री मिली, मैंने वह सब पढ़ डाली। बहरहाल, "व्यवहार कुशलता" पर लिखी अधिकांश पुस्तकों की बुनियाद यह नहीं थी कि लोग कैसा व्यवहार करते हैं और वे सचमुच क्या चाहते हैं। इसके बजाय उनमें तो लेखकों ने यह नसीहत दी थी कि लोगों को कैसा व्यवहार करना चाहिए और उन्हें क्या चाहना "चाहिए।" या तो उनमें इस प्रकार की दब्बू बनाने वाली सलाह थी कि आप अपनी इच्छाओं को मारकर और दबाकर दूसरों को ख़ुश करें या फिर उनमें यह सलाह दी गई थी कि "दबंग व्यक्तित्व" बनाकर दूसरों पर कैसे हावी हों।

बहरहाल, बरसों के अवलोकन के बाद मैंने पाया कि कुछ लोग चुपचाप ऐसी कारगर तकनीकों और विधियों का उपयोग कर रहे थे, जिनकी बदौलत न सिर्फ़ दूसरे लोगों के साथ उनके संबंध अच्छे थे, बल्कि उन्हें उनकी मनचाही चीज़ें भी मिल रही थीं।

अजीब बात यह है कि ये लोग जिन विधियों और तकनीकों पर अमल कर रहे थे, वे क़तई आधुनिक नहीं हैं। वे तो वही पुरानी तकनीकें हैं, जिनके बारे में बरसों से लिखा जा रहा है, लेकिन एक बड़ा फ़र्क़ है। वे सतही तौर पर या "चाल" के रूप में उन पर अमल नहीं कर रहे थे। वे तो मानव स्वभाव की समझ के साथ उन पर अमल कर रहे थे। वे घिसी-पिटी नसीहतों के बजाय सिद्धांतों के रूप में उन पर अमल कर रहे थे।

कुशलता हासिल करने के लिए कुछ बुनियादी सिद्धांतों में माहिर होना ज़रूरी है

संबंधों में कुशलता हासिल करना किसी भी अन्य क्षेत्र में कुशलता हासिल करने जैसा ही है, क्योंकि सफलता कुछ सामान्य बुनियादी सिद्धांतों को समझने और उनमें माहिर होने से मिलती है। आपको न सिर्फ़ यह जानना होता है कि क्या करना है, बल्कि यह भी कि आप उसे क्यों कर रहे हैं।

जॉनी-वन-नोट की शो ट्यून जैसे न बनें। यदि बुनियादी सिद्धांतों की दृष्टि से देखा जाए, तो सभी लोग एक से होते हैं। लेकिन आपसे मिलने वाला हर व्यक्ति भिन्न होता है। यदि आप हर अलग व्यक्ति से सफलतापूर्वक

व्यवहार करने के लिए अलग-अलग चाल सीखने की कोशिश करेंगे, तो आपका काम असंभव हो जाएगा। आपका हाल उस पियानोवादक जैसा ही होगा, जो हर संगीत रचना को बिलकुल नई और अनूठी समझकर उसे सीखने की कोशिश करे।

दरअसल पियानोवादक कुछ बुनियादी सिद्धांतों में महारत हासिल करता है। वह संगीत के कुछ बुनियादी राग सीखता है। वह तब तक अभ्यास करता जाता है, जब तक कि कीबोर्ड पर उसकी अँगुलियों को महारत हासिल नहीं हो जाती। जब वह इन बुनियादी चीज़ों में माहिर हो जाता है, तो थोड़े से अभ्यास और अतिरिक्त ज्ञान से वह अपने सामने आने वाली किसी भी संगीत रचना को बजा सकता है। देखिए, हालाँकि हर संगीत रचना बाक़ी रचनाओं से भिन्न होती है- लेकिन पियानो में सिर्फ़ 88 कुंजियाँ होती हैं और स्केल में सिर्फ़ आठ तानें होती हैं।

चाहे आप कुशल पियानोवादक हों या न हों, आप पियानो पर "प्रेटी कॉर्ड्स" (शुरुआती कुंजियाँ) बजाना जल्द ही सीख सकते हैं। थोड़े धैर्य के साथ आप उन सभी कॉर्ड्स को अलग-अलग बजाना भी सीख सकते हैं, जिनका इस्तेमाल कन्सर्ट पियानोवादक करता है। लेकिन केवल इतना भर करने से ही आप पियानोवादक नहीं बन जाते। अगर ऐसे में आप कन्सर्ट देने की कोशिश करेंगे, तो आप यक़ीनन फ़्लॉप हो जाएँगे।

लोगों को प्रभावित करना कोई चाल या पैंतरा नहीं, बल्कि एक कला है। यही तब भी सही है, जब आप "लोगों को प्रभावित करने" के कुछ पैंतरे सीखने और उन्हें सतही, मशीनी अंदाज़ में लागू करने की कोशिश करते हैं। आप वही विधियाँ आज़माते हैं, जो व्यवहार कुशलता में "निपुण" व्यक्ति आज़माता है, लेकिन वे आपके लिए कारगर नहीं होतीं। आप भी वही कुंजियाँ दबाते हैं, लेकिन जो संगीत बाहर निकलता है, वह मधुर नहीं होता।

इस पुस्तक का उद्देश्य आपको कुछ "कुंजियाँ दबाना" सिखाना नहीं है, बल्कि आपको की-बोर्ड के इस्तेमाल में माहिर बनाना है- इसका उद्देश्य आपको सिर्फ़ व्यवहार कुशलता के कुछ पैंतरे सिखाना नहीं है, बल्कि आपको मानव स्वभाव की समझ के आधार पर "ज्ञान" देना है और यह समझाना है कि लोग जैसा व्यवहार करते हैं, वैसा क्यों करते हैं।

इस पुस्तक में बताई गई विधियों को मेरे मानव संबंध के क्लीनिक में आए *हज़ारों लोगों ने जाँचा-परखा है।* ये मेरे काल्पनिक या सैद्धांतिक विचार नहीं हैं कि आपको लोगों के साथ कैसा व्यवहार करना "चाहिए।" इसके बजाय, ये विचार तो इस जाँच में खरे उतरे हैं कि अगर आप लोगों को साथ लेकर चलना चाहते हैं और साथ ही अपनी मनचाही चीज़ भी पाना चाहते हैं, तो आपको उनके साथ कैसा व्यवहार करना चाहिए।

हाँ, हम सभी सफलता और ख़ुशी हासिल करना चाहते हैं। लेकिन वे दिन लद गए (बशर्ते वे सचमुच कभी रहे हों), जब आप अपनी मनचाही चीज़ पाने के लिए लोगों को विवश करके ये दोनों पुरस्कार हासिल कर सकते थे। अपनी मनचाही चीज़ की भीख माँगना भी बेहतर नहीं है, क्योंकि उस व्यक्ति के प्रति किसी के मन में कोई सम्मान नहीं होता, न ही मदद करने की इच्छा होती है, जो लगातार घुटनों के बल बैठकर अपने हाथ फैलाए रखता है और लोगों से ख़ुद को पसंद करने की भीख माँगता है।

आप जीवन में जो चीज़ें चाहते हैं, उन्हें पाने का एक ही सफल तरीक़ा है : व्यवहार कुशल बनें!

अध्याय 1 का सार

1. यह एक अचूक तथ्य है कि व्यावसायिक जगत में 66 से 90 प्रतिशत असफलताएँ दरअसल मानव संबंधों की असफलताएँ होती हैं।
2. संकोच, शर्मीलापन और दब्बूपन जैसी व्यक्तित्व संबंधी समस्याएँ मूलतः लोक-व्यवहार की समस्याएँ हैं।
3. जब आप आत्मविश्वास के साथ लोक-व्यवहार करने की कला सीख लेंगे, तो आपकी सफलता और ख़ुशी का स्तर अपने आप बढ़ जाएगा।
4. यदि आप लोगों के साथ व्यवहार करने के बुनियादी सिद्धांत सीख लेंगे, तो आपको पैंतरों या चालों की ज़रूरत ही नहीं पड़ेगी।

अध्याय 2

दूसरों को प्रभावित करने के बुनियादी तरीक़े का प्रयोग कैसे करें

इस अध्याय को लिखते समय मेरे सामने अख़बारों में छपी दो ख़बरें हैं, जिनका आपस में कोई संबंध नहीं दिख रहा है। एक ख़बर उस आदमी के बारे में है, जिसने एक औरत का गला दबा दिया। उसने ऐसा इसलिए किया, क्योंकि जब वह उससे बातें कर रहा था, तब वह सो गई थी। दूसरी ख़बर एक 17 वर्षीय किशोर के बारे में है, जिसने अपने दो साथियों के साथ एक सर्विस स्टेशन को लूटा था। उस किशोर के दाँत बाहर निकले हुए थे और उसने कहा कि वह लूटपाट नहीं करना चाहता था। सच तो यह था कि दूसरे लड़के बचपन से ही उसके दाँतों का मज़ाक़ उड़ाते थे और वह उनके सामने साबित कर देना चाहता था कि वह भी "मर्द" है।

ये दोनों ही घटनाएँ बताती हैं कि लोग अपने आहत अहं की रक्षा करने के लिए किस हद तक जा सकते हैं। आप किसी व्यक्ति को शारीरिक चोट पहुँचा दें, उसका सामान चोरी कर लें, उसे किसी भी तरह से नुक़सान पहुँचा दें, लेकिन संभव है कि इसके बाद भी आप बच जाएँ। लेकिन जहाँ तक मानव संबंधों का ताल्लुक़ है, किसी व्यक्ति के अहं को कुचलना सबसे अक्षम्य अपराध है। जिस पल आप इंसान के रूप में सामने वाले की गरिमा को ठेस पहुँचाते हैं, समझ लीजिए कि आप संकट में फँस गए हैं।

चूँकि मानव अहं सामने वाले के लिए बहुत मूल्यवान होता है और मनुष्य जिन चीज़ों को अपने अहं के लिए ख़तरा मानता है, उनसे रक्षा करने के लिए किसी भी हद तक जा सकता है, इसीलिए *अहंकार* शब्द को इतना बुरा माना जाता है।

अहंकार के दूसरे पहलू को भी देखें

यदि अहंकार लोगों से मूर्खतापूर्ण, अतार्किक और विनाशकारी चीज़ें करवा सकता है, तो यह उनसे श्रेष्ठ और वीरतापूर्ण व्यवहार भी करवा सकता है।

वैसे अहंकार होता क्या है ?

प्रसिद्ध संपादक और मानवतावादी एडवर्ड बोक ने कहा था कि संसार जिसे अहं और दंभ कहता है, वह दरअसल मनुष्य के भीतर की एक "दैवी चिंगारी" है। जिन लोगों ने "अपने भीतर की इस दैवी चिंगारी को सुलगा लिया," केवल वे ही जीवन में महान कार्य कर पाए हैं।

आप इसे चाहे किसी भी नाम से बुलाएँ- "मानव गरिमा" या "व्यक्तित्व" या कुछ और- हर स्त्री-पुरुष के हृदय की गहराई में एक ऐसी चीज़ होती है, जो महत्वपूर्ण है और सम्मान की माँग करती है। हर मनुष्य अनूठा होता है, उसका व्यक्तित्व अनूठा होता है और व्यक्ति की सबसे शक्तिशाली प्रेरणा यह होती है कि वह इस अनूठेपन तथा वैयक्तिकता को क़ायम रखे तथा सभी शत्रुओं से इस महत्वपूर्ण चीज़ की रक्षा करे।

यही वजह है कि आप लोगों के साथ मशीनों, रजिस्टर के आँकड़ों या "भीड़" जैसा व्यवहार करके सफल नहीं हो सकते। मनुष्यों को व्यक्तिगत महत्व से वंचित करने के जितने भी प्रयास हुए हैं, वे सब के सब असफल हुए हैं। यह सेनाओं और कारागारों से अधिक शक्तिशाली है। यह उन सामंती शासकों से भी अधिक शक्तिशाली है, जिन्होंने लोगों को दास बनाने की कोशिश की। यह हिटलर की सेनाओं से ज़्यादा शक्तिशाली साबित हुआ। और इसने "स्वतंत्र लोगों की भूमि" के लिए मंच भी तैयार किया। यदि आप स्वाधीनता की घोषणा को ग़ौर से पढ़ें, तो आपको पता चलेगा कि यह वास्तव में व्यक्ति की स्वतंत्रता की घोषणा है। इसकी शक्ति इस बात में नहीं है कि यह लोगों के किसी विशेष समूह को अधिकार देती है, बल्कि इस बात में है कि यह

"सभी मनुष्यों" को कुछ अखंड अधिकार देने की घोषणा करती है।

इस बात पर भी ग़ौर करें कि अमेरिकी स्वाधीनता की घोषणा में यह नहीं कहा गया है कि व्यक्ति की सच्ची गरिमा का निर्माण उसने स्वयं किया है। इसे तो ईश्वर का उपहार कहा गया है : "हम इन सच्चाइयों को स्व-प्रमाणित मानते हैं कि सभी लोगों... को उनके रचयिता ने कुछ अखंड अधिकार प्रदान किए हैं..."

यह पुस्तक धर्म के बारे में नहीं है। लेकिन अगर आप सचमुच गहराई में जाएँ, तो आप धर्म और मानव संबंध को अलग-अलग नहीं कर सकते। जब तक कि आपको इस बात पर विश्वास न हो कि संसार का एक रचयिता है, जिसने लोगों को अखंड अधिकार और अंदरूनी मूल्य दिए हैं, तब तक आपको लोगों पर ज़्यादा विश्वास नहीं हो सकता। साम्यवादी यह मानते हैं कि न कोई रचयिता है, न ही ईश्वर, इसीलिए साम्यवाद लोगों को महत्व नहीं देता है। साम्यवादी एक व्यक्ति को महत्वपूर्ण नहीं मानता है।

हेनरी कैसर ने एक बार कहा था कि अगर आप यह याद रखें कि हर व्यक्ति ईश्वर की संतान होने के कारण महत्त्वपूर्ण है, तो आप लोगों के साथ अपने आप अच्छा व्यवहार करने लगेंगे।

यह व्यक्ति के स्वाभिमान का एकमात्र सच्चा आधार भी है। केवल वही व्यक्ति स्वस्थ स्वाभिमान विकसित करता है, जिसे यह अहसास होता है कि वह "कुछ है," जिसका इस बात से कोई संबंध नहीं है कि उसने क्या किया है या वह कितना अच्छा है, बल्कि इस बात से है कि ईश्वर ने उसे अंदरूनी महत्व का वरदान दिया है। जिस व्यक्ति को यह अहसास नहीं होता, वह दौलत इकट्ठी करके, शक्ति हथियाकर, अपना नाम अख़बारों में छपवाकर या सैकड़ों अन्य तरीक़ों से ख़ुद को महत्वपूर्ण दिखाने की कोशिश करता है। न सिर्फ़ वह बुरी तरह "अहंकारी" होता है, बल्कि स्वाभिमान की उसकी असंतुष्ट भूख से संसार में सबसे ज़्यादा समस्याएँ खड़ी होती हैं।

हम सभी अहंकारी हैं : जीवन के चार तथ्य

यदि आप लोगों से व्यवहार करने जा रहे हैं, चाहे वे बच्चे हों, पत्नी, पति, पड़ोसी, बॉस, कर्मचारी या क़ैदी हों, तो आपको आगे दिए तथ्यों को हमेशा-हमेशा

के लिए अपने दिमाग़ पर अंकित कर लेना चाहिए और उनके अनुरूप काम करना चाहिए :

1. **हम सभी अहंकारी हैं।**
2. **हम सभी की स्वयं में जितनी रुचि होती है, उतनी संसार की किसी दूसरी चीज़ में नहीं होती।**
3. **आप जिस भी व्यक्ति से मिलते हैं, वह महत्वपूर्ण और "किसी लायक़" महसूस करना चाहता है।**
4. **हर व्यक्ति दूसरों की प्रशंसा का भूखा होता है, ताकि वह स्वयं की प्रशंसा कर सके।**

हम सभी में अहं की प्रचंड भूख होती है। और जब यह भूख कम से कम आंशिक रूप से संतुष्ट हो जाती है, तभी हम "ख़ुद को भूल सकते" हैं तथा ख़ुद पर से ध्यान हटाकर किसी दूसरी चीज़ पर केंद्रित कर सकते हैं। जिस व्यक्ति ने ख़ुद को पसंद करना सीख लिया है, केवल वही दूसरों के साथ उदार और मित्रतापूर्ण व्यवहार कर सकता है।

लोग आत्म-केंद्रित और अहंकारी क्यों होते हैं?

अब तक हम यह मानते थे कि अहंकारी व्यक्ति में ख़ुद को बहुत ज़्यादा ऊँचा मानने की समस्या होती है और उसमें बहुत ज़्यादा स्वाभिमान होता है। हम यह सोचते थे कि अगर कोई व्यक्ति आत्म-केंद्रित है, तो उसे अपने बारे में अच्छा सोचना छोड़ देना चाहिए, ताकि उसका "इलाज" हो जाए। पुराने सिद्धांतवादी मनोवैज्ञानिक भी सोचते थे कि अहंकारी व्यक्ति अपने बारे में कुछ ज़्यादा ही ऊँचा सोचता है और उससे निबटने का तरीक़ा या तो उसे "आईना दिखाना" या "नीचे गिराना" या "उसकी नज़रों में उसके महत्व को कम करना" है। सैकड़ों वर्ष पहले समाज अपराधियों से निबटने के लिए इसी विधि को आज़माता था। विरोधी या मुश्किल व्यवहार करने वाले लोगों से निबटने के लिए कई लोग आज भी इन विधियों का इस्तेमाल करते हैं। बहरहाल, ऐसी तरकीबें कभी कारगर नहीं होतीं। इनसे तो सिर्फ़ सामने वाला और ज़्यादा शत्रुतापूर्ण हो जाता है और उसका अहं पहले से अधिक संवेदनशील हो जाता है।

ये विधियाँ कारगर क्यों नहीं होतीं, इसका कारण बड़ा सरल है। असली लोगों (सैद्धांतिक नहीं) का अध्ययन करने वाले मनोचिकित्सकों और मनोवैज्ञानिकों की बदौलत अब हम बिना किसी शक के यह जान चुके हैं कि अहंकारी व्यक्ति बहुत ज़्यादा स्वाभिमान से नहीं, बल्कि बहुत कम स्वाभिमान से पीड़ित होता है।

यदि आपके अपने साथ संबंध अच्छे हैं, तो दूसरों के साथ भी आपके संबंध अच्छे ही होते हैं। बोनेरो ओवरस्ट्रीट ने तो यहाँ तक कहा है कि जब भी कोई व्यक्ति अपने और दूसरों के साथ विरोध में होता है, तो उसका एक ही कारण है : स्वाभिमान की कमी। यह बात साबित हो चुकी है और हर मामले में इसका एक ही इलाज है : स्वाभिमान को दोबारा लौटाना। जब कोई व्यक्ति ख़ुद को थोड़ा ज़्यादा पसंद करने लगता है, तो वह दूसरे लोगों को भी थोड़ा ज़्यादा पसंद करने लगता है। जब वह स्वयं के साथ दर्दनाक असंतुष्टि से उबर जाता है, तो वह दूसरों के प्रति कम आलोचक और ज़्यादा सहिष्णु हो जाता है।

प्रयोगवादी मनोवैज्ञानिक और मनोचिकित्सक सभी क़िस्म की समस्याओं वाले हज़ारों *वास्तविक लोगों* के प्रकरणों का अध्ययन करने के बाद इस नतीजे पर पहुँचे हैं कि अहं की भूख उतनी ही सर्वव्यापी और स्वाभाविक है, जितनी कि भोजन की भूख। यही नहीं, अहं के आहार का उद्देश्य भी वही है, जो शरीर के लिए भोजन का है– यानी आत्म-रक्षा। शरीर को जीवित रहने के लिए भोजन की ज़रूरत होती है। इसी तरह अहं या हर व्यक्ति की अनूठी वैयक्तिकता को सम्मान, स्वीकृति और उपलब्धि के अहसास की ज़रूरत होती है।

भूखे अहं का अर्थ है घटिया अहं। अहं की तुलना पेट से करने पर आप ज़्यादा अच्छी तरह समझ जाएँगे कि दरअसल लोग वैसा व्यवहार क्यों करते हैं, जैसा कि वे करते हैं। जो व्यक्ति दिन में तीन बार अच्छा भोजन करता है, वह अपने पेट के बारे में ज़्यादा नहीं सोचता है। लेकिन अगर उसे एक-दो दिन तक भोजन न मिले, तो वह भूख से तड़पने लगता है और उसका पूरा व्यक्तित्व बदलने लगता है। वह एक उदार, ख़ुशमिज़ाज़ और अच्छे स्वभाव वाले व्यक्ति से झगड़ालू और बहुत ही चिड़चिड़े व्यक्ति में बदल जाता है। वह दूसरों की बहुत ज़्यादा आलोचना करने लगता है। उसे

किसी चीज़ से ख़ुशी नहीं मिलती है। वह लोगों पर झल्लाने लगता है। इस बात से कोई मदद नहीं मिलती है कि अच्छे इरादों वाले मित्र आकर उसे बताएँ कि उसकी समस्या सिर्फ़ इतनी है कि वह "पेट के प्रति चेतन" है और उसे अपना ध्यान पेट से हटा लेना चाहिए। उसे यह बताने से भी कोई फ़ायदा नहीं होता कि उसे अपने बारे में कम और दूसरों के बारे में ज़्यादा सोचना चाहिए। वह केवल एक ही तरीक़े से "पेट पर केंद्रित ध्यान" को हटा सकता है और वह तरीक़ा यह है कि वह नैसर्गिक आत्म-रक्षा की माँग को संतुष्ट कर दे। दरअसल, प्रकृति ने हर प्राणी के भीतर एक सहज बोध भरा है, जो बताता है, "आप और आपकी बुनियादी आवश्यकताएँ पहले स्थान पर आती हैं।" संक्षेप में, उसे भोजन करना चाहिए और अपनी बुनियादी आवश्यकताओं की परवाह करना चाहिए, इसके बाद ही वह किसी दूसरी चीज़ पर ध्यान दे पाएगा।

आत्मकेंद्रित व्यक्ति के साथ भी काफ़ी हद तक ऐसा ही होता है। स्वस्थ, पूर्ण और सामान्य व्यक्तित्व के लिए प्रकृति एक निश्चित सीमा में आत्म-स्वीकृति और आत्म-अनुमोदन चाहती है। इससे कोई फ़ायदा नहीं होता कि आप आत्मकेंद्रित व्यक्ति को फटकारें और उससे कहें कि वह अपना ध्यान ख़ुद से हटा ले। वह अपने "स्वरूप" से अपना ध्यान तब तक नहीं हटा सकता, जब तक कि उसके अहं की भूख संतुष्ट न हो जाए। इसके बाद वह वाक़ई अपना ध्यान ख़ुद से हटा लेगा और अपने कामकाज, दूसरे लोगों तथा उनकी आवश्यकताओं पर केंद्रित कर लेगा।

एलएस/एमएफ़टी का उपयोग कैसे करें

अमेरिकन टोबैको कंपनी से क्षमा माँगते हुए, आइए इस बात पर विचार करते हैं कि आप दूसरे लोगों के साथ अपने संबंध फटाफट कैसे सुधार सकते हैं। बस इसके लिए आपको जादुई अक्षरों एलएस/एमएफ़टी को याद रखना होगा। इस संदर्भ में इनका मतलब है

कम स्वाभिमान का अर्थ है संघर्ष और परेशानी (Low Self-esteem Means Friction and Trouble)

जब स्वाभिमान का स्तर ऊँचा होता है, तो लोगों के साथ व्यवहार करना

आसान होता है। वे ख़ुशमिज़ाज़, उदार, सहिष्णु और दूसरों के विचार सुनने के इच्छुक होते हैं। उनकी बुनियादी आवश्यकताएँ पूरी हो चुकी हैं, इसलिए अब वे दूसरों की आवश्यकताओं के बारे में सोच सकते हैं। उनका ख़ुद का व्यक्तित्व इतना सशक्त और सुरक्षित है कि वे कुछ जोखिम ले सकते हैं। वे कभी-कभार ग़लत होने को बर्दाश्त कर सकते हैं। वे ख़ुद के सामने यह स्वीकार कर सकते हैं कि उनसे ग़लती हो गई है। वे आलोचना और अपमान भी झेल सकते हैं - क्योंकि इन चीज़ों से उनके स्वाभिमान पर केवल हल्का सा निशान बनता है और इसके बाद भी उनके पास बहुत सारा स्वाभिमान बचा रहता है।

अधिकांश लोगों को मालूम है कि शिखर पर बैठे व्यक्ति से व्यवहार करना छोटे लोगों से व्यवहार करने की तुलना में ज़्यादा आसान होता है। यह प्रथम विश्व युद्ध की एक लोकप्रिय कहानी से भी स्पष्ट होता है। युद्ध में एक साधारण सैनिक ने चिल्लाकर कहा था, "उस कम्बख़्त माचिस को बुझाओ।" लेकिन जब उसने देखा कि वह किससे बोल रहा है, तो उसके होश उड़ गए, क्योंकि वह माचिस जनरल "ब्लैक जैक" पर्शिंग ने जलाई थी। जब उसने हकलाते हुए माफ़ी माँगने की कोशिश की, तो जनरल पर्शिंग ने उसकी पीठ ठोंककर कहा, "कोई बात नहीं बेटे, चलता है। बस इस बात पर ख़ुशी मनाओ कि मैं सेकंड लेफ़्टिनेंट नहीं हूँ।"

एक साधारण सैनिक की टिप्पणी से जनरल के ओहदे को बिलकुल भी जोखिम नहीं था।

छोटा बनने के लिए आपको ख़ुद को निचले स्तर पर लाना पड़ता है। जब स्वाभिमान का स्तर कम होता है, तो परेशानी और संघर्ष आसानी से जीवन में जाते हैं। जब स्वाभिमान बहुत कम होता है, तो लगभग हर चीज़ जोखिम नज़र आ सकती है। इसी वजह से एक आदमी एक औरत का गला दबा देता है, क्योंकि उस आदमी की बातें सुनते समय वह सो गई थी। यदि उसका स्वाभिमान ऊँचा होता, तो यह निरादर उसे इतना ज़्यादा महत्वपूर्ण नहीं लगता। अगर 17 वर्षीय किशोर में पर्याप्त स्वाभिमान होता, तो वह अपने साथियों के सामने ख़ुद को "मर्द" साबित करने के लिए सर्विस स्टेशन नहीं लूटता।

कम स्वाभिमान वाले व्यक्ति को किसी की एक आलोचनात्मक निगाह

या एक कटु शब्द भी विनाशक लग सकता है। जो तथाकथित "संवेदनशील लोग" हर मासूम टिप्पणी में कोई न कोई "ताना" या "द्विअर्थी उलाहना" खोज लेते हैं, वे दरअसल कम स्वाभिमान के शिकार होते हैं। बड़बोले, दिखावटी और डींगें हाँकने वाले लोग भी कम स्वाभिमान के शिकार हैं।

दबंग व्यक्ति को कैसे समझें? जो दबंग और दंभी व्यक्ति "आपको अपनी जगह पर रखने" की कोशिश करता है या आपको हीन महसूस कराता है, वह भी दरअसल अपने बारे में हल्की राय से पीड़ित होता है। उसके व्यवहार को समझने के लिए आपको दो बातें याद रखनी होंगी : पहली, उसे अपने महत्व को बढ़ाने की सख़्त ज़रूरत है और वह आपको नीचा दिखाकर ऐसा करने की कोशिश कर रहा है; और दूसरी बात, वह डरा हुआ है। उसका स्वाभिमान इतना कम और कमज़ोर है कि उसे लगता है जैसे आपके एक अच्छे "प्रहार" से ही वह समूल नष्ट हो जाएगा। हालाँकि उसे पक्का पता नहीं होता कि आप उसके आत्म-महत्व पर प्रहार करेंगे या नहीं, लेकिन वह यह जोखिम लेना गवारा नहीं कर सकता। वह अपना कवच उतारकर आपके सामने बराबरी के स्तर पर नहीं आ सकता, क्योंकि इसमें बहुत ज़्यादा जोखिम है। वह जिस एकमात्र सुरक्षित रणनीति का इस्तेमाल कर सकता है, वह है आपको नीचा दिखाना, इससे पहले कि आप उसे नीचा दिखाएँ- क्योंकि उसकी नज़रों में तो वह रसातल में है।

एलएस/एमएफ़टी अक्षर याद रखने से आपको स्वाभिमान की कमी वाले लोगों से व्यवहार करने में मदद मिलेगी। वे ऐसा व्यवहार क्यों करते हैं, यह समझने के बाद आप उनसे निबटने की रणनीति बना लेंगे।

जब आपको यह अहसास हो जाएगा कि कम स्वाभिमान की वजह से संघर्ष और परेशानी पैदा होती है, तो आप इन लोगों को और ज़्यादा नीचे गिराकर परेशानी नहीं बढ़ाएँगे। आप चुभने और चोट पहुँचाने वाली बातें नहीं करेंगे। आप बहस में उन्हें नीचा दिखाने की कोशिश नहीं करेंगे, क्योंकि यदि आप बहस में "जीत" जाते हैं, तो उनका कमज़ोर स्वाभिमान और भी कम हो जाएगा, जिस स्थिति में उनके साथ व्यवहार करना पहले से ज़्यादा मुश्किल हो जाएगा। यही इस मशहूर टिप्पणी के पीछे का मनोविज्ञान है : "आप ग्राहक से बहस में तो जीत सकते हैं, लेकिन आपका सामान नहीं बिकेगा।"

शेर को मेमना कैसे बनाएँ

मुश्किल लोगों से निबटने का केवल एक ही प्रभावी उपाय है :

प्रयास करें कि सामने वाला ख़ुद को पसंद करे।

उसके भूखे अहं को आहार दें- फिर वह आप पर गुर्राना और काटने के लिए झपटना छोड़ देगा।

याद रखें कि भूखा कुत्ता घटिया कुत्ता होता है। जिन कुत्तों को अच्छा भोजन मिलता है, वे शायद ही कभी झगड़ने के लिए आतुर रहते हैं। इसी वजह से पुराने ज़माने की पिट फ़ाइटिंग में लड़ाकू कुत्तों को एक-दो दिन पहले से भूखा रखा जाता था, ताकि वे घटिया बन जाएँ। सफल मानव संबंधों का यह रहस्य केवल मुश्किलें पैदा करने वालों के मामले में ही कारगर नहीं है; यह सामान्य लोगों के मामले में भी कारगर है। हर व्यक्ति अधिक रुचिकर, अधिक समझदार और अधिक सहयोगी बन जाता है- यदि आप उसके अहं को पोषण देते रहें ... झूठी चापलूसी से नहीं, बल्कि सच्ची प्रशंसा और प्रोत्साहन से।

दूसरों में ऐसी छोटी-मोटी चीज़ें खोजें, जिनकी आप प्रशंसा कर सकें। जिन लोगों के साथ आप व्यवहार करते हैं, उनमें ख़ूबियाँ खोजें- ऐसी बातें, जिनकी आप प्रशंसा कर सकें। रोज़ कम से कम पाँच सच्ची प्रशंसाएँ करने की आदत डालें- कुछ ही समय बाद दूसरों के साथ आपके संबंध इतने मधुर बन जाएँगे कि आपको यक़ीन ही नहीं होगा।

इस पुस्तक के खंड दो में हम कुछ सटीक प्रकरणों पर बात करेंगे। उनसे आपको पता चलेगा कि आप रोज़मर्रा के जीवन में मानव स्वभाव के इस ज्ञान पर कैसे अमल कर सकते हैं। लेकिन विस्तृत विवरण का इंतज़ार न करें। इसी समय ईमानदारी से ऐसे तरीक़े सोचें, जिनसे आप सामने वाले व्यक्ति को उसके बारे में बेहतर महसूस करा सकें। और श्रेष्ठ या कृपालु अंदाज़ में इस ज्ञान पर अमल करने की कोशिश न करें। यदि आप ऐसा करेंगे, तो आपकी चालाकी साफ़ दिख जाएगी और श्रेष्ठता के आपके घमंड को भाँपकर सामने वाला आपका विरोधी बन जाएगा।

आगे पढ़ते समय मानव संबंधों के इस पहले नियम को याद रखें। यह बाद में आने वाली कई केस हिस्ट्रीज़ का आधार है और इससे आप समझ

जाएँगे कि यहाँ बताई गई कई विधियाँ कारगर क्यों होती हैं।

मानव संबंधों के पहले नियम का सार यह है : "लोग अपने अहं को बढ़ाने की ख़ातिर ही ज़्यादातर काम करते हैं- या नहीं करते हैं।" जब आप किसी व्यक्ति को किसी विशेष तरीक़े से कार्य करने के लिए मना रहे हों और तर्क से काम नहीं बन रहा हो, तो कोई ऐसा "कारण" देने की कोशिश करें, जिससे उसका अहं बढ़ जाए। हमसे अक्सर कहा जाता है कि हम "तर्कपूर्ण आग्रह करें" और "बच्चों को तर्क के ज़रिए समझाएँ।" लेकिन जब लोगों से किसी निश्चित तरीक़े से काम करवाने की बात आती है- तो तर्क शब्द का मतलब हो जाता है : "ऐसा कारण, जिससे सामने वाले का अहं बढ़ जाए।"

यह सिद्धांत सभी पर लागू होता है

यह पत्नियों के मामले में भी सही है। यह पतियों, बच्चों, वेटर्स, होटल के डेस्क क्लर्क- यहाँ तक कि राजाओं के मामले में भी सही है।

जनरल ओग्लेथॉर्प इंग्लैंड के सम्राट से न्यू वर्ल्ड में एक कॉलोनी स्थापित करने की अनुमति चाहते थे। उन्होंने कई हफ़्तों तक सम्राट को सभी प्रकार के "तार्किक कारण" बताए। बहरहाल, सम्राट ने कोई दिलचस्पी नहीं दिखाई। ओग्लेथॉर्प ने मानवता का वास्ता दिया और सभी तरह के अच्छे "तर्क या कारण" गिनाए, लेकिन सम्राट टस से मस नहीं हुए। आख़िर, ओग्लेथॉर्प ने अपनी रणनीति बदल ली। सम्राट के साथ अपनी अगली मुलाक़ात में उन्होंने सम्राट से कहा कि यदि इंग्लैंड के पास न्यू वर्ल्ड में एक कॉलोनी रहे, तो कितना बेहतरीन रहेगा- नई ज़मीन पर ब्रिटिश झंडा गाड़ना कितना यशस्वी रहेगा ?

सम्राट ने कहा, "लेकिन न्यू वर्ल्ड में हमारे पास कई कॉलोनियाँ पहले से ही हैं।"

ओग्लेथॉर्प ने कहा, "सही है, महामहिम, लेकिन उनमें से एक भी आपके नाम पर नहीं है!"

यह सुनकर सम्राट की दिलचस्पी जाग गई और उन्होंने उस प्रस्ताव पर ग़ौर किया। उन्होंने न केवल जॉर्जिया नामक नई कॉलोनी बसाने की

अनुमति दे दी, बल्कि उसके लिए रक़म भी दी। उसे बसाने के लिए उन्होंने उन कर्ज़दारों को रिहा भी कर दिया, जिन पर शासन का कर्ज़ था।

दूसरों से मदद पाने के लिए उन्हें कोई व्यक्तिगत कारण बताएँ

कुछ समय पहले मैं एक दक्षिणी शहर गया था, जहाँ एक राष्ट्रीय सम्मेलन चल रहा था। अप्रत्याशित कारणों से मुझे रात को वहाँ रुकना पड़ा। कमरे की तलाश में मैं एक होटल में गया, जहाँ मैं पिछली यात्रा के दौरान रुका था। डेस्क के सामने काफ़ी भीड़ थी और बहुत से लोग कमरा माँग रहे थे। भीड़ में से रास्ता बनाते हुए मैं आख़िरकार डेस्क पर पहुँच गया।

डेस्क क्लर्क ने माफ़ी माँगते हुए कहा, "ओह, लेस। आपको हमें बता देना चाहिए था कि आप आ रहे हैं। इन परिस्थितियों में मैं आपके लिए कुछ नहीं कर सकता।"

मैंने जवाब दिया, "ऐसा लगता है कि समस्या वाक़ई गंभीर है, लेकिन मैं जानता हूँ कि इस शहर में अगर कोई होटल वाला इस समस्या को सुलझा सकता है- तो वह सिर्फ़ आप हैं। किसी दूसरी जगह तलाश करने से कोई फ़ायदा नहीं, क्योंकि अगर आप मुझे कमरा नहीं दिला सकते, तो बेहतर होगा कि मैं पार्क में जाकर सो जाऊँ।"

उसने कहा, "देखिए, फ़िलहाल तो मुझे कोई रास्ता नहीं सूझ रहा है। लेकिन आप आधा घंटे यहीं आस-पास रहें। मैं देखता हूँ कि क्या मैं इस बारे में कोई उपाय सोच सकता हूँ।"

जल्द ही उसे समाधान सूझ गया। उसे याद आया कि शानदार सजावट वाला एक छोटा सा कमरा उस वक़्त ख़ाली था, जो आमतौर पर अनौपचारिक सम्मेलनों के लिए उपयोग होता था। उस कमरे में एक पलंग डालकर उसे आसानी से बेडरूम में बदला जा सकता था, क्योंकि उसमें गुसलख़ाना भी था। मुझे कमरा मिल गया और उसे उपलब्धि का अहसास मिल गया। उसके अहं में वृद्धि हो गई, क्योंकि उसने हम दोनों के सामने यह साबित कर दिया था कि "अगर कोई यह काम कर सकता है, तो वह मैं हूँ।"

अध्याय 2 का सार

1. हम सभी अहंकारी हैं।
2. हम सभी की स्वयं में जितनी रुचि होती है, उतनी संसार की किसी दूसरी चीज़ में नहीं होती।
3. आप जिस भी व्यक्ति से मिलते हैं, वह महत्वपूर्ण और "किसी लायक़" महसूस करना चाहता है।
4. हर व्यक्ति में दूसरों से प्रशंसा पाने की भूख होती है।
5. भूखा अहं घटिया अहं होता है।
6. स्वाभिमान की सामने वाले की भूख को संतुष्ट कर देंगे, तो वह स्वतः ही ज़्यादा दोस्ताना और मिलनसार हो जाएगा।
7. ईसा मसीह ने कहा था, "अपने पड़ोसी से ख़ुद की तरह प्रेम करें।" आधुनिक मनोवैज्ञानिकों का कहना है कि जब तक आप ख़ुद से प्रेम नहीं करते हैं, तब तक आपमें स्वाभिमान नहीं होता है और जब तक आपमें स्वाभिमान नहीं होता, तब तक आप दूसरों के प्रति दोस्ताना महसूस कर ही नहीं सकते।
8. एलएस/एमएफ़टी को याद रखें। कम स्वाभिमान का अर्थ है परेशानी और संघर्ष।
9. कोशिश करें कि सामने वाला ख़ुद को पसंद करने लगे। तब उसके साथ व्यवहार करना आपके लिए ज़्यादा आसान हो जाएगा।
10. लोग अपने अहं को बढ़ाने की ख़ातिर ही ज़्यादातर काम करते हैं या नहीं करते हैं।

अध्याय 3

अपनी छिपी हुई विशेषताओं का लाभ कैसे उठाएँ

संबंधों के मामले में हर इंसान स्वाभाविक रूप से समृद्ध होता है। लेकिन विडंबना यह है कि हममें से अधिकांश लोग इस दौलत को दबाकर रखते हैं अथवा कंजूसी से बाँटते हैं। या इससे भी बुरी बात, हमें यह आभास तक नहीं होता कि हमारे पास इतनी बड़ी दौलत मौजूद है।

द्वितीय विश्व युद्ध के दौरान जब लोगों की भूख मिटाने के लिए माँस की कमी पड़ रही थी तो समुदाय का सबसे लोकप्रिय व्यक्ति क़साई हुआ करता था।

बहरहाल, हर दिन आप जिन लोगों के संपर्क में आते हैं, वे उस आहार की भूख से तड़प रहे होते हैं, जो आप उन्हें प्रदान कर सकते हैं।

महत्वपूर्ण महसूस करने की भूख सर्वव्यापी है। इंसान के रूप में अपनी सार्थकता की दूसरों द्वारा पुष्टि, दूसरों की सराहना, दूसरों द्वारा ग़ौर किया जाना महत्वपूर्ण है।

सामने वाले की व्यक्तिगत सार्थकता के अहसास को बढ़ाने में आप सक्षम हैं। आपमें यह शक्ति भी है कि आप ऐसा कुछ करें, जिससे वह ख़ुद को थोड़ा ज़्यादा पसंद करने लगे। आपमें यह शक्ति भी है कि आप सामने वाले को सराहे जाने और स्वीकार किए जाने का अहसास दिलाएँ।

संक्षेप में, आपके पास वह भोजन है, जिससे आप इस सर्वव्यापी मानवीय भूख को संतुष्ट कर सकते हैं।

अपनी दौलत को बाँटने की कोशिश करें

अपने मानवीय संबंधों को बेहतर बनाने का सबसे त्वरित तरीक़ा है अपने पास मौजूद इस दौलत को बाँटना। इस मामले में कंजूसी न करें। इस मामले में किफ़ायत भी न बरतें। किन्हीं ख़ास लोगों तक ही सीमित न रहें। इसमें आपका कुछ भी ख़र्च नहीं होता और आपको इस बात से डरने की ज़रूरत भी नहीं है कि आपकी यह दौलत ख़त्म हो जाएगी। इसकी सौदेबाज़ी करने की कोशिश न करें। इसे रिश्वत की तरह न दें, जिससे लोग बदले में आपकी मनचाही चीज़ दें। इसे बिना किसी भेदभाव के हर व्यक्ति को दें। ऐसा करते समय आपको यह चिंता करने की ज़रूरत नहीं है कि आप दूसरों से जो चीज़ चाहते हैं, वह आपको मिलेगी या नहीं। बस इतना याद रखें कि जब आप यह नेकी करते हैं, तो वह कई गुना होकर आपके पास लौटती है।

हर व्यक्ति महत्व का भूखा है

यह मानने की ग़लती न करें कि सफल या मशहूर व्यक्तियों को महत्व के अहसास की ज़रूरत नहीं होती।

शिष्टता, विनम्रता या "मैनर्स"– ये सभी लोगों के महत्व के अहसास की सर्वव्यापी भूख पर ही आधारित हैं।

शिष्टता और विनम्रता ही वे माध्यम हैं, जिनके ज़रिए हम सामने वाले के महत्व को स्वीकार करते हैं।

एक बार अख़बार में एक ज़बर्दस्त ख़बर छपी थी। एक विदेशी प्रधानमंत्री वॉशिंगटन में एक कैबिनेट अफ़सर से मिलने गए और उन्हें ख़ुद ही ऑफ़िस खोजना पड़ा। यही नहीं, उन्हें कैबिनेट अफ़सर की सेक्रेटरी को अपना नाम बताना पड़ा और फिर अपॉइंटमेंट का वक़्त होने के बाद भी पाँच मिनट तक इंतज़ार करना पड़ा ? याद करें कि कूटनीतिक हलक़ों में इससे कितना बवाल मचा था, जब पाँच मिनट बाद प्रधानमंत्री यह कहते हुए चले गए, "हम उससे बाद में मिल लेंगे ?"

क्या प्रधानमंत्री का समय इतना मूल्यवान था कि वे पाँच मिनट का इंतज़ार बर्दाश्त नहीं कर सकते थे? शायद नहीं! क्या इस छोटी सी घटना की वजह से उस देश के साथ अच्छे संबंध बनाने की महीनों की मेहनत पर पानी फिर गया। स्पष्ट रूप से विशेषज्ञ तो यही मानते थे, क्योंकि इस मामले को रफा-दफा करने के लिए उन्होंने बहुत दौड़-धूप की थी।

एक गुण, जो आपमें ही नहीं, संसार के हर व्यक्ति में है। इस पुस्तक का हर पाठक दूसरे पाठक से अलग है। आप अलग प्रकार से जीते हैं, अलग प्रकार का भोजन करते हैं, अलग पोशाक पहनते हैं, अलग-अलग चीज़ों को पसंद करते हैं- आप अलग हैं, लेकिन हम सबमें एक बात समान है।

हम सभी को केवल यह अहसास करने की आवश्यकता ही नहीं होती है कि हम महत्वपूर्ण हैं : *हमें इस अहसास की भी ज़रूरत होती है कि दूसरे लोग हमारे महत्व को पहचानते और स्वीकार करते हैं।* वास्तव में, हमें इस चीज़ की ज़रूरत है कि दूसरे लोग हमें महत्वपूर्ण होने का अहसास कराएँ- हमारे व्यक्तिगत महत्व के अहसास की पुष्टि करें। क्योंकि अपने बारे में हमारी भावनाएँ काफ़ी हद तक हमारे आस-पास के दूसरे लोगों की भावनाओं या प्रदर्शित भावनाओं की छवि होती हैं। कोई भी व्यक्ति ज़्यादा समय तक गरिमा और महत्व के अहसास को क़ायम नहीं रख सकता, जो उसकी भलाई के लिए आवश्यक है, अगर उसके आस-पास का हर व्यक्ति उसे "बेकार" और महत्वहीन मानकर उससे व्यवहार करे।

इससे यह स्पष्ट होता है कि महत्वहीन नज़र आने वाली "छोटी-मोटी चीज़ों" के मानव संबंधों के क्षेत्र में इतने बड़े परिणाम होते हैं।

आप कह सकते हैं, आख़िर पाँच मिनट क्या होते हैं? वास्तव में समय के लिहाज़ से पाँच मिनट का समय क़तई महत्वपूर्ण नहीं था। महत्वपूर्ण तो उन परिस्थितियों में उन पाँच मिनटों का अर्थ था। पाँच मिनट तक इंतज़ार कराए जाने का अर्थ था या प्रकट होता था- "आपसे होने वाली मुलाक़ात मेरे लिए ज़्यादा महत्वपूर्ण नहीं है। मैं इसे रोज़मर्रा का मामला मानता हूँ। मैं आपसे मिलने को ज़्यादा महत्व नहीं देता हूँ।"

क्या आपने तलाक़ माँगने के तथाकथित कारण पढ़े हैं? उनमें से कुछ तो बहुत मज़ेदार होते हैं।

"जब भी वह मुझे बाहर ले जाता था, तो हमेशा सुंदर महिलाओं को घूरता रहता था।"

"उसे हर एक को यह बताने में बड़ा मज़ा आता था कि मैं पैसों के मामले में कितनी बुद्धू हूँ।"

"वह हर सुबह जान-बूझकर मेरा टोस्ट जला देती थी, क्योंकि उसे पता था कि मुझे जला हुआ टोस्ट पसंद नहीं है।"

"वह मुझसे पहले हमेशा बिल्ली को खाना खिलाती थी।"

ये चीज़ें छोटी नज़र आती हैं। लेकिन यदि इन्हें बार-बार, अंतहीन रूप से दोहराया जाए और सामने वाले व्यक्ति को बताया जाए, "इससे साबित होता है कि मेरे हिसाब से आप बहुत महत्वपूर्ण नहीं हैं"- तो वे सचमुच "विनाशकारी छोटी-छोटी बातें" बन जाती हैं।

याद रखें, ज़बर्दस्त विस्फोट के लिए केवल एक छोटी चिंगारी की ही ज़रूरत होती है। और आप जो छोटी-छोटी बातें कहते या करते हैं, उनसे एक चेन रिएक्शन उत्पन्न हो सकती है, जो भीषण विस्फोट में बदल सकती है।

आपको सामने वाले को "मान्यता देनी" चाहिए

दूसरे देशों के साथ कूटनीतिक व्यवहार करते समय सरकारें दूसरे देश को "पहचानने" या "उन्हें मान्यता देने" की बात करती हैं। "मान्यता" का अर्थ है दूसरे देश की सरकार को "वास्तविक" मानना।

दूसरे लोगों के साथ कूटनीतिक संबंध बनाते समय हम इससे सबक़ ले सकते हैं। लोगों के साथ सफल संबंध बनाने के लिए हमें भी उन्हें "वास्तविक" इंसानों के रूप में "पहचानना" होगा, उन्हें "मान्यता" देना होगी।

कई सर्वेक्षणों का विश्लेषण करने के बाद जे.सी. स्टैल ने मज़दूरों के बीच असंतोष के प्रमुख कारणों को उनके महत्व के क्रम में इस तरह सूचीबद्ध किया :

1. सुझावों के लिए श्रेय न देना

2. शिकायतों का निराकरण न करना
3. प्रोत्साहित न करना
4. दूसरों के सामने कर्मचारियों की आलोचना करना
5. कर्मचारियों से राय न लेना
6. कर्मचारियों को उनकी प्रगति के बारे में जानकारी न देना
7. भेदभाव करना

ग़ौर करें कि इनमें से हर बिंदु कर्मचारी के महत्व को न पहचानने से जुड़ा है। काम के लिए श्रेय न देने का अर्थ यह होता है, "आपका काम बहुत महत्वपूर्ण नहीं है।" शिकायतों का निराकरण न करने का अर्थ यह है, "आप इतने महत्वहीन हैं कि आपकी शिकायतों का कोई महत्व नहीं है।" और इसी तरह!

दूसरों को महत्वपूर्ण महसूस कराने के तीन तरीक़े

1. *दूसरों को महत्वपूर्ण मानें*

सबसे पहला नियम– जिस पर अमल करना सबसे आसान है– हमेशा–हमेशा के लिए यह विश्वास करना है कि दूसरे लोग महत्वपूर्ण हैं। जब आप दूसरों को सचमुच महत्वपूर्ण मानते हैं, तो आपका यह नज़रिया सामने वाले को पता चल जाता है– भले ही आप "कोशिश" न कर रहे हों। यही नहीं, इससे "पैंतरेबाज़ी" की ज़रूरत ही नहीं रह जाती और आपके संबंध ईमानदारी की बुनियाद पर खड़े होते हैं। यदि आप केवल शाब्दिक नियम और पैंतरे आज़माएँगे, तो लाख कोशिश कर लें, लेकिन वे कारगर नहीं होंगे। अगर आप मन ही मन यह सोचते हैं कि सामने वाला महत्वहीन है, तो आप सामने वाले को किसी तरह से महत्वपूर्ण महसूस नहीं करा सकते।

देखिए, संसार में लोगों जितना महत्वपूर्ण भला क्या है ? इतना रोचक और कौन है ?

हर व्यक्ति महत्वपूर्ण क्यों होता है, इसका एक बड़ा कारण यह है। इस पुस्तक में हम पहले ही वह नियम बता चुके हैं, जिसे हेनरी कैसर दूसरे

लोगों के साथ अच्छे संबंध बनाने का नंबर वन नियम कहते थे : बस यह ध्यान रखें कि आपसे मिलने वाला हर व्यक्ति ईश्वर की संतान है और इसी कारण वह इतना महत्वपूर्ण है।

ड्यूक यूनिवर्सिटी के डॉ. जे.बी. राइन ने वैज्ञानिक भाषा में कमोबेश यही बात कही थी। डॉ. राइन और उनके सहयोगियों ने 20 वर्ष से अधिक अवधि तक शोध किए, जिनसे साबित हुआ कि मनुष्य में कोई न कोई "अति-शारीरिक" चीज़ होती है। दूसरे शब्दों में, वैज्ञानिक हमें बता रहे हैं कि प्रयोगों के ज़रिए उन्होंने यह साबित कर दिया है कि मनुष्य सिर्फ़ हाड़-माँस की एक मशीन भर नहीं है; वह शारीरिक "पशु" से कहीं बढ़कर है।

डॉ. राइन कहते हैं कि जब इन खोजों को अधिकांश लोग जानने तथा मानने लगेंगे और उन्हें सार्वजनिक तौर पर स्वीकार कर लिया जाएगा, तो उनका एक-दूसरे के साथ हमारे व्यवहार पर सकारात्मक असर पड़ेगा। अपनी पुस्तक *द रीच ऑफ़ द माइंड** में उन्होंने लिखा है :

"बाक़ी हर चीज़ की तरह ही लोगों के साथ हमारा व्यवहार भी स्पष्टतः इस बात पर निर्भर करता है कि हमारे विचार से वे क्या हैं। कोई भी अन्य उपाय बुद्धिमत्तापूर्ण नहीं होता। लोगों के प्रति हमारी भावनाएँ उनके बारे में हमारे विचारों और ज्ञान पर निर्भर करती हैं। हम अपने साथी इंसानों को जितना अधिक शारीरिक और मशीनी- रोबोट, मशीन, मस्तिष्क- मानेंगे, हम उनके साथ उतना ही अधिक हृदयहीन और स्वार्थी व्यवहार करेंगे।

"दूसरी ओर, यदि हम उनके मानसिक जीवन को अनूठा मानकर उसकी सराहना करेंगे, उन्हें पदार्थ के स्थान-काल-द्रव्यमान संबंधों से अधिक मौलिक और रचनात्मक मानेंगे, तो हम व्यक्तियों के रूप में उनमें उतनी ही अधिक रुचि लेंगे, उनका उतना ही अधिक सम्मान करेंगे और उनके दृष्टिकोणों व भावनाओं के बारे में उतना ही ज़्यादा सोचेंगे। इस स्थिति में हमारा आपसी व्यवहार आपसी रुचि, समझ और साहचर्य के स्तर पर पहुँच जाएगा।"

जो स्त्री-पुरुष दूसरों को सबसे ज़्यादा प्रभावित करते हैं, उन्हें यह यक़ीन होता है कि दूसरे लोग महत्वपूर्ण हैं।

---

*न्यूयॉर्क : विलियन स्लोन एसोसिएट्स, इंक., 1947

2. *दूसरों पर ग़ौर करें*

यहाँ एक सरल लेकिन बुनियादी नियम बताया जा रहा है।

क्या आपने कभी सोचा है कि आप केवल उन्हीं चीज़ों पर "ग़ौर" करते हैं, जिन्हें आप महत्वपूर्ण मानते हैं ? सच तो यह है कि आप अपने आस-पास की एक प्रतिशत चीज़ों को भी ग़ौर से नहीं देखते हैं। आप ध्यान देने के लिए केवल उन्हीं चीज़ों को चुनते हैं, जो आपके लिए महत्वपूर्ण होती हैं। रविवार की दोपहर एक ही सड़क पर टहलने निकले पाँच लोग शायद पाँच अलग-अलग चीज़ों को "देखेंगे" या उन पर ग़ौर करेंगे। इसका कारण सिर्फ़ यह है कि उनकी रुचियाँ अलग-अलग चीज़ों में होती हैं। एक आगंतुक व्यापारी दुकानों पर ग़ौर करता है और मन ही मन हिसाब लगता है कि उनमें से प्रत्येक का किराया क्या होगा। सड़क बनाने वाला कॉन्ट्रेक्टर सड़क की हालत पर ग़ौर करता है और देखता है कि इसे मरम्मत की सख़्त ज़रूरत है। उसकी पत्नी दुकान की नुमाइश खिड़की में रखी नई फ़्रॉक्स पर ग़ौर करती है। उसका आठ साल का लड़का कबूतरों को देखता है और सोचता है कि काश वह अपनी गुलेल साथ लाया होता! और इसी तरह की अन्य बातें।

लोगों से ज़्यादा कड़ी मेहनत कैसे करवाएँ ? अचेतन रूप से हम सभी जानते हैं कि हम केवल उन्हीं चीज़ों पर ग़ौर करते हैं, जो हमारे लिए महत्वपूर्ण होती हैं।

इसीलिए जब कोई हम पर "ग़ौर" करता है, तो ऐसा करके वह हमें बहुत बड़ा सम्मान देता है। वह यह कह रहा है कि वह हमारे महत्व को पहचानता है। इस तरह वह हमारे मनोबल को बहुत बढ़ा देता है। हम ज़्यादा दोस्ताना, ज़्यादा सहयोगी बन जाते हैं और वास्तव में ज़्यादा कड़ी मेहनत करते हैं।

एन आर्बर, मिशिगन में मिशिगन यूनिवर्सिटी के सर्वे रिसर्च सेंटर के मनोवैज्ञानिकों ने 1949 में एक वैज्ञानिक अध्ययन शुरू किया। वे यह पता लगाना चाहते थे कि लोग किस वजह से ज़्यादा कड़ी मेहनत करते हैं, ज़्यादा उत्पादन करते हैं और बेहतर काम करते हैं। उन्हें यह पता लगा कि जो फ़ोरमैन अपने अधीन काम करने वालों में ज़्यादा रुचि लेता है, वह उनसे

ज़्यादा काम करवा लेता है। दूसरी ओर, जो फ़ोरमैन अधिकारी बनकर उन्हें ज़्यादा कड़ी मेहनत करने के लिए विवश करता है, वह उनसे उतना ज़्यादा काम नहीं करवा पाता।

इन वैज्ञानिकों के निष्कर्षों को प्रकाशित करने वाले साइंस न्यूज़लेटर* में लिखा था, "उत्पादन के लिए दबाव डालना कुछ हद तक तो कारगर हो सकता है। लेकिन सबसे अच्छे परिणाम तभी हासिल होते हैं, जब किसी कर्मचारी की आंतरिक प्रेरणाओं- यानी उसकी आत्म-अभिव्यक्ति, आत्म-निर्णय और व्यक्तिगत महत्व के अहसास- का दोहन किया जाता है। व्यक्ति बेहतर काम तब करता है, जब उसके साथ जीवित इंसान की तरह व्यवहार किया जाता है, उसे अपने हिसाब से काम करने की थोड़ी आज़ादी दी जाती है और अपने निर्णय ख़ुद लेने की अनुमति दी जाती है।"

कर्मचारियों को कैसे बनाए रखें? द्वितीय विश्व युद्ध के दौरान मैरियन, वर्जीनिया स्थित हारवुड मैन्युफ़ेक्चरिंग कॉरपोरेशन की फ़ैक्ट्री में कर्मचारियों का पलायन बहुत ज़्यादा था। कर्मचारी फ़ैक्ट्री छोड़कर दूसरी जगह काम करने चले जाते थे और उन्हें रोककर रखना काफ़ी मुश्किल था। इस समस्या को सुलझाने के लिए प्रेसिडेंट ने एक मनोवैज्ञानिक को बुलाया। मनोवैज्ञानिक को मानव स्वभाव की अच्छी समझ थी, इसलिए उसने एक योजना बनाई। इसके तहत नए कर्मचारियों पर व्यक्तिगत ध्यान दिया जाता था और उन्हें अहसास कराया जाता था कि कंपनी उनका महत्व पहचानती है।

सबसे पहले तो कार्मिक विभाग का कर्मचारी नए कर्मचारी से बात करता था। वह फ़ैक्ट्री में उत्पादन की पूरी तस्वीर बताता था और यह भी स्पष्ट करता था कि उसकी नौकरी इस तस्वीर में कहाँ फ़िट होती है। इसके बाद उसे "साथी कर्मचारी" परामर्शदाता के साथ काम करने का अवसर दिया जाता था, जो नए कर्मचारी के मित्र के रूप में काम करता था। वह उसे उसका काम समझाता था, "सहकर्मियों" से मिलवाता था और काम की बारीकियाँ सिखाता था। इस योजना को लागू करने के बाद मज़दूरों का पलायन लगभग शून्य हो गया और बहुत कम कर्मचारी फ़ैक्ट्री छोड़कर दूसरी जगह गए!

बच्चों के साथ घुलने-मिलने का रहस्य। नन्हे-मुन्ने बच्चों की तमन्ना

---

*"साइंस न्यूज़लेटर," 16 अप्रैल 1949

होती है कि लोग उन पर ग़ौर करें। "देखो, मम्मी, देखो!" और "डैडी, आकर मुझे देखो" जैसे वाक्य हर माता-पिता ने सुने होंगे। छोटा जॉनी सिर्फ़ इसी बात से ख़ुश नहीं होता कि वह तैर रहा है। वह चाहता है कि डैडी भी आएँ "और मुझे तैरते हुए देखें।" ध्यान पाने की ऐसी पुकारें प्रत्यक्ष होती हैं।

लेकिन अक्सर बच्चे ज़्यादा सूक्ष्म तरीक़ों से भी ध्यान आकर्षित करना चाहते हैं। छोटी सी सूज़ी को यह लग सकता है कि उसकी माँ से परवाह और व्यक्तिगत ध्यान पाने का एक अचूक तरीक़ा यह है कि वह खाने की टेबल पर भोजन करने से इंकार कर दे। और अगर तमाम कोशिशों के बाद भी जॉनी के मम्मी-डैडी उसे "देखने" से इंकार कर देते हैं, तो वह अनावश्यक अति तक जा सकता है- जैसे किसी लैंप को गिराना या बहन का हाथ मरोड़ना।

बच्चों की शरारत का इलाज कैसे करें? मशहूर पारिवारिक-संबंध विशेषज्ञ डॉ. रूथ बार्बी ने मुझे बताया कि छोटे बच्चों की ९० प्रतिशत तथाकथित "शरारतें" केवल "ध्यान आकर्षित करने" का तरीक़ा होती हैं और वे शरारत तभी करते हैं, जब उन्हें किसी अन्य तरीक़े से ध्यान नहीं मिल पाता। वे कहती हैं, यदि बच्चे को ज़्यादा समय और ध्यान मिले, तो अधिकांश शरारतों तथा अँगूठा चूसने या बिस्तर गीला करने जैसी बहुत सारी तथाकथित "बुरी आदतों" का इलाज तुरंत हो सकता है।

अपराधशास्त्री कहते हैं कि बहुत से अपराध, ख़ास तौर पर सनसनीख़ेज अपराध, वे ही लोग करते हैं, जिनकी ध्यान पाने की इच्छा कभी पूरी नहीं हो पाती है। कुंठित व्यक्ति जाकर कोई सनसनीख़ेज़ अपराध कर देता है और जब उसके कारनामे की ख़बर अख़बार के पहले पेज पर छपती है, तो वह मन ही मन सोचता है, "अब तो संसार मुझ पर ग़ौर करेगा।"

पत्नियों और पतियों की सबसे आम शिकायत। समय-समय पर पति-पत्नियों का सर्वे करके यह पता लगाया जाता है कि जीवनसाथियों को एक-दूसरे से सबसे आम शिकायतें कौन सी हैं।

बिना किसी अपवाद के, "ग़ौर न करना" किसी न किसी प्रकार से सूची में पहले स्थान पर होता है। कई पति यह नहीं समझ पाते कि पत्नी की भावनाएँ इस बात पर क्यों आहत हो जाती हैं कि उसने उसके नए हैट या हेयर स्टाइल पर ग़ौर नहीं किया। पत्नी जानती है कि यदि पति ने उसके

नए हैट पर ध्यान नहीं दिया है, तो इसका मतलब है कि पति ने उसे ग़ौर से देखा ही नहीं– यानी उसने पत्नी पर कोई ख़ास ध्यान दिया ही नहीं। इसका अर्थ है वह पत्नी को इतना महत्वपूर्ण नहीं मानता कि वह उस पर क़रीब से ग़ौर करे।

ग्राहकों से ख़ुद को पसंद कैसे करवाएँ ? मैं जिन सबसे सफल सेल्स–क्लर्क्स को जानता हूँ, उनमें से एक कभी भी किसी महिला से यह नहीं पूछती, "आपका साइज़ क्या है ?"

इसके बजाय वह महिला ग्राहक को ग़ौर से निहारती है और कहती है, "आइए– आपका साइज़ तो 14 होना चाहिए।" चूँकि उस सेल्स–क्लर्क ने महिला ग्राहक पर ग़ौर किया, इसलिए वह ख़ुश हो जाती है, हालाँकि उसे इसका कारण पता नहीं होता। अगर महिला ग्राहक मोटी है, जिसका साइज़ 46 है, तो सेल्स क्लर्क हमेशा दो साइज़ छोटे का "अंदाज़ा" लगाएगी। जब ग्राहक कहती है, "नहीं–नहीं, मैं तो 46 साइज़ लेती हूँ," तो क्लर्क हैरानी से कहती है, "अरे, मैं तो यह अंदाज़ा कभी नहीं लगा पाती।"

यहाँ सेल्स–क्लर्क इसी नियम का विपरीत प्रयोग कर रही है और उस चीज़ पर ग़ौर नहीं कर रही है, जिससे सामने वाले के महत्व की भावना कम हो।

हर व्यक्ति पर स्पॉटलाइट डालें। जब आप किसी समूह के साथ व्यवहार कर रहे हों, तो जहाँ तक संभव हो, समूह के हर व्यक्ति पर ध्यान देने की कोशिश करें। यदि किसी व्यक्ति के साथ उसकी पत्नी भी मौजूद हो, तो उस पर भी थोड़ा ध्यान दें। ध्यान रखें, ऐसा करते समय अति न कर दें और पूरा ध्यान पत्नी पर ही केंद्रित न कर दें, क्योंकि इससे पति ख़ुद को छोटा महसूस करने लगेगा। बस पत्नी को नज़रअंदाज़ न करें। यह जता दें कि आप उसकी उपस्थिति को महत्वपूर्ण मानते हैं। फिर वह आपकी मदद करेगी कि आप अपने विचार उसके पति को बेच पाएँ।

यदि आप किसी समिति या किसी अन्य समूह के साथ व्यवहार कर रहे हों, तो व्यक्तियों के रूप में उनकी उपस्थिति स्वीकार करें। उनसे बातचीत करते समय नज़र से नज़र मिलाएँ। एक बार फिर, इसकी अति न करें। अति करने पर आप चेयरमैन या समूह के लीडर के महत्व को कम कर

देंगे। लीडर को यह जताकर उसके आत्म-महत्व को बढ़ाएँ कि आप उसे मुखिया के रूप में स्वीकार करते हैं। लेकिन संभावना इस बात की है कि आपको केवल मुखिया की नहीं, बल्कि पूरे समूह के समर्थन और सद्भावना की ज़रूरत होगी। यह आश्चर्यजनक है कि हर व्यक्ति को महत्वपूर्ण होने का अहसास दिलाने के लिए केवल थोड़ा सा ध्यान देने की ज़रूरत होती है।

3. *दूसरों पर हावी होने की कोशिश न करें*

आप सामने वाले के महत्व को पहचानते हैं, यह जताने के तीसरे बुनियादी नियम में थोड़ी सावधानी की ज़रूरत होती है। आप भी इंसान हैं और हर एक की तरह ही आपको भी महत्व के अहसास की ज़रूरत है, इसलिए आपको ख़ुद पर नज़र रखनी होगी कि आप मानव स्वभाव के इस बुनियादी तथ्य का उपयोग करके घाटे में न रहें।

मानव स्वभाव का बुनियादी तथ्य यह है कि "हर व्यक्ति को महत्वपूर्ण महसूस करने और यह अहसास करने की ज़रूरत है कि दूसरे लोग उसके महत्व को पहचानते हैं।" मानव स्वभाव का यह गुण अपने आप में तटस्थ है। आप इसका उपयोग अपने फ़ायदे या नुकसान दोनों के लिए ठीक उसी तरह कर सकते हैं, जिस तरह आप चाकू का इस्तेमाल अपनी ब्रेड पर मक्खन लगाने या अपना गला काटने के लिए कर सकते हैं।

दूसरों के साथ व्यवहार करते समय हमेशा इस बात का प्रलोभन मौजूद रहता है कि हम ख़ुद को महत्वपूर्ण साबित करके उन्हें प्रभावित करना चाहें। चेतन या अचेतन रूप से हम अच्छी छाप भी छोड़ना चाहते हैं! यदि कोई बताता है कि उसने कोई बड़ा काम किया है, तो हम तत्काल अपने उस काम के बारे में सोचना शुरू कर देते हैं, जो उससे भी ज़्यादा बड़ा था। यदि कोई अच्छी कहानी सुनाता है, तो हम तत्काल उससे बेहतर कहानी के बारे में सोचने लगते हैं। दरअसल ऐसा इसलिए होता है, क्योंकि प्रायः हम अपने ख़ुद के महत्व से सामने वाले को प्रभावित करने के लिए इतने आतुर होते हैं कि हम येन-केन-प्रकारेण उसे छोटा महसूस कराने पर तुल जाते हैं, ताकि हम उससे ज़्यादा बड़े नज़र आएँ। जिमी स्मिथ नामक बच्चा अपने दोस्त से कहता है, "मेरे डैडी तुम्हारे डैडी को हरा सकते हैं।" और सड़क पर पड़ोसी से बात करते समय जिमी के डैडी भी यही ग़लती करते हैं।

एक आसान नियम इस बाधा से उबरने में आपकी मदद करेगा। बस इस आज़माए हुए और साबित हो चुके तथ्य को याद रखें :

> **आप सामने वाले पर अच्छी छाप छोड़ना चाहते हैं। लेकिन सामने वाले को प्रभावित करने का सबसे असरदार तरीक़ा यह जताना है कि आप उससे प्रभावित हैं।**

अगर आप यह जता देते हैं कि आप सामने वाले से प्रभावित हैं, तो वह आपको सबसे चतुर और समझदार लोगों में से एक मानेगा। दूसरी तरफ़, अगर आप उससे बेहतर दिखने की कोशिश करेंगे– "ओह, हाँ" या "तुम मुझसे यह उम्मीद तो नहीं कर रहे कि मैं इस बात पर यक़ीन कर लूँगा ?" जैसे वाक्यों से उसकी बात का जवाब देने की कोशिश करेंगे, तो उसे इस बात का दृढ़ विश्वास हो जाएगा कि आप मूर्ख हैं, जिसमें रत्ती भर भी समझ नहीं है।

जो डोक्स नामक युवा दो लड़कियों के साथ डेटिंग कर रहा है। उनमें से एक हमेशा पूरी रुचि से उसकी नौकरी, उसकी महत्वाकांक्षाओं, उसके वर्तमान कामों और भावी योजनाओं के बारे में सुनती है। वह उसकी बातों से इतनी प्रभावित होती है कि उसका मुँह खुला रह जाता है और वह बोलती है, "कितना बढ़िया!" या "यह तुमने कैसे कर लिया ?" दूसरी ओर, दूसरी लड़की कहती है, "इसमें कौन सी बड़ी बात है ? मैं ख़ुद इससे अच्छा कर सकती हूँ।"

कौन सी लड़की बेहतर छाप छोड़ेगी ? जो डोक्स दोनों में से किस लड़की को ज़्यादा स्मार्ट मानेगा ?

सामने वाले को महत्व का अहसास देने का– आप उससे प्रभावित हैं, यह जताने का– यह मतलब नहीं है कि आपसे कोई चीज़ छिन जाएगी। इसका यह मतलब भी नहीं है कि आप उसके तलुए चाटें, उसकी जीहुज़ूरी करें या ग़ुलामों जैसा बर्ताव करें। इसका मतलब तो यह है कि आप उसका सम्मान करें और उसे यह महसूस कराएँ कि आपने उसे मान्यता दे दी है।

यह कैसे जानें कि सामने वाले को कब सुधारना है ? आम तौर पर जब हम किसी का विरोध करते हैं या उसे सुधारते हैं, तो हमारा उद्देश्य किसी वास्तविक समस्या को सुलझाना नहीं होता – हमारा उद्देश्य तो सामने वाले को नीचा दिखाकर अपने महत्व की भावना को बढ़ाना होता है।

एक अच्छा नियम यह है कि किसी की बात काटने से पहले ख़ुद से यह सवाल पूछें : "वह सही है या ग़लत, क्या इससे सचमुच फ़र्क़ पड़ता है ?"

अगर वह कहता है कि बंदूक में गोली नहीं है और आप जानते हैं कि गोली है, तो उसकी बात का विरोध करें।

अगर वह कहता है कि शीशी में नेल पॉलिश है और आप जानते हैं कि उसमें नाइट्रोग्लिसरीन है, तो उसकी बात सुधार दें।

लेकिन अगर वह कहता है कि पृथ्वी सूर्य से 83 मिलियन मील दूर है, तो इस आँकड़े के ग़लत होने से क्या फ़र्क़ पड़ता है, जब तक कि आप खगोलशास्त्री या गणितज्ञ न हों और सटीक आँकड़े से आपकी समस्या में फ़र्क़ न पड़ रहा हो।

हर छुटपुट लड़ाई जीतने की कोशिश न करें। कुछ समय पहले मैं एक छोटे रेस्तराँ के मालिक और एक शीर्ष अकाउंटेंट के साथ डिनर ले रहा था। बातचीत के दौरान रेस्तराँ वाले ने कहा, "मैं बहुत ज़्यादा पैसे बनाने की कोशिश नहीं करता हूँ, क्योंकि अगर आप एक लाख डॉलर कमाते हैं, तो आप 90 प्रतिशत की श्रेणी में आ जाते हैं और सरकार आपको केवल 10,000 रखने देती है। जबकि अगर आप सिर्फ़ 30,000 कमाते हैं, तो आप 15,000 डॉलर रख सकते हैं।"

मैंने अकाउंटेंट की ओर देखा। उसके चेहरे पर कोई भाव नहीं था।

बाद में मैंने उससे पूछा, "तुमने उसकी ग़लती को सुधारा क्यों नहीं ?"

उसने कहा, "लेस, मुझे हैरानी है कि तुम मुझसे कारण पूछ रहे हो। मैंने उसकी ग़लती सिर्फ़ इसलिए ठीक नहीं की, क्योंकि इससे उसे छोटा महसूस कराने के अलावा कुछ नहीं होता। दरअसल इससे क्या फ़र्क़ पड़ता है कि उसकी ग़लती को ठीक किया जाता है या नहीं। वह इस बात पर विश्वास करना चाहता है। अगर वह साल में 1,00,000 डॉलर कमाता है और मैं उसका इन्कम टैक्स रिटर्न तैयार करता हूँ, तब मैं उसकी ग़लती को ठीक करूँगा, लेकिन चूँकि वह 1,00,000 डॉलर नहीं कमाता है, इसलिए उसके अहं को छोड़कर दूसरी कोई बात ही नहीं है- तो फिर जहमत क्यों उठाना ?"

अध्याय 3 का सार

1. महत्व की भावना की भूख को संतुष्ट करने में कंजूसी न बरतें।

2. समय पर पहुँचने जैसे "छोटे–छोटे शिष्टाचारों" के मूल्य को कम न आँकें। ऐसी छोटी–छोटी चीज़ों से ही हम सामने वाले के महत्व को स्वीकार करते हैं। दुर्भाग्य से परिवार वालों की तुलना में हम अजनबियों के प्रति ज़्यादा शिष्ट होते हैं। अपने परिजनों और मित्रों से भी वैसा ही शिष्ट व्यवहार करें, जैसा आप अजनबियों से करते हैं।

3. हमेशा याद रखें कि दूसरे लोग महत्वपूर्ण हैं; आपका नज़रिया सामने वाले के सामने स्वतः स्पष्ट हो जाएगा।

4. आज से ही दूसरों पर ज़्यादा ध्यान देना शुरू करें। जिस भी व्यक्ति या बच्चे पर आप ध्यान देंगे, वह ख़ुद को महत्वपूर्ण महसूस करेगा।

5. दूसरों पर हावी होने की कोशिश न करें; दूसरों को छोटेपन का अहसास कराकर अपने महत्व की भावना को बढ़ाने की कोशिश न करें।

खंड दो

लोगों के कार्य और नज़रिये को नियंत्रित कैसे करें

4. आप लोगों के कार्य और नज़रिये पर नियंत्रण कैसे पा सकते हैं
5. पहली बार में ही दूसरों पर अच्छा प्रभाव कैसे डालें

अध्याय 4

आप लोगों के कार्य और नज़रिये पर नियंत्रण कैसे पा सकते हैं

सम्मोहक स्वेंगली की कहानी याद है? वह किसी रहस्यमयी शक्ति द्वारा दूसरों के कार्य और व्यवहार को नियंत्रित कर लेता था!

आपको यह जानकर हैरानी होगी कि हममें से प्रत्येक व्यक्ति में कहीं न कहीं एक स्वेंगली छिपा हुआ है... हालाँकि हमारे अंदर लोगों को सम्मोहित करने की वैसी रहस्यमयी शक्ति नहीं है, जैसी कि स्वेंगली के पास थी। बहरहाल, हम सब पहले से ही दूसरों के कार्य और नज़रिये को नियंत्रित करते आ रहे हैं। एकमात्र समस्या यह है कि हमें यह पता ही नहीं है कि हम इस शक्ति का इस्तेमाल कर रहे हैं। इसी वजह से हम इसका प्रयोग अपने लाभ के लिए कम और नुक़सान के लिए ज़्यादा करते हैं।

कुछ लोग दूसरों के कार्य को "नियंत्रित करने" के विचार पर आपत्ति उठा सकते हैं। लेकिन जब आप मनोविज्ञान का वह नियम समझ लेंगे, जो मैं आपको इस अध्याय में बताना चाहता हूँ, तो आप पाएँगे कि हमारे पास दरअसल कोई विकल्प है ही नहीं! हममें से हर व्यक्ति जिन भी लोगों के संपर्क में आता है, उसके कार्यों को वह निरंतर प्रभावित और नियंत्रित कर रहा है। हमारे पास केवल एक ही विकल्प होता है : यह तय करना कि हम इसका उपयोग भले के लिए करेंगे या बुरे के लिए, अपने फ़ायदे के लिए करेंगे या नुक़सान के लिए?

उदाहरण के लिए, आपको यह जानकर हैरानी हो सकती है कि जिन

मामलों में आपके साथ अशिष्ट व्यवहार हुआ, आपको नीचा दिखाया गया या जहाँ किसी ने "अतार्किक" ढंग से काम किया, उनमें से 95 प्रतिशत मामलों में दरअसल आपने ख़ुद "ऐसी स्थिति की माँग की थी।" आप सामने वाले के कार्य को नियंत्रित कर रहे थे और वास्तव में उससे कह रहे थे कि वह आपके साथ अशिष्ट व्यवहार करे।

वह नज़रिया कैसे अपनाएँ, जो आप दूसरों में देखना चाहते हैं

मनोविज्ञान का नियम है कि इंसान सामने वाले द्वारा व्यक्त नज़रिए और उसके कार्य पर समान प्रतिक्रिया करता है। इसमें कुछ भी रहस्यमय नहीं है। रहस्य तो उन आश्चर्यजनक परिणामों में है, जो इस नियम पर अमल करने से मिलते हैं। इसमें समझदारी नज़र आती है। हर व्यक्ति सही काम करना चाहता है। हर व्यक्ति "अवसर के अनुरूप" कार्य करना चाहता है। जीवन में हमारे सामने जैसा मंच सजाया जाता है, हम उसी के अनुरूप भूमिका निभाते हैं। हमारे बारे में दूसरों की जैसी राय होती है, हममें उसके अनुरूप "ऊपर उठने" या "नीचे गिरने" की अचेतन इच्छा होती है।

अगर आप पहले से ही यह विश्वास करके बैठ जाएँ कि किसी ख़ास व्यक्ति से निबटना मुश्किल है, तो इस बात की संभावना है कि आप उससे कमोबेश शत्रुतापूर्ण अंदाज़ में बात शुरू करेंगे, आपकी मुट्ठी मानसिक रूप से भिंची होगी और आप लड़ने पर उतारू होंगे। इस तरह आप दरअसल उसके लिए एक शत्रुतापूर्ण मंच तैयार कर देते हैं, जिसके अनुरूप वह अभिनय करे। वह उसी मंच और अवसर के अनुरूप कार्य करता है। वह उसी भूमिका को निभाता है, जो आपने उसके लिए तय की है। जब उससे भिड़ंत के बाद आप लौटते हैं, तो आपको पूरा विश्वास होता है कि वह सचमुच "कठोर इंसान" है। बहरहाल, आपको कभी यह अहसास ही नहीं होता कि आपके ही कार्यों और नज़रियों के कारण वह कठोर हुआ था।

दूसरे लोगों के साथ व्यवहार करते समय हमें उनके व्यवहार में अपने ख़ुद के नज़रियों की झलक देखने को मिलती है। लगभग उसी तरह, जैसे आप दर्पण के सामने खड़े हों। जब आप मुस्कुराते हैं, तो दर्पण में खड़ा व्यक्ति भी मुस्कुराता है। जब आप त्योरी चढ़ाते हैं, तो दर्पण में खड़ा व्यक्ति भी त्योरी चढ़ाता है। जब आप चिल्लाते हैं, तो दर्पण में खड़ा व्यक्ति भी

चिल्लाता है। बहुत कम लोगों को अहसास है कि मनोविज्ञान का यह नियम कितना महत्वपूर्ण और सटीक है। ध्यान रहे, यह कोई चाशनी में डूबी हुई बात नहीं है कि लोगों को कैसे व्यवहार करना चाहिए। किसी भी अन्य प्राकृतिक नियम की तरह इसे भी मनोवैज्ञानिक प्रयोगशाला में भावहीन तर्क की कसौटी पर परखा जा सकता है।

जब कोई आप पर चिल्लाता है, तो आपको भी चिल्लाना पड़ता है

अमेरिकी नौसेना के साथ केनयॉन कॉलेज के स्पीच रिसर्च यूनिट ने साबित किया है कि जब किसी व्यक्ति पर चिल्लाया जाता है, तो वह व्यक्ति भी पलटकर चिल्लाए बिना नहीं रह सकता, भले ही वह वक्ता को न देख पाए।

निर्देश और आदेश देने के लिए कितने ऊँचे सुर में बात करना आदर्श होता है, यह पता लगाने के लिए फ़ोन और इंटरकॉम पर एक परीक्षण किया गया। वक्ता सरल सवाल पूछता था, लेकिन हर सवाल अलग-अलग स्वर में पूछा जाता था। जवाब भी हमेशा उतने ही ऊँचे स्वर में मिलते थे, जितने ऊँचे स्वर में सवाल पूछा जाता था। जब सवाल धीरे पूछा जाता था, तब जवाब भी धीरे आता था। जब सवाल ज़ोर से पूछा जाता था, तब जवाब भी तेज़ स्वर में आता था।

इन परीक्षणों से यह आश्चर्यजनक तथ्य पता चला कि जवाब देने वाले लोग वक्ता की आवाज़ की तेज़ी से प्रभावित हुए बिना नहीं रह पाए। तमाम कोशिश करने के बावजूद वक्ता की आवाज़ की तेज़ी या धीमेपन के ठीक अनुपात में उनकी भी आवाज़ तेज़ या धीमी हो गई।

दूसरों के क्रोध पर नियंत्रण करें

यदि आप सही समय पर इस वैज्ञानिक ज्ञान का उपयोग करें, तो आप सामने वाले के क्रोधित होने से पहले ही उसके क्रोध को उड़नछू कर सकते हैं। यह तकनीक मनोविज्ञान के दो चिर-परिचित तथ्यों पर आधारित है। एक तो वह प्रयोग है, जिसका वर्णन हमने अभी किया है : आप अपनी आवाज़ के स्वर के ज़रिए सामने वाले की आवाज़ के स्वर को नियंत्रित करते हैं। दूसरा तथ्य यह है : आप ग़ुस्से में ज़ोर से बोलते हैं या ज़ोर से बोलने के कारण ग़ुस्सा होते हैं, यह लगभग वैसा ही सवाल है, जैसे यह कि "अंडा पहले आया या

मुर्गी ?" यह दोनों ही प्रकार से हो सकता है। बहरहाल, एक बात तो तय है। आप जितनी ऊँची आवाज़ में बोलते हैं, आपको उतना ही ज़्यादा ग़ुस्सा आता है। मनोविज्ञान यह बात साबित कर चुका है कि अगर आप अपनी आवाज़ नीची रखेंगे, तो आपको क्रोध नहीं आएगा। मनोविज्ञान ने बाइबल की पुरानी सीख को वैज्ञानिक तथ्य के रूप में स्वीकार कर लिया है, "नर्म जवाब क्रोध को मोड़ देता है।"

इन दो तथ्यों को जानने के बाद आप सामने वाले की भावनाओं को आश्चर्यजनक हद तक नियंत्रित कर सकते हैं। जब आप ख़ुद को किसी विस्फोटक या तनावपूर्ण स्थिति में पाएँ, जो किसी भी पल बेक़ाबू होकर हाथ से निकल सकती है- तो जान-बूझकर अपनी आवाज़ नीची कर लें। इससे यह फ़ायदा होगा कि सामने वाला भी अपनी आवाज़ नीची करने के लिए मजबूर हो जाएगा। और जब तक वह अपनी आवाज़ नीची रखेगा, तब तक वह क्रोधित और भावुक नहीं हो सकता। अगर आप इस नीति का इस्तेमाल सामने वाले के क्रोधित होने के बाद करेंगे, तो यह कारगर नहीं होगी- लेकिन इस तकनीक पर अमल करके आप ग़ुस्से को आने से पहले ही रोक सकते हैं।

उत्साह संक्रामक होता है

क्या आप चाहते हैं कि दूसरे लोग आपके विचारों, आपके द्वारा बेचे जाने वाले सामानों और आपकी योजनाओं को लेकर उत्साहित हों ? तो फिर इस मनोवैज्ञानिक नियम को याद रखें :

वही नज़रिया अपनाएँ और वही कार्य करें
जिसकी आप दूसरों से उम्मीद करते हैं

उत्साह खसरे से भी अधिक संक्रामक होता है। उदासीनता और उत्साह की कमी भी! क्या आप कभी किसी ऐसे स्टोर में गए हैं, जहाँ सेल्स क्लर्क चेहरे पर उदासीनता का भाव लिए काउंटर पर अलसाए से बैठे रहते हैं ? क्या आपने कभी सेल्स क्लर्क से किसी सामान के बारे में कोई सवाल पूछा और बदले में उसने नीरस अंदाज़ में कहा, "मुझे नहीं मालूम," जिसमें यह बात निहित थी, "और इसके अलावा, मुझे परवाह भी नहीं है!" ?

संभव है कि आपको उसका व्यवहार पसंद न आया हो और आप बिना कुछ ख़रीदे वहाँ से लौट आए हों - हालाँकि आपको यह पता नहीं चल पाया कि आपने वहाँ से कुछ क्यों नहीं ख़रीदा। बहरहाल, विश्लेषण करने पर आपको समझ आ जाएगा कि वास्तव में क्लर्क ने आपको उदासीन बना दिया था और आपकी दिलचस्पी को ख़त्म कर दिया था। अचेतन रूप से आप ख़ुद से कह रहे थे, "देखो, अगर सामान बेचने वाले की ही इसमें कोई रुचि नहीं है, तो मैं क्यों उत्साह दिखाऊँ?"

बिक्री की हत्या कैसे करें? हाल ही में मैं एक स्पिनिंग रील और रॉड ख़रीदने के इरादे से एक बड़े डिपार्टमेंट स्टोर के स्पोर्टिंग गुड्स डिपार्टमेंट में गया। मैं मछली पकड़ने में माहिर तो नहीं हूँ, पर स्पिनिंग रील्स के बारे में पढ़ने और लोगों की बातें सुनने के बाद मेरी दिलचस्पी जाग गई थी। लेकिन मेरी रुचि तत्काल ख़त्म हो गई, जब इस मामले में क्लर्क ने कोई रुचि ही नहीं दिखाई।

मैंने क्लर्क से पूछा, "क्या मछली पकड़ने का यह स्पिनिंग आउटफ़िट वाक़ई उतना अच्छा है, जितना कि लोग कहते हैं?"

उसने कहा, "पता नहीं! हर एक की अपनी-अपनी राय होती है।"

"क्या आपको ये पसंद नहीं हैं?"

"नहीं, मैं इनके बारे में कुछ नहीं जानता।"

"क्या ये बहुत लोकप्रिय हैं?"

"कुछ लोग इन्हें ख़रीदते हैं। मुझे ज़्यादा नहीं पता! मुझे लगता है कि ये नौसिखियों के लिए अच्छे हैं, क्योंकि ये पलटवार नहीं करते।"

अंतिम परिणाम यह निकला कि मैं बिना कुछ ख़रीदे वहाँ से लौट आया। मैंने ख़ुद से कहा, "उनमें ज़रूर कोई न कोई गड़बड़ होगी, वरना वह मुझे कम से कम एक सामान बेचने की कोशिश तो करता।"

कुछ सप्ताह बाद मैं फ़्लोरिडा में था और मुझे एक सप्ताहांत पर मछली पकड़ने का अवसर मिला। मैं मछली पकड़ने के उपकरण बेचने वाली एक छोटी सी दुकान में गया और मैंने एक रिग माँगा।

काउंटर के पीछे बैठे बूढ़े आदमी ने कहा, "मुझे लगता है आपको स्पिनिंग

आउटफ़िट चाहिए।"

मैंने कहा, "मुझे ठीक-ठीक नहीं पता। वैसे स्पिनिंग आउटफ़िट तो नौसिखियों के लिए होता है, है ना?"

उसने बेहद आश्चर्य के साथ मुझे एकटक देखते हुए पूछा, "मुझे एक बात बताएँ, क्या आपको स्पिन फ़िशिंग पसंद नहीं है?"

मैंने जवाब दिया, "मैंने आज तक कभी स्पिन फ़िशिंग नहीं की।"

उसने कहा, "जिस आदमी ने कभी स्पिन फ़िशिंग नहीं की, उसके दिमाग़ में पत्थर भरे हुए हैं।"

देखिए, कूटनीति की दृष्टि से उस बूढ़े आदमी को कभी कोई मेडल नहीं मिल सकता। लेकिन स्पिन फ़िशिंग के प्रति उसके सच्चे और गहरे उत्साह ने उसके शब्दों के तीखेपन को पूरी तरह ख़त्म कर दिया। वह ख़ुद इतना ज़्यादा प्रभावित था कि उसने मुझे भी प्रभावित कर दिया और अपना सामान बेच दिया। मैं तो बस हँसकर यही कह सकता था, "अच्छा तो मेरे लिए एक स्पिनिंग आउटफ़िट तैयार कर दें।"

इससे हम दूसरों के कार्यों को नियंत्रित करने के एक अन्य पहलू पर पहुँचते हैं। जब तक कि आप ख़ुद किसी चीज़ के कायल न हो जाएँ, तब तक आप उसे किसी दूसरे को नहीं बेच सकते। जब आप कायल हो जाते हैं और सामने वाला यह बात जान जाता है, तो वह इसे ख़रीदना चाहेगा। एक क़दम आगे जाकर प्रबलता से सोचें कि वह आपसे ख़रीदने वाला है। इससे सामने वाला आपका सामान ख़रीदने के लिए लगभग मजबूर हो जाएगा।

आप दूसरों के उत्साह को नियंत्रित कर सकते हैं, इसका सबसे अच्छा प्रमाण मुझे फ्रैंक बेटगर की पुस्तक *हाउ आई रेज़्ड माईसेल्फ़ फ्रॉम फ़ेलियर टु सक्सेस इन सेलिंग** में मिला। 29 वर्ष की उम्र तक बेटगर बहुत असफल थे। जब उन्होंने सेल्समैन के रूप में रोज़ी-रोटी कमाने की कोशिश की, तो शुरुआत में भूखे मरने की नौबत आ गई। फिर उन्होंने जान-बूझकर उत्साही

*न्यूयॉर्क : प्रेंटिस-हॉल, इंक., 1949

बनने का निर्णय लिया। इससे पहले वे सीधे हमला करके अपने उत्पाद के बारे में दूसरों में उत्साह जगाने की कोशिश करते थे। लेकिन अब उन्होंने ख़ुद उत्साही बनने पर ध्यान केंद्रित किया। और जब वे उत्साहित हो गए– तो उन्होंने पाया कि ग्राहक भी उत्साही हो गए थे और सामान ख़रीदने लगे थे। बाद में वे अमेरिका के सबसे सफल सेल्समैनों में से एक बने।

आपके आत्मविश्वास से दूसरों में भी विश्वास जागता है और आप इसका अधिकतम लाभ उठा सकते हैं

जिस तरह आप उत्साही बनकर दूसरों को उत्साही बना सकते हैं, उसी तरह आप आत्मविश्वास से कार्य करके स्वयं और अपने प्रस्ताव में दूसरों का विश्वास भी जगा सकते हैं।

दुखद सत्य यह है कि औसत योग्यता वाले कई व्यक्ति प्रतिभाशाली लोगों से आगे निकल जाते हैं। और इसका कारण सिर्फ़ इतना होता है कि वे *आत्मविश्वास* के साथ कार्य करने का तरीक़ा जानते हैं।

सभी महान नेता आत्मविश्वास से कार्य करने का महत्व जानते थे। हालाँकि नेपोलियन कई अन्य मामलों में मानव संबंधों की अच्छी मिसाल नहीं हैं, लेकिन वे आत्मविश्वासी अंदाज़ के जादू से वाक़िफ़ थे और हमेशा इसका इस्तेमाल करते थे। उनके पहले निर्वासन के बाद जब उन्हें पकड़ने के लिए फ्रांसीसी सेना भेजी गई, तो वे न तो भागे, न ही छिपे। इसके बजाय वे साहस के साथ सेना के सामने खड़े हो गए। एक आदमी पूरी सेना के ख़िलाफ़ खड़ा हुआ था। बहरहाल, उन्हें पूरा विश्वास था कि स्थिति पर उनका पूरा नियंत्रण है, इसलिए इसका असर जादू की तरह हुआ। उन्होंने इस तरह काम किया, जैसे उन्हें यह उम्मीद हो कि सेना उनका आदेश मानेगी। और हुआ भी यही! सेना ने सचमुच उनका आदेश मान लिया।

हिल्टन की कहानी। शुरुआती वर्षों में कॉनरेड हिल्टन के पास पैसा कम, आत्मविश्वास ज़्यादा था। वास्तव में उनके पास संपत्ति के नाम पर बस यही छवि थी कि वे वादे के पक्के हैं। इसके अलावा, अपनी योजनाओं में उन्हें असीम विश्वास था। यही नहीं, उनमें वही विश्वास दूसरों में भरने की क़ाबिलियत भी थी। परिस्थितियाँ या बाधाएँ चाहे जितनी विषम हों, हिल्टन हमेशा इस तरह काम करते थे, *जैसे असफल होना असंभव हो* और यह

जादू की तरह काम करता था। उनके विश्वास को देखकर दूसरे भी यही मान लेते थे कि वे असफल नहीं हो सकते। हिल्टन जिस पहले शानदार होटल के मालिक बने, वह उन्होंने अपने 50,000 डॉलर से भी कम पैसों से शुरू किया था। जब उनकी माँ ने उन्हें योजना बनाते हुए देखा और पूछा कि वे क्या कर रहे हैं, तो हिल्टन ने बताया कि वे एक बड़ा होटल बना रहे हैं। माँ ने पूछा, "लेकिन उसके लिए पैसा कहाँ से आएगा ?"

हिल्टन ने अपने सिर पर अँगुली रखते हुए कहा, "यहाँ से।" हर संभव स्रोत का दोहन करने के बाद वे पाँच लाख डॉलर की पूँजी जुटाने में सफल रहे। बहरहाल, आर्किटेक्ट्स ने बताया कि उनकी योजना के अनुरूप होटल बनाने में कम से कम दस लाख डॉलर्स ख़र्च होंगे। हिल्टन ने बिना किसी हिचक के कहा, "योजना बनाएँ।"

हिल्टन ने वास्तव में होटल बनाना शुरू कर दिया, हालाँकि उन्हें ज़रा भी अंदाज़ा नहीं था कि इसे पूरा करने के लिए पैसा कहाँ से आएगा। लेकिन चूँकि वे न सिर्फ़ दस लाख डॉलर का होटल बनाने के बारे में बात कर रहे थे- बल्कि इस तरह काम भी कर रहे थे, जैसे उन्हें इस पर पूरा विश्वास हो- इसलिए दूसरों को भी विश्वास हो गया कि "कॉनी यह काम कर सकता है" और उन्होंने उस होटल के प्रोजेक्ट में अपने पैसों का निवेश कर दिया।

हेनरी फ़ोर्ड ने भी काफ़ी हद तक आत्मविश्वासी अंदाज़ में काम करते हुए ही अपनी कंपनी की पूँजी जुटाई। वे अधिकाधिक नक़दी अपने पास रखते थे। जब निवेशक और लेनदार आते थे, तो फ़ोर्ड किसी न किसी तरह उन्हें बता देते थे कि उनके पास कितना नक़द है। वे उन्हें यह नहीं बताते थे कि उनके पास केवल नक़द पैसे ही हैं। एक से ज़्यादा बार उनके दिवालिया होने की नौबत आई, लेकिन इस तरह अभिनय करके, जैसे वे असफल नहीं हो सकते- और वे सफल होकर ही रहेंगे- उन्होंने दूसरों में भी वही विश्वास जगा दिया।

जॉन डी. रॉकफ़ेलर ने भी इसी तकनीक का इस्तेमाल किया था। जब कोई कर्ज़दार वसूली करने आता था और संकेत देता था कि वह अपना कर्ज़ वापस चाहता है, तो रॉकफ़ेलर झटके से अपनी चेकबुक निकाल लेते थे। वे पूछते थे, "आप क्या ज़्यादा पसंद करेंगे - नक़द पैसा या स्टैंडर्ड ऑइल के शेयर ?" रॉकफ़ेलर इतने शांत और आत्मविश्वासी नज़र आते थे कि

लगभग सभी कर्ज़दारों ने उनकी कंपनी के शेयरों को ही चुना और बाद में किसी को भी इस निर्णय पर अफ़सोस नहीं हुआ।

सेल्समैन के लिए आत्मविश्वास का महत्व

न्यूयॉर्क सिटी के नेशनल सेल्स एक्ज़ीक्यूटिव्ज़ के अध्यक्ष बॉब व्हिटनी ने मुझे कुछ समय पहले बताया, "लेस, सेल्समैन में आत्मविश्वास होना बिलकुल वैसा ही है, जैसा कि बैंक में पैसा होना। आप आत्मविश्वास का अभिनय करें क्योंकि यदि आप आत्मविश्वासी नज़र आएँगे, तो ज़्यादा आत्मविश्वास महसूस करने लगेंगे। इससे भी ज़्यादा महत्वपूर्ण बात यह है कि आपके संभावित ग्राहक भी आप पर ज़्यादा विश्वास करने लगेंगे। मैंने औसत सेल्समैन को भी अच्छा रिकॉर्ड बनाते देखा है, क्योंकि उसे पता था कि आत्मविश्वासी अंदाज़ में काम और बात कैसे की जाए। और मैंने उन लोगों को बुरी तरह असफल होते हुए देखा है, जिन्हें सेल्समैनशिप के सारे सिद्धांत तो मालूम थे, लेकिन जो आत्मविश्वास प्रदर्शित नहीं कर पाते थे।"

अपने व्यक्तित्व को चुंबकीय कैसे बनाएँ

मशहूर बॉब बेल पर्सनैलिटी इंस्टीट्यूट के संस्थापक बॉब बेल ने मुझे बताया कि आत्मविश्वास की भावना और आत्मविश्वासी अंदाज़ सबसे महत्वपूर्ण गुणों में से एक है, जिनके ज़रिए आप अपने व्यक्तित्व को अधिक रोचक तथा सक्रिय बना सकते हैं।

बॉब कहते हैं, "कोई भी उस दब्बू और ढुलमुल क़िस्म के व्यक्ति को पसंद नहीं करता, जो इस तरह काम करता है, जैसे उसे पता ही न हो कि वह किस बारे में बात कर रहा है या क्या चाहता है।"

"हम सहज बोध से उस व्यक्ति को पसंद करते हैं, जो जानता है कि वह क्या चाहता है और इस तरह काम करता है, जैसे उसे मनचाही चीज़ मिलने की उम्मीद हो। लोग शंकालु या असफल लोगों को पसंद नहीं करते। अगर आप चाहते हैं कि लोग आपको पसंद करें, तो यह जताएँ कि आपको *जीतने की उम्मीद है।* अपना सिर तान लें। सामने वाले से नज़रें मिलाएँ। इस तरह चलें, जैसे आपको कहीं पहुँचना हो और आप वहाँ पहुँचकर ही

दम लेंगे। आत्मविश्वासी अंदाज़ अपनाने के बाद मैंने स्त्री-पुरुषों का पूरा व्यक्तित्व और हुलिया बदलते देखा है।"

याद रखें, अगर आप खुद पर विश्वास करते हैं और *इस तरह अभिनय करते हैं, जैसे आपको ख़ुद पर विश्वास है, तो दूसरे भी आप पर विश्वास करेंगे।*

छोटी-छोटी बातें भी आपका रहस्य खोल देती हैं

आप किसी व्यक्ति के दिमाग़ में झाँककर नहीं देख सकते कि उसके भीतर कितना आत्मविश्वास है। लेकिन आत्मविश्वास छोटे-छोटे सूक्ष्म तरीक़ों से साफ़ नज़र आ जाता है। हो सकता है हमने कभी इस बात का विश्लेषण न किया हो कि हमें किसी व्यक्ति पर विश्वास क्यों है, लेकिन अचेतन रूप से हम छोटे-छोटे "संकेतों" या "सुरागों" द्वारा दूसरों का मूल्यांकन करते हैं, जो स्वतः ही प्रकट हो जाते हैं।

1. अपनी चाल पर ग़ौर करें

हमारी शारीरिक गतिविधियाँ हमारे मानसिक नज़रिये को प्रकट कर देती हैं। यदि आप किसी व्यक्ति को कंधे झुकाकर चलता देखें, तो आप समझ सकते हैं कि उसका बोझ इतना भारी है कि उससे सहन नहीं हो रहा है। वह इस तरह काम करता है, जैसे उसकी गर्दन से एक भारी बोझ लटका हुआ है, जिसे वह ढोकर ले जा रहा है। (हताशा और निराशा का बोझ भारी होता है।) जब कोई चीज़ किसी व्यक्ति के मन पर बोझ जैसी होती है, तो यह हमेशा उसके शरीर को भी झुका देती है; वह कंधे झुकाकर चलता है।

जब आप किसी व्यक्ति को सिर झुकाकर और नज़रें नीची करके चलता देखते हैं, तो आप समझ जाते हैं कि वह निराश महसूस कर रहा है।

संकोची या डरपोक व्यक्ति अनिश्चित और झिझक भरी चाल चलता है, जैसे वह आगे बढ़ने से डर रहा हो और सचमुच आत्मविश्वास से क़दम नहीं रख सकता हो।

आत्मविश्वासी व्यक्ति साहस के साथ क़दम बढ़ाता है। उसके कंधे

पीछे की ओर होते हैं और नज़रें किसी ऊँचे लक्ष्य पर केंद्रित होती हैं, जिसे पाने की उसे उम्मीद होती है।

2. आपके हाथ मिलाने से सब कुछ स्पष्ट हो जाता है

जॉन डी. मर्फ़ी ने युअर लाइफ़ पत्रिका में "युअर टैटल-टेल हैंडशेक" नामक लेख लिखा था। इसमें उन्होंने बताया कि आपके हाथ मिलाने के तरीक़े से सामने वाला व्यक्ति आपके बारे में इतना कुछ जान लेता है, जिसका आप अंदाज़ा भी नहीं लगा सकते। उसे पता चल जाता है कि आप अपने बारे में सचमुच कैसा महसूस कर रहे हैं। मरियल और ढीला हाथ मिलाने वाले व्यक्ति में आत्मविश्वास की कमी होती है। यदि वह घमंडी और शक्तिशाली होने का नाटक करता है, जैसा कि आत्मविश्वास की कमी वाले कई लोग करते हैं, तो आप समझ जाते हैं कि वह आपको धोखा दे रहा है। जब कोई हाथ मिलाते समय आपके हाथ की हड्डियों का चूरा बनाने की कोशिश करता है, तो वह दरअसल आत्मविश्वास की कमी की भरपाई कर रहा होता है। आत्मविश्वासी व्यक्ति की छाप छोड़ने के लिए ही वह इतने ज़्यादा दबाव का इस्तेमाल करता है। आप दृढ़ता से हाथ मिलाएँ, लेकिन सामने वाले के हाथ की हड्डियों को चकनाचूर न कर दें। आदर्श ढंग से हल्के दबाव के साथ हाथ मिलाना यह संदेश देता है, "मैं जीवित हूँ। जीवन की परिस्थितियों पर मेरी पकड़ दृढ़ है।" इस ढंग से हाथ मिलाने पर आपका आत्मविश्वास झलकता है।

3. आपकी आवाज़ का स्वर

वास्तव में, हम अपनी आवाज़ से जितनी अभिव्यक्ति करते हैं, उतनी किसी दूसरे माध्यम से नहीं करते। आवाज़ मानव संप्रेषण का सर्वाधिक विकसित साधन है। आपकी आवाज़ आपके विचारों के अलावा भी बहुत कुछ बयान करती है। इससे यह भी प्रकट होता है कि आपकी अपने बारे में क्या भावनाएँ हैं। यह परखने के लिए अपनी आवाज़ को ग़ौर से सुनें। देखें कि इससे निराशा प्रकट होती है या साहस ? क्या आपने बिसूरने के अंदाज़ में बात करने की आदत डाल ली है, लेकिन आपको इसका अहसास ही नहीं है ? क्या आप आत्मविश्वास से बोलते हैं- या सिर्फ़ बुदबुदाते हैं ?

लोगों को बेहतर बनाने वाले एकमात्र तरीक़े का उपयोग कैसे करें

कई लोग दूसरों को बेहतर बनाने के लिए उन्हें डाँटते-फटकारते हैं, शर्मिंदा करते हैं, धमकी देते हैं या यह सलाह तक दे डालते हैं कि उन्हें क्या करना "चाहिए।" दिक्क़त यह है कि ये तरीक़े कारगर नहीं होते। उल्टे, अक्सर उनसे स्थिति और बिगड़ जाती है। सामने वाला दूसरों की राय के "अनुरूप जीने" के मानव स्वभाव के बुनियादी नियम का पालन करेगा। वह आपकी दी हुई भूमिका निभाएगा। इस तरह दोषी तथा अपराधी व्यक्ति वही काम करेगा, जिसकी उससे उम्मीद की जाती है और वह उसके बारे में आपके दृष्टिकोण को सही साबित करने की कोशिश करेगा। आपकी डाँट-फटकार तथा नापसंदगी से सामने वाले को यक़ीन हो जाएगा कि आप उससे निराश हैं और आपकी उसके बारे में घटिया राय है। इसका परिणाम यह होगा कि आप सामने वाले के कार्यों में अपनी ही राय की झलक देखेंगे।

विन्स्टन चर्चिल लोक-व्यवहार की कला में सचमुच माहिर थे। उन्होंने एक बार कहा था, "मैंने पाया है कि सामने वाले को कोई गुण सिखाने का सबसे अच्छा तरीक़ा यह है कि उस पर वह गुण मढ़ दिया जाए।"

अगर आप सामने वाले को यह जता देते हैं कि आपको उस पर भरोसा है, तो वह ख़ुद को विश्वसनीय साबित कर देगा।

सनसेट, लूसियाना के छोटे से क़स्बे में रॉबर्ट जे. कैस्टिल नामक एक बैंकर हैं, जो बैंक ऑफ़ सनसेट एंड ट्रस्ट कंपनी के मुखिया हैं। उन्होंने बिना किसी गारंटर्स या गिरवी के सैकड़ों लोन बाँटे हैं। उन्होंने हाई स्कूल उत्तीर्ण करने वाले अवयस्क विद्यार्थियों को भी उनके माता-पिता के हस्ताक्षर के बिना कर्ज़ दिया। उन्होंने 300 से अधिक ज़रूरतमंद विद्यार्थियों को कॉलेज की पढ़ाई के लिए लोन दिया।

उन्होंने पिछले 15 वर्षों में पाँच लाख डॉलर से अधिक का कर्ज़ दिया है, लेकिन बैंक को एक सेंट का भी नुक़सान नहीं हुआ। जादू यह है कि कर्ज़ लेने वालों को यह बता दिया जाता है कि उन्हें एक कारण से, और सिर्फ़ एक ही कारण से, पैसा दिया जा रहा है : बैंक यह उम्मीद करता है कि वे कर्ज़ चुकाएँगे और बैंक को उन पर पूरा भरोसा है कि वे कर्ज़ चुका

देंगे। 1945 में बैंक ने एक बेरोज़गार आदमी को 2,000 डॉलर का लोन दिया, जिसके पास गिरवी रखने के लिए किसी प्रकार की कोई चल-अचल संपत्ति नहीं थी, यहाँ तक कि उसके पास तो परिवार को रखने की कोई सुरक्षित जगह भी नहीं थी। चार साल के भीतर ही उसने बैंक से लिए कर्ज़ की पाई-पाई चुका दी।

सत्य का इंजेक्शन, जो सचमुच काम करता है! एक पुलिस अधिकारी ने मुझे कुछ समय पहले एक रोचक बात बताई। उसने कहा कि संदिग्ध चरित्र वाले लोगों से जानकारी उगलवाने का सबसे अच्छा तरीक़ा उन्हें यह बताना है, "देखो, लोगों ने मुझे बताया है कि तुम बहुत कड़क आदमी हो और तुमने काफ़ी मुश्किलें पैदा की हैं, लेकिन तुम बस एक चीज़ नहीं करते हो - तुम कभी झूठ नहीं बोलते हो। वे कहते हैं कि तुम मुझे जो भी बताओगे, वह सच होगा और इसी कारण मैं यहाँ आया हूँ।"

एक अपराधी को सच्ची छवि प्रदान करके वह पुलिस अधिकारी उससे सचमुच सच्चाई उगलवा लेता है।

प्रथम विश्व युद्ध के दौरान हरबर्ट हूवर उपभोक्ता वस्तुओं की क़ीमतों को नियंत्रित करने के प्रभारी थे। उन्हें यह पता चला कि मिडवेस्टर्न का एक व्यापारी क़ीमतों के नियम की खुलेआम अवहेलना कर रहा है और ऊँचे दामों पर सामान बेच रहा है। हूवर ने एक रणनीति आज़माने का निर्णय लिया। उन्होंने व्यापारी को एक टेलीग्राम भेजा, जिसमें इस तरह का संदेश था, "आपको अपने शहर में क़ीमत नियंत्रण पालन समिति का चेयरमैन नियुक्त किया जाता है।" टेलीग्राम में सलाह दी गई थी कि अगर वह व्यापारी अपने शहर के व्यापारियों से स्वेच्छा से दाम नियंत्रण पर अमल करवाएगा, तो इससे बहुत मदद मिलेगी। इसके बाद न सिर्फ़ वह व्यापारी पूरी तरह से नियमों के अनुरूप चला, बल्कि उसने अपना बहुत सा समय और प्रयास लगाकर दूसरे व्यापारियों को भी नियम का पालन करने के लिए राज़ी किया। हूवर ने एक पुरानी चाल आज़माई थी, जिसका इस्तेमाल स्कूल टीचर्स अक्सर करती हैं, जब वे क्लास के सबसे शरारती बच्चे से कहती हैं, "जिमी, मैं कुछ समय के लिए कमरे से बाहर जा रही हूँ। मैं चाहती हूँ कि मेरे लौटने तक तुम मॉनीटर बनकर व्यवस्था क़ायम रखो।"

बहुत समय पहले इमर्सन ने कहा था, "लोगों पर विश्वास करेंगे, तो

वे आपके प्रति सच्चे रहेंगे।"

इसे आज़माकर देखें। आप पाएँगे कि यह महज़ सूक्ति ही नहीं है; यह वाक़ई कारगर है।

हर व्यक्ति से मिलते समय हमारा व्यक्तित्व अलग होता है। कोई भी आदमी, औरत या बच्चा पूरी तरह अच्छा या पूरी तरह बुरा नहीं होता। हम सभी के व्यक्तित्व के भिन्न-भिन्न पहलू होते हैं। हम जिस पहलू को प्रदर्शित करते हैं, वह लगभग हमेशा वही पहलू होता है, जो सामने वाला हममें प्रकट करता है। पहले से लोगों का मूल्यांकन करने से कोई फ़ायदा नहीं होता। यह तय करने से कोई फ़ायदा नहीं होता कि अमुक व्यक्ति चिड़चिड़ा और बूढ़ा कंजूस है, क्योंकि आपके किसी परिचित का उसके साथ यही अनुभव था। हो सकता है आपके मित्र ने ही उस व्यक्ति के चिड़चिड़े पहलू को उभारा हो। सामान्य बुद्धि और मनोविज्ञान का इस्तेमाल करके आप उसके अच्छे और उदार पहलू को भी उजागर करवा सकते हैं। वैसे भी, कोशिश करने में क्या हर्ज़ है?

अध्याय 4 का सार

1. चाहे आपको इस बात का अहसास हो या न हो, आप अपने कार्यों और नज़रिए से दूसरों के कार्यों और नज़रिये को नियंत्रित करते हैं।

2. सामने वाले में आपके नज़रिये का प्रतिबिंब लगभग उतना ही साफ़ दिखता है, जैसे आप स्वयं दर्पण के सामने खड़े हों।

3. शत्रुता का अभिनय करेंगे या महसूस करेंगे, तो सामने वाला आपके प्रति शत्रुता ही दिखाएगा। उस पर चिल्लाएँगे, तो वह भी चिल्लाने के लिए मजबूर हो जाएगा। शांति और भावहीनता प्रकट करेंगे, तो आप उसके क्रोध के शुरू होने से पहले ही उसे दबा देंगे।

4. उत्साहपूर्ण कार्य से सामने वाले का उत्साह जाग जाता है।

5. विश्वास का अभिनय करने से सामने वाला आप पर विश्वास करता है।

6. आज ही जान-बूझकर उत्साही नज़रिया विकसित करना शुरू करें। फ्रैंक बेटगर से सबक़ सीखें और इस तरह अभिनय करें, जैसे आप उत्साहित हों। जल्द ही आप वाक़ई उत्साहित महसूस करने लगेंगे।

7. इसी समय, जान-बूझकर आत्मविश्वासी अंदाज़ विकसित करना शुरू करें। अपने शब्दों को इस तरह न बुदबुदाएँ, जैसे आपको उन्हें बोलने में डर लग रहा हो। खुलकर बोलें। अपनी शारीरिक मुद्रा पर ग़ौर करें। झुकी आकृति इस बात का प्रतीक है कि आपको जीवन का बोझ इतना भारी लग रहा है कि आप उसे बर्दाश्त नहीं कर सकते। लटका हुआ सिर इस बात का प्रतीक है कि आप जीवन से हार गए हैं। इसलिए अपना सिर तानें। कंधे सीधे करें। विश्वास भरे क़दमों से चलें, जैसे आप किसी महत्वपूर्ण मंज़िल की ओर बढ़ रहे हों।

अध्याय 5

पहली बार में ही दूसरों पर अच्छा प्रभाव कैसे डालें

संगीत का जानकार प्रायः किसी संगीत रचना की पहली तान सुनकर ही बता सकता है कि वह रचना किस सुर में लिखी गई है। अधिकांश मामलों में रचना सुर जैसी तान पर ही शुरू होती है। मिसाल के तौर पर, यदि रचना बी फ़्लैट में लिखी गई है, तो पहला प्रमुख स्वर भी बी फ़्लैट ही होगा। आप यह भी पाएँगे कि अधिकांश संगीत रचनाएँ उसी सुर पर ख़त्म होती हैं।

इसका मानव संबंधों से क्या लेना-देना है ? बहुत कुछ!

जिस अंदाज़ में हम सामने वाले के पास जाते हैं- यानी हमारे शुरुआती शब्द और कार्य- वे लगभग हमेशा हमारी पूरी बातचीत का "प्रमुख सुर" होते हैं। अगर आप किसी व्यक्ति के साथ हँसी-ठिठोली से बातचीत शुरू करते हैं, तो बातचीत का सुर बदलकर दूसरे सुर में आना बहुत मुश्किल होता है। सामने वाला आपको गंभीरता से लेगा ही नहीं!

संसार का हर व्यक्ति आपकी राह देख रहा है, ताकि आप उसे यह बताएँ कि वह क्या करे। आप सामने वाले के कार्यों और नज़रिये को बहुत उल्लेखनीय सीमा तक नियंत्रित कर सकते हैं, बशर्ते आप उसके साथ बातचीत हमेशा उसी ढंग से शुरू करें, जिस ढंग से आप उसे ख़त्म करना चाहते हैं। अगर आप चाहते हैं कि आपकी बातचीत गंभीरता के माहौल में हो, तो

अपने शुरुआती शब्दों से ही गंभीरता बनाए रखें। अगर आप चाहते हैं कि बातचीत व्यावसायिक अंदाज़ में हो, तो व्यावसायिक ढंग से शुरुआत करें। यदि आप इसे अनौपचारिक बनाना चाहते हैं, तो अनौपचारिक तरीक़ा अपनाएँ।

याद रखें, सामने वाला "अवसर के अनुरूप कार्य करेगा।" वह मंच पर उसी पृष्ठभूमि के अनुरूप भूमिका निभाएगा, जो आप उसे प्रदान करेंगे। जब तक कि आप पूरी बातचीत के दौरान रक्षात्मक न रहना चाहते हों–तब तक क्षमायाचना के नज़रिए से शुरुआत न करें। घर-घर जाकर सामान बेचने वाला सेल्समैन दरवाज़े पर दस्तक देता है और गृहिणी के बाहर निकलने पर कहता है, "आपको कष्ट पहुँचाने के लिए क्षमा चाहता हूँ," या "मैं आपका ज़्यादा समय नहीं लूँगा।" उसे इस बात का अहसास ही नहीं होता कि वह गृहिणी के नज़रिए को नियंत्रित कर रहा है। वह एक मंच तैयार कर रहा है, जहाँ वह महिला उस व्यक्ति की भूमिका निभाएगी, जिसे कष्ट पहुँचाया जा रहा है और जिसका समय बर्बाद किया जा रहा हे।

कैस्पर मिल्केटोस्ट एक व्यस्त रेस्तराँ में जाकर हेडवेटर से क्षमा माँगते हुए कहता है, "मुझे अफ़सोस है कि मैंने रिज़र्वेशन नहीं करवाया। मुझे नहीं लगता कि मुझे फ़्लोर शो के पास वाली टेबल मिल सकती है।" कैस्पर को इस बात का अहसास नहीं है, लेकिन उसने दरअसल हेडवेटर की भूमिका के लिए मंच तैयार कर दिया है। हेडवेटर कहता है, "अगर आपने रिज़र्वेशन करवाने की जहमत नहीं उठाई है, तो आप निश्चित रूप से सेंटर टेबल मिलने की उम्मीद नहीं कर सकते।" इसके बाद वेटर उसे एक कोने में बैठा देता है।

आपने रेडियो, टी.वी. या फ़िल्मों में ये शब्द सुने होंगे, "लाइट्स, कैमरा, एक्शन।" इन शब्दों के बोलते ही एक्शन शुरू हो जाती है। कैमरे घूमने लगते हैं। अभिनेता अभिनय करने लगते हैं। लेकिन अभिनेता यूँ ही अभिनय नहीं कर रहे हैं। वे तो उन्हें दी गई भूमिकाएँ निभा रहे हैं। वे एक पूर्व-निर्धारित मूड के अनुरूप अभिनय कर रहे हैं। और वे मंच के अनुरूप "दृश्य" का अभिनय करते हैं।

चाहे आपको इस बात का अहसास हो या न हो, लेकिन जब भी आप किसी दूसरे व्यक्ति से व्यवहार करते हैं, तो हर बार आप एक मंच का निर्माण कर देते हैं। यदि आप कॉमेडी के लिए मंच तैयार करते हैं, तो आप सामने वाले से गंभीरता के अभिनय की आशा नहीं कर सकते। यदि आप दुखांत

नाटक के लिए मंच तैयार करते हैं, तो यह उम्मीद न करें कि सामने वाला कोई मज़ेदार भूमिका निभाएगा।

याद रखें कि आपके शुरुआती शब्दों, कार्यों और नज़रिये से ही हमेशा प्रमुख सुर पैदा होता है। क्या आपने कभी किसी को यह कहते सुना है, "हम एक साथ चल ही नहीं सकते। न जाने कैसे हमारे रास्ते बदल जाते हैं!" "यह जम नहीं पाया।" यह हम किसी ऐसी मुलाक़ात या बातचीत के बारे में कहते हैं, जो हमारे मनचाहे अंदाज़ में नहीं हुई। ऐसा लगभग हमेशा इसलिए होता है, क्योंकि हमने शुरुआत में ही ग़लत सुर छेड़ दिया था। हमने एक दुखद सुर छेड़ दिया और फिर इस बात पर हैरान होते रहे कि उससे दुखद संगीत क्यों निकल रहा है।

आप क्या चाहते हैं, यह जानें और फिर उसके अनुरूप कार्य करें

अटलांटा, जॉर्जिया स्थित द फ़ैमिली रिलेशन्स इंस्टिट्यूट की डायरेक्टर डॉ. रूथ बार्बी ने कई पति-पत्नियों के मतभेद सुलझाए हैं। उन्होंने मुझे बताया कि दोनों जीवनसाथियों को समझौते के सुर पर उनके ऑफ़िस में एक साथ लाना काफ़ी मुश्किल होता है।

पत्नी कहती है, "अगर वह दिखाता है कि वह सचमुच गंभीर है, तो मैं उसके पास लौट जाऊँगी।"

पति कहता है, "उसके लौटने से मुझे ख़ुशी होगी, लेकिन पहला क़दम उसे बढ़ाना होगा।"

डॉ. बार्बी कहती हैं कि इस मूड में उन दोनों को साथ लाना बेकार है, क्योंकि एक या दूसरा शत्रुता का सुर निकालने लगेगा और दोनों में बहसबाज़ी शुरू हो जाएगी। लेकिन अगर उनमें से एक, या इससे भी बेहतर है कि दोनों, "मैं दोबारा तुम्हारे साथ रहना चाहता हूँ" के सुर से शुरुआत करें, तो लगभग हर मुश्किल दूर हो सकती है।

इस प्रकार की बातचीत शुरू करने से पहले ख़ुद से यह पूछना बेहतर होता है : "मैं इस बातचीत से दरअसल क्या चाहता हूँ ? मैं इसे किस दिशा में ले जाना चाहता हूँ ? मैं कौन सा मूड बनाना चाहता हूँ ?" फिर एक ऐसा सुर उत्पन्न करें, जो उस तरह की बातचीत के लिए मंच तैयार कर दे।

पहली बार में ही अच्छा प्रभाव कैसे छोड़ें

हम दूसरों के कार्यों और नज़रियों को नियंत्रित कर सकते हैं, इसका एक और तरीक़ा यह याद करना है कि हम लोगों पर जो पहला प्रभाव छोड़ते हैं, वह संभवतः हमारा आख़िरी प्रभाव भी होता है। पहली मुलाक़ात में आम तौर पर एक प्रमुख सुर पैदा होता है। उसके बाद सामने वाले की राय को बदल पाना काफ़ी मुश्किल होता है।

कुछ समय पहले मैं एक मित्र से एक परिचित व्यापारी के बारे में बात कर रहा था। उसने कहा, "मुझे वह पसंद नहीं है। वह घटिया है, बदतमीज़ है और अपनी पत्नी के साथ बुरा सलूक करता है।"

यह सुनकर मैं दंग रह गया।

मैंने कहा, "मैं कुछ समझा नहीं! मेरी नज़र में तो वह पूरे शहर के सबसे ख़ुशनुमा और अच्छे स्वभाव वाले लोगों में से एक है। और मैं अच्छी तरह जानता हूँ कि वह और उसकी पत्नी दोनों ही बहुत सुखी हैं।"

मेरी मित्र बोली, "मैं तो बस इतना जानती हूँ कि जब मैं पहली बार उसके स्टोर गई थी, तो वह अपनी पत्नी के साथ बुरा सलूक कर रहा था। वह नाराज़ था, चिल्ला रहा था और बहुत बुरा व्यवहार कर रहा था।"

मैंने जवाब दिया, "हो सकता है उसे उस वक़्त ग़ुस्सा आ गया हो। लेकिन यह निश्चित रूप से उसकी आदत नहीं है। कभी-कभार हम सभी को ग़ुस्सा आ जाता है और इसका मतलब यह नहीं होता कि हम ग़ुस्सैल प्रवृत्ति के हैं। मुझे यक़ीन है कि उसके मामले में यह सामान्य स्थिति नहीं, बल्कि अपवाद था।"

मेरी मित्र बोली, "इससे कोई फ़र्क़ नहीं पड़ता। मुझे ऐसे आदमी पसंद नहीं हैं, जो अपनी पत्नी से इस तरह पेश आते हों! चाहे वह ज़िंदगी भर कितना भी अच्छा बर्ताव कर ले, मैं उसे कभी पसंद नहीं कर सकती।"

वास्तव में, जिस व्यापारी के बारे में बातचीत हो रही थी, वह मेरी जान-पहचान के सबसे समर्पित पतियों में से एक है। वास्तव में, मुझे नहीं लगता कि मेरी जान-पहचान का कोई दूसरा व्यक्ति अपनी पत्नी के बारे में इतना ज़्यादा सोचता होगा- या जिसकी पत्नी इतनी ज़्यादा सुखी होगी। लेकिन

दुर्भाग्य से, जब मेरी मित्र ने उसे पहली बार देखा, तब उसे एक घटिया तथा रौबीले पति की छवि दिखी, और अब उसके मन में हमेशा उसकी छवि वैसी ही रहेगी।

आप स्वयं को जैसा आंकते हैं, लोग आपको वैसा ही मान लेते हैं

दूसरों की राय या मूल्यांकन के संदर्भ में भी आप दूसरों से ज़्यादा ज़िम्मेदार हैं। कई लोग यह चिंता करते रहते हैं कि दूसरे लोग उनके बारे में क्या सोचते होंगे। लेकिन चंद लोगों को ही यह अहसास होता है कि संसार हमारे बारे में काफ़ी हद तक वही राय बनाता है, जो हमारी स्वयं के बारे में होती है। यह भी मनोविज्ञान के एक नियम पर आधारित है, जो गुरुत्वाकर्षण के नियम जितना ही अटल है।

इमर्सन ने एक बार कहा था, "यह सूत्र सभी लोगों को स्वीकार करना चाहिए कि व्यक्ति को उतनी ही छूट मिल सकती है, जितनी वह लेता है। अपने स्थान और नज़रिए को चुनेंगे, तो सभी लोग उसे स्वीकार कर लेंगे। संसार न्यायप्रिय है। यह पूरी तटस्थता के साथ हर व्यक्ति को स्वयं उसके द्वारा निर्धारित मूल्य पर छोड़ देता है। यह इस झमेले में नहीं पड़ता है कि कौन श्रेष्ठ है और कौन निकृष्ट। यह आपके कार्यों और अस्तित्व के पैमाने को निश्चित रूप से स्वीकार करेगा, चाहे आप चोरी से सोचें और अपने ख़ुद के नाम से इंकार करें या फिर आप अपने काम को आसमान में सितारों के साथ परिक्रमा करते देखें।"

यदि आपको अपने मनचाहे स्वरूप में स्वीकार नहीं किया जा रहा है, तो शायद दोष आप ही का है। अगर आप इस तरह काम करते हैं, जैसे आप कुछ नहीं हैं, तो संसार भी आपको यही मानेगा। दूसरी ओर, अगर आप इस तरह काम करते हैं, जैसे आप बहुत कुछ हैं, तो संसार के पास आपको बहुत कुछ मानने के सिवाय दूसरा कोई विकल्प नहीं होगा।

यहाँ एक चेतावनी देना ज़रूरी है। कई लोग सोचते हैं कि जब वे घमंडी, रौबीले, बदतमीज़ और "अहंकारी" होते हैं, तब वे संसार के सामने अपने बारे में अपनी ऊँची राय प्रदर्शित कर रहे हैं। लेकिन ऐसा हो नहीं पाता है। दरअसल, वे इसका ठीक उल्टा प्रदर्शित कर रहे हैं।

याद रखें, जिस व्यक्ति की अपने बारे में सचमुच अच्छी राय होती है, वह अपने कुछ का यक़ीन दिलाने के लिए मूर्खतापूर्ण सीमा तक नहीं जाता है। जो लोग दिखावा करते हैं और महानता की भूमिका का (ग़लत) नाटक करते हैं, वे ऐसा इसलिए करते हैं, क्योंकि उन्हें ख़ुद को बड़ा दिखाने की ज़रूरत महसूस होती है। उन्हें इसकी ज़रूरत इसलिए महसूस होती है, क्योंकि वे दरअसल छोटे और महत्वहीन महसूस करते हैं। वे लगातार ख़ुद के सामने यह साबित करने की कोशिश कर रहे हैं कि वे ख़ुद को जितना बड़ा समझते हैं, वे दरअसल उससे ज़्यादा बड़े हैं।

सचमुच "बड़े" लोग कभी इस तरह काम नहीं करते हैं। इसके बजाय, वे सहज और घरेलू होते हैं। हम ख़ुद को जितना स्मार्ट मानते हैं, अचेतन रूप से हम उससे ज़्यादा चतुर होते हैं। हमारा चेतन मस्तिष्क हमेशा इतना चतुर नहीं होता कि लोगों के मुखौटे के पीछे झाँक सके और उनका विश्लेषण कर सके। लेकिन हमारा अवचेतन मन यह काम हमेशा करता है और हमें बता देता है कि जो आदमी बड़प्पन दिखा रहा है, वह ख़ुद के बारे में सचमुच अच्छा नहीं सोचता है, बल्कि नाटक कर रहा है।

मिसाल के तौर पर, मैं एक आदमी को जानता हूँ, जो अख़बारों में अपना फ़ोटो छपवाने की बहुत कोशिश करता है। और जब उसका फ़ोटो छपता है, तो वह अख़बार की सैकड़ों प्रतियाँ ख़रीदकर अपने हर परिचित को भेज देता है। कुछ समय पहले मैं उसके बारे में अपने मित्र से बातचीत कर रहा था, जिसे उस आदमी ने किसी मिडवेस्टर्न अख़बार की प्रति भेजी थी।

मेरे मित्र ने कहा, "देखो, मैं दुविधा में हूँ। मैं यह नहीं समझ पा रहा हूँ कि वह मुझे अपनी महानता का विश्वास दिलाने की कोशिश कर रहा है या दरअसल ख़ुद को ही विश्वास दिलाने की कोशिश कर रहा है?"

अक्सर लोग अनजाने में ही बुरा प्रभाव डाल देते हैं

लोग आपका मूल्यांकन सिर्फ़ इसी बात से नहीं करते हैं कि आप स्वयं का कितना मूल्य आँकते हैं... वे इस आधार पर भी मूल्यांकन करते हैं कि आप दूसरी चीज़ों का कितना मूल्य आँकते हैं : आपकी नौकरी, आपका काम, यहाँ तक कि आपके प्रतिस्पर्धी भी।

बाइबल की एक पंक्ति है, "मूल्यांकन मत करो, ताकि तुम्हारा भी मूल्यांकन न हो।" यह मानव संबंधों के लिहाज़ से अच्छी नसीहत है। जब भी हम किसी चीज़ का मूल्यांकन करते हैं, तो हर बार हम दूसरे लोगों को अपना मूल्यांकन करने का एक सुराग़ दे देते हैं।

तलाक़ संबंधी मुकदमों के विशेषज्ञ एक वकील ने एक बार मुझे बताया था, "अक्सर जब कोई व्यक्ति मुझे अपने जीवनसाथी की तमाम ओछी और अप्रिय हरकतें बताता है, तो मुझे उसके जीवनसाथी के बारे जितनी जानकारी मिलती है, उससे ज़्यादा जानकारी उस व्यक्ति के बारे में मिल जाती है।"

नकारात्मक बातों और नकारात्मक राय से बुरा प्रभाव पड़ता है।

वाल्टर ए. लॉवेन प्लेसमेंट एजेंसी, न्यूयॉर्क सिटी के प्रमुख वाल्टर लॉवेन के पास पुरुषों और महिलाओं को श्रेष्ठ नौकरियाँ दिलाने का बेहतरीन रिकॉर्ड है। लॉवेन हर दिन किसी न किसी को सालाना 50,000 डॉलर या उससे अधिक के पैकेज की नौकरी दिलवाते हैं और वे यह काम 30 साल से ज़्यादा समय से कर रहे हैं।

वे हर आवेदक को सलाह देते हैं कि नए नियोक्ता से साक्षात्कार के समय वह अपने वर्तमान नियोक्ता के प्रति द्वेष व्यक्त न करे। अपने वर्तमान बॉस को नीचा दिखाकर नए व्यक्ति के सामने अपनी अच्छी छवि बनाने का प्रलोभन हमेशा रहता है। आप यह बताने के लिए उतावले रहते हैं कि आपके साथ कितना अन्यायपूर्ण बर्ताव किया जाता है। लेकिन लॉवेन कहते हैं, ऐसा कभी न करें। "याद रखें, कोई भी शिकायत करने वाले व्यक्ति को नौकरी नहीं देना चाहता।"

क्या आपने कभी इस बात पर ग़ौर किया है कि जब आपको मजबूरी में किसी शिकायती व्यक्ति के साथ बैठना पड़ता है, तो आप कितने बेचैन हो जाते हैं? कभी ग़ौर किया है कि जो व्यक्ति हर चीज़ के "ख़िलाफ़" होता है, वह कितना अलोकप्रिय होता है?

आप अपनी नौकरी का कितना मूल्य आँकते हैं, आप उस कंपनी का कितना मूल्य आँकते हैं, जिसमें आप नौकरी करते हैं? जब कोई आपसे पूछता है कि आप कहाँ काम करते हैं, तो क्या आप माफ़ी माँगने वाले अंदाज़ में जवाब देते हैं, "ओह, मैं अमुक बैंक में काम करता हूँ," मानो आप इस

बात पर शर्मिंदगी महसूस कर रहे हों ? या फिर आप गर्व से कहते हैं, "मैं देश के इस इलाक़े के सबसे अच्छे बैंक में काम करता हूँ।" अगर आप प्रशंसात्मक अंदाज़ में जवाब देंगे, तो सामने वाला आपके बारे में ज़्यादा अच्छा सोचेगा।

जब कोई आपसे पूछता है कि आप कहाँ से हैं, तो क्या आप सकुचाकर कहते हैं, "ओह, सड़क किनारे के एक घटिया गाँव से," या फिर आप कहते हैं, "मैं प्लेज़ेंटविले से आया हूँ, जो संसार का सबसे बेहतरीन छोटा क़स्बा है ?"

यदि आप यह आभास देते हैं कि आपका नियोक्ता ज़्यादा कुछ नहीं है या आप जो भी कर रहे हैं, वह ज़्यादा कुछ नहीं है, तो सुनने वाला सोचेगा कि आप स्वयं भी ज़्यादा कुछ नहीं हैं, वरना आपका संबंध उस जगह से नहीं होता और आप वह काम नहीं कर रहे होते।

प्रतिस्पर्धियों को नीचा न दिखाएँ। यह आश्चर्यजनक लेकिन सत्य है कि बहुत से सेल्समैन यह कभी नहीं सीख पाए कि लोग नीचा दिखाने वालों को पसंद नहीं करते- प्रतिस्पर्धियों को नीचा दिखाने वालों को भी नहीं। यदि आप अच्छी छाप छोड़ना चाहते हैं, तो सामने वाले व्यक्ति या उसके उत्पाद को कभी भी नीचा न दिखाएँ। इसके बजाय अपने ख़ुद के उत्पाद को ऊँचा बनाएँ। न सिर्फ़ लोग नकारात्मक बातचीत को नापसंद करते हैं- और नीचा दिखाना निश्चित रूप से नकारात्मक है- बल्कि आप एक नकारात्मक मंच भी तैयार करते हैं। आप नकारात्मक माहौल के लिए मंच तैयार कर देते हैं- और फिर इस बात पर हैरान होते हैं कि आप संभावित ग्राहक से हाँ क्यों नहीं करवा पा रहे हैं। इसके अलावा, सामने वाले का अवचेतन मन इतना चतुर होता है कि वह यह तर्क दे देता है, "प्रतिस्पर्धी सचमुच दमदार होंगे, वरना यह आदमी उनसे इतना नहीं घबराता और उन्हें नीचा दिखाने के लिए इस हद तक नहीं जाता।"

लोगों की सहमति हासिल करना

यदि आपने नकारात्मक मंच तैयार किया है, तो सामने वाले से "हाँ" की प्रतिक्रिया की क़तई उम्मीद न करें। मशहूर मनोवैज्ञानिक हैरी ओवरस्ट्रीट अपनी पुस्तक *इंफ़्लुएंसिंग ह्यूमन बिहेवियर** में कहते हैं कि मनोविज्ञान ने "हाँ" में प्रतिक्रिया कराने का जो सबसे अच्छा तरीक़ा खोजा है, वह यह

है कि सामने वाले को "हाँ" के मूड में रखा जाए। आप यह काम नकारात्मक नहीं, बल्कि सकारात्मक माहौल बनाकर करते हैं।

एक अच्छा नियम यह है कि सामने वाले से ऐसे सवाल किए जाएँ, ताकि वह शुरुआत से ही "हाँ" कहने लगे और लगातार कहता रहे। "क्या यह रंग सुंदर नहीं है?" या "क्या आप सहमत नहीं हैं कि यह बेहतरीन कारीगरी है?" जब सामने वाला इन शुरुआती सवालों के जवाब में पाँच-छह बार "हाँ" कह देगा, तो उसके लिए आपके बड़े सवाल पर भी "हाँ" कहना ज़्यादा आसान हो जाएगा।

"हाँ" कई बार नकारात्मक भी हो सकता है। बहरहाल, मेरे एक परिचित की ग़लती न दोहराएँ, जिसने इस सलाह पर ग़लत तरीक़े से अमल किया था। वह एक निराशावादी और नकारात्मक चिंतक था, इसलिए उसने ऐसे सवाल तो पूछे, जिनका जवाब "हाँ" में मिला, लेकिन उनसे सकारात्मक के बजाय नकारात्मक माहौल बना।

वह ग्राहक से पूछता था, "आज कितनी भयंकर गर्मी है, है ना?" और संभावित ग्राहक कहता था, "हाँ।" वह पूछता था, "संसार की हालत ख़राब है, है ना?" एक बार फिर उसे "हाँ" में जवाब मिलता था। वह कहता था, "चूँकि संसार की ऐसी हालत है, इसलिए आपको कभी पता नहीं होता कि किस पर विश्वास किया जाए।" संभावित ग्राहक कहता था, "हाँ, सही है।" हालाँकि ग्राहक के सारे जवाब "हाँ" में होते थे, लेकिन उसके ग़लत प्रश्नों की वजह से माहौल नकारात्मक बन जाता था। संभावित ग्राहक इतना निराश व हताश हो जाता था और उसकी मानसिकता इतनी नकारात्मक हो जाती थी कि वह कुछ ख़रीदने के मूड में नहीं रहता था।

निराशावादी, उदास या नकारात्मक लोग सामान नहीं ख़रीदते हैं और वे विचार भी नहीं ख़रीदते हैं। वे झिझकते हैं, हिचकते हैं और सतर्क हो जाते हैं। आशावादी, ख़ुशमिज़ाज़ और सकारात्मक सोच वाले लोग ही सामान या विचार ख़रीदते हैं। वे अधिक उदार होते हैं और विस्तार करने तथा जोखिम लेने के ज़्यादा इच्छुक होते हैं।

ज़्यादातर मामलों में आपका सवाल ही जवाब के लिए मंच तैयार करता है। "हाँ" का जवाब पाने का एक और नियम ऐसा सवाल पूछना है, जिसका

---

*न्यूयॉर्क : डब्ल्यू.डब्ल्यू. नॉर्टन एंड कंपनी, 1925

जवाब सवाल में ही निहित हो। "क्या आप इसे पसंद करते हैं," यह पूछने के बजाय सवाल करें, "मैं मानता हूँ कि आप इसे पसंद करते हैं, है ना?" "क्या आप इस रंग को पसंद करते हैं?" यह पूछने के बजाय सवाल करें, "यह निश्चित रूप से बड़ा सुंदर रंग है, है ना?" या "क्या यह रंग सुंदर नहीं है?"

लोगों से "हाँ" कहलवाने का तीसरा नियम यह है कि सवाल पूछते समय अपने सिर को सकारात्मक अंदाज़ में हिलाएँ। याद रखें, आपके कार्य सामने वाले व्यक्ति के कार्यों पर असर डालते हैं।

यह मानकर चलें कि सामने वाला वही करेगा, जो आप चाहते हैं

डॉ. अल्बर्ट एडवर्ड विगैम, जिनका उद्धारण हम पहले दे चुके हैं, कहते हैं, "सुझाव देने में कोई भी चीज़ इतनी सशक्त नहीं होती, जितनी यह शांत मान्यता कि सामने वाला वही करने वाला है, जो आप उससे करवाना चाहते हैं।"

लोगों से काम करवाने- और ख़ुशी-ख़ुशी करवाने- वाले सबसे सफल लोगों में से एक हैं डॉ. पियर्स पी. ब्रुक्स, जो नेशनल बैंकर्स लाइफ़ इंश्योरेंस कंपनी, डलास, टेक्सॉस के प्रेसिडेंट हैं।

जब डॉ. ब्रुक्स डलास स्थित स्टीवर्ड्स ऑफ़ टाइलर स्ट्रीट मेथोडिस्ट चर्च के बोर्ड के चेयरमैन थे, तो संडे स्कूल में आने वाले लोगों की संख्या इतनी ज़्यादा हो गई कि चर्च ने संसार भर के मेथोडिस्ट्स चर्चों के लिए नए कीर्तिमान बना दिए। इतनी बड़ी उपलब्धि के लिए बहुत से लोगों के सहयोग और कोशिशों की ज़रूरत होती है। जब ब्रुक्स द टेक्सॉस सेफ़्टी काउंसिल के प्रेसिडेंट थे, तो डलास ने सुरक्षा के नए कीर्तिमान स्थापित किए और यह अमेरिका के सबसे सुरक्षित शहर के रूप में मशहूर हो गया। जब उन्होंने क्रिपल्ड चिल्ड्रन्स फ़ाउंडेशन ऑफ़ अमेरिका का गठन किया, तो उन्होंने न सिर्फ़ अपना बहुत सा पैसा दिया, बल्कि कई अन्य व्यवसायियों को भी दान देने के लिए प्रेरित किया- जिनमें से एक ने तो अपनी एक कंपनी का पूरा मुनाफ़ा इस उद्देश्य के लिए दान दे दिया। लोगों को संगठित करने और उनसे काम करवाने की उनकी योग्यता ने न सिर्फ़ उन्हें सफल बनाया, बल्कि सामाजिक और परोपकारी कार्यों के मुखिया के रूप में उनकी माँग भी बहुत ज़्यादा बढ़ गई।

जब मैंने डॉ. ब्रुक्स से यह पूछा कि लोगों से काम करवाने का उनका रहस्य क्या है, तो उन्होंने कहा, "मैं शायद ही कभी किसी से यह पूछता हूँ कि क्या वह कोई काम करेगा। मैं हमेशा कोई न कोई व्यक्तिगत कारण खोजने की कोशिश करता हूँ कि सामने वाला वह काम क्यों करना चाहेगा, फिर मैं बस यह मान लेता हूँ कि वह यह काम करना चाहता है और करने वाला है। फिर मैं उसमें विश्वास जताता हूँ कि वह यह काम कर सकता है और मुझे उसकी योग्यता पर विश्वास है और मुझे यक़ीन है कि वह बेहतरीन काम करेगा– इसके बाद मैं उसे अकेला छोड़ देता हूँ और उसे वह काम करने देता हूँ। किसी आदमी के कंधे के पीछे से लगातार झाँकने का मतलब है, आपको इस बात का भरोसा नहीं है कि वह अच्छा काम करेगा। मैं यह मानता हूँ कि वह अच्छा काम करने वाला है और मैं शायद ही कभी निराश होता हूँ।"

अपनी पुस्तक *हाउ पॉवर सेलिंग ब्रॉट मी सक्सेस इन सिक्स अवर्स** में डॉ. ब्रुक्स बताते हैं कि वे शांति से मानने की इस तकनीक का इस्तेमाल कैसे करते हैं। वे बताते हैं कि सामने वाला ख़रीदेगा, यह मानना सामान बेचने की सबसे अच्छी विधियों में से एक है।

एक बार फिर, हम यही देखते हैं कि मनुष्य से जिस चीज़ की उम्मीद की जाती है, उसमें "उसके अनुरूप" व्यवहार करने की प्रबल आकांक्षा होती है।

यदि आप मुश्किल की तलाश नहीं कर रहे हैं, तो उसका पता ही क्यों पूछना ? अपने बच्चों पर यह तकनीक आज़माने की कोशिश करें। ऐसे शब्दों का इस्तेमाल बंद कर दें, जिनसे यह झलके कि आप उनसे अपनी आज्ञा के उल्लंघन या पलटकर जवाब देने की उम्मीद करते हैं।

मिसाल के तौर पर, अगर आप चाहती हैं कि आपके बच्चे बिना ज़्यादा प्रतिरोध के बिस्तर पर पहुँच जाएँ, तो यह न कहें, "जिमी बेटा, देर हो रही है और मम्मी चाहती हैं कि तुम जाकर बिस्तर पर सो जाओ।" यदि आप चाहती हैं कि वह घर के भीतर आकर आराम करे, तो यह न कहें, "ओह, मैं चाहती हूँ कि तुम अंदर आकर थोड़ा आराम कर लो। मुझे समझ में नहीं आता कि तुम तेज़ धूप में बाहर क्यों दौड़ते रहना चाहते हो।" इन कथनों

---

*एंगलवुड क्लिफ़्स, एन. जे. : प्रेंटिस–हॉल, इंक., 1955

में यह मान लिया गया है कि आप जिमी से बहस करने की उम्मीद कर रही हैं। इनमें यह मान लिया गया है कि वह बिस्तर पर सोना- या घर में आकर आराम करना- नहीं चाहता।

इसके बजाय, इस तरीक़े को आज़माएँ : जाकर उसके बिस्तर के कवर नीचे कर दें। उसे उसका पाजामा दे दें। फिर गुडनाइट करते हुए कहें, "ठीक है, जिमी, अब बिस्तर पर जाने का समय हो गया।" अगर आप चाहती हैं कि वह हर दिन 30 मिनट आराम करे, तो आराम के निश्चित समय का अलार्म लगा दें। अलार्म बजते ही उसके लिए दरवाज़ा खोलकर कहें, "ठीक है, जिमी, तुम इसे बाद में पूरा कर सकते हो – अब आराम करने का समय शुरू हो गया।"

यह उम्मीद न करें कि ये तरीक़े आदर्श ढंग से कारगर होंगे, ख़ास तौर पर अगर आपने जिमी के मन में लंबे समय से यह विचार डाल रखा है कि आप उससे बहस या प्रतिरोध की उम्मीद करती हैं। लेकिन ये तरीक़े मनुहार करने या डाँटने से तो बेहतर काम करते हैं और इनकी वजह से आपको तनाव भी कम होता है।

जब एक मशहूर प्रेस रिपोर्टर *क्रिश्चियन साइंस मॉनीटर* के संपादकीय कार्यालय में पहुँचा, तो उसे आस-पास "धूम्रपान निषेध" का कोई साइन बोर्ड नहीं दिखा। उसने संपादक से पूछा, "क्या यहाँ पर धूम्रपान के ख़िलाफ़ कोई नियम है ?"

संपादक ने कहा, "नहीं, नियम तो कोई नहीं है। लेकिन आज तक कभी किसी ने यहाँ धूम्रपान नहीं किया।"

हालाँकि रिपोर्टर चेन-स्मोकर था और उसे बता दिया गया था कि धूम्रपान के ख़िलाफ़ कोई नियम नहीं है- लेकिन उसने पाया कि वह सिगरेट नहीं पी सकता है, क्योंकि वह जानता था कि उससे सिगरेट न पीने की उम्मीद की जाती है और इसका प्रभाव बहुत शक्तिशाली था।

अध्याय 5 का सार

1. लोगों के साथ व्यवहार करते समय आप जिस अंदाज़ में बातचीत की शुरुआत करते हैं, वही अंदाज़ पूरी मुलाक़ात की प्रमुख प्रवृत्ति बन जाती है।

2. यदि आप औपचारिक ढंग से बातचीत शुरू करते हैं, तो मुलाक़ात औपचारिक होगी। दोस्ताना ढंग से शुरू करेंगे, तो मुलाक़ात दोस्ताना होगी। व्यावसायिक बातचीत के लिए मंच तैयार करेंगे, तो यह व्यावसायिक होगी। माफ़ी माँगने के अंदाज़ में शुरू करेंगे, तो सामने वाला आपको पूरे समय उसी ढंग से बातचीत करने के लिए मजबूर कर देगा।

3. पहली मुलाक़ात में आप जो प्रभाव डालते हैं, उसी से यह तय होता है कि सामने वाला आपको जीवन भर किस दृष्टि से देखता है।

4. दूसरे लोग आपको आपके आत्म-मूल्यांकन के अनुरूप ही स्वीकार करते हैं। अगर आप सोचते हैं कि आप कुछ भी नहीं हैं, तो आप एक प्रकार से दूसरे लोगों को अपना अपमान करने के लिए आमंत्रित कर रहे हैं।

5. सामने वाले पर अच्छी छाप छोड़ने का एक बहुत अच्छा तरीक़ा यह है कि छाप छोड़ने की बहुत ज़्यादा कोशिश न की जाए, बल्कि उसे किसी प्रकार यह जता दिया जाए कि वह आप पर अच्छी छाप छोड़ रहा है।

6. लोग आपका मूल्यांकन केवल स्वयं के बारे में आपकी राय के आधार पर ही नहीं करते हैं, बल्कि दूसरी चीज़ों के बारे में आपकी राय के आधार पर भी करते हैं : मसलन, आपकी नौकरी, आपकी कंपनी, यहाँ तक कि आपके प्रतिस्पर्धी भी।

7. नकारात्मक राय से नकारात्मक माहौल बनता है। दूसरों को नीचा न दिखाएँ। शिकायत न करें।

8. आप जिस तरह के सवाल पूछते हैं, उसी से सामने वाले के

जवाब के लिए मंच तैयार होता है। अगर आप "हाँ" में जवाब चाहते हैं, तो "नहीं" वाले सवाल न पूछें। ऐसे सवाल न पूछें या ऐसे निर्देश न दें, जिनसे सामने वाले को लगे कि आप परेशानी की उम्मीद करते हैं। बेवजह मुश्किलें आमंत्रित करने से कोई लाभ नहीं है।

खंड 3

मित्र बनाने और बनाए रखने के तरीक़े

अध्याय 6

लोगों को आकर्षित करने के तीन रहस्यों का प्रयोग कैसे करें

आकर्षक व्यक्तित्व का रहस्य क्या है ? हम सभी ऐसे लोगों को जानते हैं, जो ग्राहकों और मित्रों को बरबस आकर्षित कर लेते हैं। हम कहते हैं कि लोग ऐसे व्यक्तित्व की ओर खिंचे चले जाते हैं या "वह व्यक्ति लोगों को अपनी ओर खींच लेता है।" इन वाक्यों से बहुत कुछ उजागर हो जाता है। देखिए, आप लोगों को मजबूर नहीं कर सकते कि वे आपको पसंद करें। बहरहाल, आप उन्हें अपनी ओर आकर्षित ज़रूर कर सकते हैं, लेकिन इसके लिए आपको तीन बुनियादी मानवीय भूखों को संतुष्ट करने वाला आहार देना होगा।

अगर आप अपने घर के पिछवाड़े की सीढ़ियों पर एक टी-बोनस्टीक रखते हैं, तो आपको आस-पास के कुत्तों को घेरकर लाने की ज़रूरत नहीं पड़ेगी; वे अपने आप वहाँ पहुँच जाएँगे। और जब लोगों को यह मालूम चलेगा कि आपके पास उन तीन बुनियादी आहारों का भंडार है, जिनके बारे में मैं आपको इस अध्याय में बताना चाहता हूँ, तो लोग आपकी ओर भी उसी प्रकार खिंचे चले आएँगे।

सचमुच "अच्छा आदमी" जिससे सब लोग बचते हैं! मित्रता अपने आप नहीं होती है। हम अपने मित्रों का चुनाव करते हैं। और चेतन या अचेतन रूप से हम उन्हें अपनी आवश्यकता और भूख के आधार पर चुनते हैं। हो सकता है कि सैम मधुरभाषी संसार का सबसे अच्छा, सबसे मधुरभाषी और

सबसे ज़्यादा परवाह करने वाला इंसान हो, लेकिन शायद आप सैम को अपने मित्र के रूप में सिर्फ़ इसलिए न चुनें, क्योंकि वह आपकी भूख को संतुष्ट करने वाला आहार नहीं देता है। दरअसल, सैम की मौजूदगी में आप असहज भी हो सकते हैं। हो सकता है कि आप उससे हर पल प्रवाहित होने वाली अच्छाई की वजह से अपराधबोध और हीन भावना महसूस करने लगें। तो भले ही सैम अच्छा इंसान है, लेकिन आप उससे उसी तरह दूर रहेंगे, जिस तरह प्लेग से रहते हैं।

लोगों को आकर्षित करने का ट्रिपल-ए फ़ॉर्मूला

यहाँ तीन बुनियादी भूखों के बारे में बताया जा रहा है, जो सभी सामान्य लोगों में होती हैं। आप इसे मित्र बनाने की "ट्रिपल-ए" तकनीक कह सकते हैं। क्योंकि जब आप इन्हें समझ लेंगे और इनका इस्तेमाल करेंगे, तो आप पाएँगे कि ज़्यादा से ज़्यादा लोग आपकी ओर अपने आप आकर्षित हो रहे हैं।

1. स्वीकृति

स्वीकृति विटामिन जैसी होती है। हम सभी में यह भूख होती है कि हम जैसे भी हैं, हमें उसी रूप में स्वीकार किया जाए। हम ऐसे व्यक्ति का साथ चाहते हैं, जिसके साथ हम आराम से रह सकें। कोई ऐसा, जिसके सामने हम अपने बाल खोल सकें और जूते उतारकर बैठ सकें। हममें से बहुत कम लोग इतने बहादुर होते हैं कि संसार के साथ व्यवहार करते समय पूरी तरह से "अपने वास्तविक स्वरूप" में रहें। लेकिन हम उस व्यक्ति को पसंद करते हैं, जिसके साथ हम पूरी तरह अपने वास्तविक स्वरूप में रह सकें, क्योंकि हम जानते हैं कि वह हमें स्वीकार करेगा।

जो व्यक्ति आलोचना करता है और ख़ामियाँ खोजता है, जो दूसरों में हमेशा कमियाँ देखता है, जो आम तौर पर सुधारात्मक सलाह देता रहता है, उसके आस-पास कभी उन लोगों की भीड़ नहीं लगेगी, जो उसका मित्र बनने के लिए लालायित हों।

दूसरे लोगों को कैसा व्यवहार करना चाहिए, इस बारे में कठोर व्यक्तिगत पैमाने न बनाएँ। सामने वाले को अपने वास्तविक स्वरूप में रहने की छूट

दें। अगर वह थोड़ा अजीब है, तो उसे ऐसा ही रहने दें। इस बात पर ज़ोर न दें कि वह भी हर वही चीज़ करे, जो आप करते हैं और हर उस चीज़ को पसंद करे, जो आपको पसंद हो। जब वह आपके साथ या आस-पास हो, तो उसे चैन से रहने दें।

अजीब बात यह है कि जो इंसान लोगों को स्वीकार करते हैं और उनके वास्तविक स्वरूप में ही उन्हें पसंद करते हैं, वे ही सामने वाले के व्यवहार को बेहतर बनाने के लिए सबसे ज़्यादा असर डाल सकते हैं। कई विवाहित पुरुष शादी से पहले निरंकुश और भ्रमित थे, लेकिन बाद में वे बेहतर व्यक्ति बन गए। वे आपको बताएँगे (बशर्ते आप उनसे उगलवा पाएँ) कि उनके बदलाव का कारण यह था कि "मेरी पत्नी को मुझ पर विश्वास था," या "मेरी पत्नी ने बस मुझ पर भरोसा किया। उसने कभी आलोचना नहीं की, ताने नहीं मारे, बस मुझ पर विश्वास करती रही। मैं कैसे नहीं बदलता!"

जैसा एक मनोवैज्ञानिक ने कहा है, "किसी भी व्यक्ति में किसी दूसरे को बेहतर बनाने की शक्ति नहीं होती, लेकिन सामने वाला जैसा है, उसे उसी स्वरूप में पसंद करके आप उसे स्वयं को बदलने की शक्ति दे देते हैं।"

दूसरों को बेहतर बनाने के संदर्भ में कई अच्छे लोगों के पास बहुत कम प्रभाव होता है या बिलकुल नहीं होता। ऐसा इसलिए है, क्योंकि वे सामने वाले को उसके वास्तविक स्वरूप में स्वीकार नहीं करते हैं, बल्कि उसे यह बताते हैं कि उनकी स्वीकृति पाने के लिए उसे किसी न किसी प्रकार ख़ुद को बदलना होगा।

ऐसा कोई रिकॉर्ड नहीं है कि किसी फ़ारिसी ने कभी किसी पापी का व्यवहार बदला हो। फ़ारिसी अच्छे लोग थे। लेकिन अपनी अच्छाई की वजह से ही वे दूसरे लोगों से अलग हो गए। जब ईसा मसीह ने "शराबख़ाने के मालिकों और पापियों" के साथ भोजन किया, तो फ़ारिसी दहशत में आ गए। जब ईसा मसीह ने व्यभिचारिणी महिला से कहा, "मैं भी तुम्हें दोषी नहीं मानता," तो वे स्तब्ध रह गए। लेकिन तथ्य यही है कि ईसा मसीह का "लोगों पर ऐसा असर" था, जितना न तो पहले किसी का हुआ, न ही बाद में।

मनोचिकित्सक बेहतर होने में लोगों की कैसे मदद करते हैं ? क्या आपने कभी ग़ौर किया है कि मनोचिकित्सा के दौरान किसी व्यक्ति के साथ सचमुच क्या होता है ? मैं फ़िल्मों में होने वाली घटनाओं की बात नहीं कर रहा हूँ, बल्कि असल जीवन की बात कर रहा हूँ, जहाँ सभी प्रकार के डरों और समस्याओं वाले व्यक्ति- जिसके न तो खुद के साथ अच्छे संबंध हैं, न ही दूसरों के साथ- का "उपचार" हो जाता है। और इसका कारण सिर्फ़ इतना होता है कि वह सप्ताह में दो बार मनोचिकित्सक के क्लीनिक में गया और वहाँ उसने मनोचिकित्सक से बातचीत की।

हाल ही में मैं एक डिनर पार्टी में एक शीर्षस्थ मनोचिकित्सक से मिला और हम मानव संबंधों में स्वीकृति के विषय पर बातचीत करने लगे।

उन्होंने मुझे बताया, "अगर लोग वाक़ई स्वीकृति का अभ्यास करने लगें, तो हमारा धंधा चौपट हो जाएगा। मनोचिकित्सा का सार यही है कि रोगी को एक व्यक्ति यानी डॉक्टर मिलता है, जो उसे स्वीकार करता है। जीवन में पहली बार वह अपने बाल खोलता है- वह अपने डर सामने लाता है, वह उन बातों को उजागर करता है, जिन पर उसे शर्म आती है! और डॉक्टर बिना आश्चर्य, दहशत या नैतिक मूल्यांकन के उसकी पूरी बात सुनता है। उसके सारे 'शर्मनाक' गुणों और दोषों के बावजूद उसे स्वीकृति दर्शाने वाला एक इंसान मिल जाता है, इसलिए वह ख़ुद को स्वीकार करने में समर्थ हो जाता है और इसके बाद वह बेहतर जीवन की राह पर चलने लगता है।"

वैवाहिक क़समों को वास्तविकता में तब्दील कैसे करें

डॉ. रूथ बार्बी कहती हैं कि बहुत से वैवाहिक संताप से बचा जा सकता है, यदि युवा दंपति वैवाहिक क़सम के शब्दों को दिल में उतार लें, "मैं इस आदमी (या औरत) को भले या बुरे के लिए... स्वीकार करता हूँ...।" वे कहती हैं कि आपको सामने वाले को उसी रूप में स्वीकार करना चाहिए, जैसा वह है।

वे कहती हैं, "भावनात्मक स्वीकृति का यह आशय नहीं है कि आप अपने आदर्शों को गिरा लें। यह सामने वाले के बारे में सोचने का नहीं, बल्कि महसूस करने का तरीक़ा है। यह इंसान के रूप में उसकी पुष्टि है।

यह एक मान्यता है कि बुनियादी तौर पर वह ऐसा है, जिसे आप स्वीकार कर सकते हैं। इसका संबंध इस बात से नहीं है कि वह क्या करता है या क्या नहीं करता। इसका संबंध तो उस बात से है, जिससे वह बना है।"

हर व्यक्ति को स्वीकृति की इस भावना की ज़रूरत होती है। संसार का हर व्यक्ति आपको स्वीकार नहीं करेगा और इसकी कोशिश करना भी मूर्खतापूर्ण है। *लेकिन हममें से प्रत्येक व्यक्ति अपने जीवन के महत्वपूर्ण लोगों की स्वीकृति चाहता है।* "राष्ट्रविहीन व्यक्ति" की सज़ा यही है कि उसे किसी के द्वारा भी स्वीकार नहीं किया जाता। पूरे संसार के ख़िलाफ़ लड़ने वाले सबसे निर्मम व्यक्तियों को भी स्वीकृति की ज़रूरत महसूस होती है। मिसाल के तौर पर, हिटलर भी ख़ुद को प्रशंसकों के एक छोटे समूह से घेरे रखता था और जहाँ भी जाता था, उन्हें अपने साथ ले जाता था।

स्वीकृति दुधारी तलवार है

हमारे समाज की एक विसंगति यह है कि स्वीकृति की यह आवश्यकता समाज के साथ-साथ इसके ख़िलाफ़ भी काम करती है। मिसाल के तौर पर, पूरे देश में कई किशोर गैंग बन रहे हैं। निस्संदेह इसके पीछे काफ़ी हद तक यह कारण है कि इन लड़कों को समाज के दूसरे क्षेत्रों में स्वीकार नहीं किया जाता है और गैंग के सदस्यों की स्वीकृति के कारण उन्हें महत्व मिलता है, जुड़ाव का अहसास मिलता है।

एक और विडंबना यह है कि प्रायः जब कोई अपराधी जेल से बाहर आता है, तो उसे सबक़ मिल चुका होता है और उसके इरादे बेहतरीन होते हैं। लेकिन जल्द ही उसे यह समझ में आ जाता है कि जेल में सज़ा काटने के बाद अब "अच्छे लोग" उसे स्वीकार नहीं कर रहे हैं। उसे स्वीकृति का अहसास केवल एक ही जगह पर मिल सकता है : अपराधियों और पूर्व-अपराधियों के बीच।

अपने पति को सफल कैसे बनाएँ

कई बड़े व्यवसायी मुझे बताते हैं कि किसी कर्मचारी को प्रमोशन देने से पहले वे उसकी पत्नी के बारे में जानकारी हासिल करने हैं। उनकी रुचि यह जानने में नहीं होती है कि वह अच्छी और आकर्षक है या नहीं, या

अच्छा खाना बनाती है या नहीं। उनकी रुचि तो मूलतः यह जानने में होती है कि वह अपने पति में आत्मविश्वास की भावना जगाती है या नहीं।

एक कॉरपोरेशन के अध्यक्ष ने इसे इस तरह व्यक्त किया था, "जब कोई पत्नी अपने पति को स्वीकार करती है और उसे यह अहसास दिलाती है कि वह उससे ख़ुश है, तो यह हर बार पति के घर लौटते वक़्त उसके हाथ में आत्मविश्वास का इंजेक्शन लगाने जैसा होता है। वह ख़ुद से कहता है, 'अगर वह मुझे पसंद करती है, तो शायद मैं इतना बुरा आदमी नहीं हूँ।' यदि वह उसे पसंद करती है और उस पर विश्वास करती है, तो वह कहता है, 'शायद मैं यह कर सकता हूँ!' ऐसे में अगली सुबह वह आत्मविश्वास से लबरेज़ होकर संसार का सामना करने निकलता है और उसमें यह भावना होती है कि राह में चाहे जो आए, वह उसे धूल चटा सकता है।

"लेकिन जब घर पर ताना मारने वाली, शिकायत करने वाली और झिड़कने वाली पत्नी होती है, तो घर लौटते वक़्त पति के अंदर से सारी जुझारू भावना हवा हो जाती है। पत्नी की निरंतर असंतुष्टि उसके मन में घर कर जाती है और आत्म-शंका के कीटाणुओं को सक्रिय कर देती है। उसे ख़ुद पर संदेह होने लगता है।"

अध्यक्ष को यह भी जोड़ना चाहिए था कि जो पत्नी अपने पति को स्वीकार करती है, वह उसे केवल आत्मविश्वास की ख़ुराक ही नहीं देती है, बल्कि मानवीय दयालुता की अच्छी ख़ुराक और सबके साथ हिल-मिलकर चलने का गुण भी प्रदान करती है, क्योंकि उसकी स्वीकृति की बदौलत पति ख़ुद को ज़्यादा पसंद करने लगता है। अगर पति ख़ुद को ज़्यादा पसंद करता है, तो उसके साथ रहना ज़्यादा आसान हो जाएगा। वह ज़्यादा परवाह करने वाला और विचारशील बन जाएगा। दूसरी ओर, जो पत्नी लगातार ताने मारती रहती है, उसे अपनी मनचाही चीज़ का ठीक उल्टा परिणाम मिलता है। उसके कारण उसका पति ख़ुद को कम पसंद करता है। ऐसे में पति का आत्मसम्मान जितना कम होता है, वह उतना ही ज़्यादा चिड़चिड़ा होता है और पत्नी में उसे उतने ही ज़्यादा दोष नज़र आते हैं। देखिए, आख़िरकार यह न्याय ही तो है!

ज़ाहिर है, मैंने पत्नियों के बारे में जो कुछ कहा है, वह पतियों पर भी लागू होता है। आदमी औरतों से ज़्यादा ताने मार सकते हैं और ताने

मारने वाले, दोष खोजने वाले, अहं को कुचलने वाले पति को भी वह मिल जाता है, जो उसे मिलना चाहिए।

2. समर्थन

हर व्यक्ति को जिसकी भूख होती है, वह दूसरा जादुई तत्व है *समर्थन*।

समर्थन स्वीकृति से थोड़ा आगे जाता है। इसकी तुलना में स्वीकृति अधिकांशतः नकारात्मक होती है। स्वीकृति में हम सामने वाले के दोषों तथा कमियों के साथ उसे स्वीकार करते हैं और इसके बावजूद अपनी मित्रता की मोहर लगाते हैं। लेकिन समर्थन का अर्थ थोड़ा ज़्यादा सकारात्मक होता है। यह सामने वाले के दोषों को सहन करने से आगे जाता है और कुछ सकारात्मक चीज़ें खोजता है, जिन्हें हम *पसंद* कर सकें।

आप हमेशा सामने वाले में समर्थन करने वाली कोई न कोई चीज़ खोज सकते हैं : और आप हमेशा नापसंद करने वाली कोई न कोई चीज़ भी खोज सकते हैं। यह इस बात पर निर्भर करता है कि आप कौन सी चीज़ खोज रहे हैं। यदि आप नकारात्मक क़िस्म के व्यक्ति हैं, तो आप हमेशा दोष ही खोजते रहते हैं, हमेशा नापसंद आने वाली चीज़ों की तलाश करते रहते हैं। दूसरी ओर, यदि आप सकारात्मक व्यक्ति हैं, तो आप हमेशा ऐसी चीज़ों की तलाश में रहते हैं, जिन्हें आप पसंद कर सकें।

नकारात्मक व्यक्ति वाक़ई हमारे सबसे बुरे पहलुओं को उजागर करते हैं, क्योंकि वे हमारे अंदर की सभी ग़लत चीज़ों को रेखांकित करते हैं। सकारात्मक व्यक्ति हमारे भीतर की अच्छाई को उभारते हैं, क्योंकि वे हमारे भीतर की उन अच्छाइयों को रेखांकित करते हैं, जो उन्हें पसंद होती हैं। हम उनके समर्थन की गर्माहट महसूस करते हैं और यह भावना इतनी अच्छी होती है कि हम दूसरे अच्छे गुण तथा लक्षण विकसित करने की कोशिश करते हैं, ताकि वे दोबारा हमारा समर्थन करें और हमें वही अच्छी भावना दोबारा मिले।

लाइलाज बच्चों का इलाज

एक बाल मनोवैज्ञानिक ने कुछ समय पहले मुझे एक छोटे लड़के के बारे में

बताया, जिसे "लाइलाज" कहकर उनके पास लाया गया था। माना जाता था कि बच्चे को किसी प्रकार "नियंत्रित" नहीं किया जा सकता। वह मूडी था और शुरुआत में तो उसने मनोवैज्ञानिक से बात भी नहीं की। ऐसा कोई भी तरीक़ा नहीं मिल पा रहा था, जिससे उसे "हैंडल" किया जा सके। बहरहाल, मनोवैज्ञानिक को लड़के के पिता की एक टिप्पणी से सुराग़ मिला, जिन्होंने कहा था, "यह एकमात्र बच्चा है, जिसमें एक भी ऐसा गुण नहीं है, जिसे पसंद किया जा सके– एक भी नहीं।"

मनोवैज्ञानिक उस लड़के में किसी ऐसी चीज़ की तलाश करने लगा, जिसका वह समर्थन कर सके। उसे कई चीज़ें मिल गईं। लड़के को नक़्क़ाशी करना अच्छा लगता था और वह यह काम अच्छी तरह करता था। घर पर वह फ़र्नीचर पर नक़्क़ाशी करता था और उसे इसके लिए सज़ा मिलती थी। मनोवैज्ञानिक ने उसे नक़्क़ाशी का एक सेट ख़रीदकर दिया – नक़्क़ाशी करने वाले चाकुओं का सेट और थोड़ी नर्म लकड़ी। उन्होंने इसके इस्तेमाल के संबंध में उसे कुछ सुझाव भी दिए। उन्होंने अपने समर्थन को रोककर नहीं रखा, बल्कि कहा, "जिमी, तुम जानते हो, मैंने आज तक जितने भी लड़के देखे हैं, उनमें तुम सबसे अच्छी नक़्क़ाशी कर सकते हो।"

इस कहानी का सार यह है कि मनोवैज्ञानिक को समर्थन करने के लिए अन्य चीज़ें भी जल्द ही मिल गईं। एक दिन जिमी ने सबको हैरान कर दिया, जब उसने बिना किसी के कहे अपना कमरा साफ़ कर दिया। जब मनोवैज्ञानिक ने पूछा कि उसने कमरे की सफ़ाई क्यों की, तो जिमी का जवाब था, "मैंने सोचा कि इससे आपको अच्छा लगेगा।"

समर्थन करने की पूरी कोशिश करें

हम सभी समर्थन के भूखे होते हैं। और हमारी भूख को शांत करने के लिए किसी बड़ी चीज़ की ज़रूरत नहीं होती। यदि आप शेयर ख़रीदने और बेचने की योग्यता के लिए किसी स्टॉक ब्रोकर की प्रशंसा करेंगे, तो वह ज़्यादा प्रभावित नहीं होगा। वह सोचेगा कि आप उसकी चापलूसी कर रहे हैं, क्योंकि स्टॉक ब्रोकर के रूप में उसकी सफलता सबको साफ़ नज़र आती है। लेकिन अगर आप उसे यह बताते हैं कि आप इस बात के लिए उसकी प्रशंसा करते हैं कि वह कोयले के ऊपर माँस की टिक्की को बड़ी अच्छी तरह भूनता है,

तो वह इस प्रशंसा से अभिभूत हो जाएगा।

लोगों की प्रशंसा करते वक़्त एक अच्छा नियम याद रखें : लोग किसी प्रशंसा पर तब ज़्यादा ख़ुश होते हैं, जब आप किसी ऐसे गुण के लिए उनकी प्रशंसा करें, जो बहुत स्पष्ट न हो। यदि किसी व्यक्ति का शरीर यूनानी देवता जैसा है, तो इस बात की संभावना है कि वह पहले से ही यह बात जानता है और इस बारे में उसके मन में कोई शंका नहीं है। उसे किसी दूसरे व्यक्ति की पुष्टि की ज़रूरत नहीं है। लेकिन वह दूसरी चीज़ों में भी निपुण हो सकता है, जो इतनी स्पष्ट न हों। उन्हें खोजें, उनके लिए उसकी प्रशंसा करें और फिर उसके चेहरे की चमक देखें!

3. प्रशंसा

प्रशंसा की भूख इंसान की तीसरी बुनियादी भूख है।

एप्रीशिएट (प्रशंसा) का वास्तविक अर्थ है *मूल्य या महत्व में वृद्धि* यानी यह डिप्रीशिएट का विपरीत है, जिसका अर्थ है मूल्य या महत्व में कमी। हम हमेशा ऐसे लोगों की तलाश करते हैं, जो हमारा मूल्य या महत्व कम करने के बजाय बढ़ाएँ।

डॉ. पियर्स पी. ब्रुक्स ने मुझे हाल में बताया कि उनकी बीमा कंपनियों की सफलता काफ़ी हद तक इस सूत्रवाक्य के कारण है : "हम अपने एजेंट्स की प्रशंसा करते हैं।" जब मैंने उनसे पूछा कि इतना सरल सूत्रवाक्य इतना चमत्कार कैसे कर सकता है (एक अग्रणी बीमा पत्रिका ने कुछ समय पहले ही उनकी कंपनियों की वृद्धि दर को "चमत्कारी" बताया था), तो उन्होंने कहा कि *एप्रीशिएट* (प्रशंसा) *डिप्रीशिएट* (आलोचना) का विपरीत है।

उन्होंने कहा, "हम अपने एजेंट्स को बहुत *महत्व* देते हैं और उनके सामने स्पष्ट कर देते हैं कि हम उन्हें बहुत मूल्यवान मानते हैं। हम जानते हैं कि किसी कंपनी की सफलता उसके एजेंट्स पर निर्भर करती है। वे हमारे लिए महत्वपूर्ण हैं। हम सोचते हैं कि वे पूरे व्यवसाय में सर्वश्रेष्ठ हैं- और हम उनके साथ ऐसा ही सर्वश्रेष्ठ व्यवहार करते हैं। जब आप किसी व्यक्ति की प्रशंसा करते हैं, तो आप उसे वाक़ई ज़्यादा मूल्यवान और सफल बना देते हैं।"

दूसरे लोग आपके लिए मूल्यवान हैं

ज़रा सोचें कि दूसरे लोग- आपकी पत्नी, पति, बच्चे, बॉस, कर्मचारी, ग्राहक- आपके लिए कितने मूल्यवान हैं। अपने मन में उनके मूल्य या महत्व पर ज़ोर दें। फिर सामने वाले को यह बताने के छोटे-छोटे उपाय सोचें कि आप उन्हें बहुत मूल्यवान मानते हैं। और हमेशा याद रखें कि लोग सबसे महत्वपूर्ण होते हैं। वे इस पृथ्वी की सबसे मूल्यवान चीज़ हैं। यहाँ पर प्रशंसा दर्शाने के कुछ तरीक़े दिए जा रहे हैं। यदि आप थोड़ा सोचेंगे, तो आप कई अन्य उपाय भी खोज सकते हैं :

1. **यदि संभव हो, तो लोगों से इंतज़ार न करवाएँ।**
2. **अगर कोई आपसे मिलने आया है और आप उससे तुरंत नहीं मिल सकते- तो उसकी उपस्थिति को स्वीकार करें और उसे बता दें कि आप उससे जल्द से जल्द मिलेंगे।**
3. **लोगों को धन्यवाद दें।**
4. **लोगों को "ख़ास" मानकर व्यवहार करें।**

चौथे बिंदु पर थोड़ी अतिरिक्त टिप्पणी की ज़रूरत है। किसी इंसान के साथ "सामान्य व्यवहार" करना संसार की सबसे अपमानजनक और आत्मविश्वास कम करने वाली चीज़ों में से एक है। हम सब चाहते हैं कि व्यक्ति के रूप में हमारे साथ "ख़ास" व्यवहार किया जाए- हमें अपने अनूठे महत्व के लिए पहचाना जाए। अगर मैरी को पता लगता है कि जॉन "यह बात सभी लड़कियों से कहता है", तो उसे महसूस होता है कि जॉन ने उसका महत्व कम कर दिया है। उसे ज़्यादा अच्छा लगेगा, अगर जॉन की बातें "सिर्फ़ तुम्हारे लिए" हों।

डॉ. पियर्स पी. ब्रुक्स ने मुझे बताया कि एक बार वे नया प्रभाग खोल रहे थे, जिसके संबंध में उन्होंने संभावित ग्राहकों को पत्र भेजे थे। पत्र "प्रिय मित्र" से शुरू हुआ था और प्रतिक्रिया लगभग शून्य मिली। उन दो शब्दों को बदलकर जब उन्होंने सामने वाले का नाम डाला, जैसे "प्रिय मि. स्मिथ", तो आश्चर्यजनक रूप से जवाबों की संख्या बहुत बढ़ गई।

लोगों को श्रेणियों में न बाँटें

लोगों को व्यापक आम श्रेणियों में वर्गीकृत होना अच्छा नहीं लगता, जैसे "ग्राहक," "लोग," "बच्चे," "विवाहित दंपति।" वे चाहते हैं कि उन्हें ख़ास और अनूठे "ग्राहक" या व्यक्ति के रूप में स्वीकार किया जाए।

जो संदेहवादी कहता है, "सभी ग्राहक एक से होते हैं," वह दिवालिएपन की राह पर चल रहा है, चाहे उसे इस बात का आभास हो या न हो। जो औरत कहती है, "सभी मर्द एक से होते हैं," वह ज़िंदगी भर कुँआरी ही रहेगी। लोगों के साथ "ग्राहकों" जैसा व्यवहार करने की आदत डालना आसान होता है, लेकिन इससे फ़ायदा नहीं होता। याद रखें, आप जो भी व्यवसाय कर रहे हों- आप कभी भी अमूर्त "ग्राहकों" के साथ व्यवहार नहीं करते हैं। आप हमेशा एक विशेष व्यक्ति से व्यवहार करते हैं। आप कभी भी "लोगों" के साथ व्यवहार करना नहीं सीखते हैं। आप इस या उस व्यक्ति के साथ व्यवहार करना सीखते हैं। संसार में "लोगों" जैसा कोई प्राणी नहीं होता। संसार में केवल विशेष व्यक्ति रहते हैं। *लोग* तो महज़ अमूर्त शब्दावली है।

हम भीड़ का हिस्सा नहीं बनना चाहते, बल्कि अलग पहचान चाहते हैं

हम उन्हीं रेस्तराँओं में जाना पसंद करते हैं, जहाँ हमारे साथ ख़ास व्यवहार किया जाता है। ज़रूरी नहीं है कि यह ज़्यादा बड़ी बात हो। शायद वेटर आपका नाम जानता हो और कहता हो, "मि. जोन्स, आपको यह जानकर ख़ुशी होगी कि आज रात हमारे यहाँ सींक-कबाब बना है।"

कोई हमसे कहता है, "हम आम तौर पर ऐसा नहीं करते हैं, लेकिन आपके लिए मैं यह कर दूँगा।" यह सुनते ही हमारा चेहरा खिल जाता है।

"मिसेज़ स्मिथ, मैं *व्यक्तिगत* रूप से इस मामले को देखता हूँ और मैं आपको यक़ीन दिलाता हूँ कि आप जो चाहती हैं, वह आपको मिल जाएगा।"

"हर कोई इस पोशाक को नहीं पहन सकता, लेकिन आप पर यह खिल रही है।"

यहाँ तक कि बच्चे भी इस जादू पर प्रतिक्रिया करते हैं। वे इस बात को पसंद नहीं करते कि उनके साथ "बच्चों" जैसा व्यवहार किया जाए। वे

तो चाहते हैं कि उनके साथ जिमी जोन्स नामक विशेष व्यक्ति जैसा व्यवहार किया जाए। उसकी तुलना मोहल्ले के दूसरे बच्चे से न करें। इससे उसका महत्व कम होता है। कई लोग जब किसी मिलने वाले से अपने परिवार का परिचय कराते हैं, तो अपनी पत्नी का परिचय तो अलग व्यक्ति के रूप में देते हैं- "ये मिसेज़ जोन्स हैं"- लेकिन अपने तीन बच्चों को हाथ लहराकर नज़रअंदाज़ कर देते हैं- "और ये बच्चे हैं!" उन्हें अव्यक्तिगत क्यों बनाना ? उनका परिचय उसी तरह क्यों न दें, जिस तरह आप किसी अन्य व्यक्ति का परिचय देते हैं ?

इसी प्रकार, जब आपका परिचय किसी किशोर से कराया जाए, तो उस परिचय को उसी तरह स्वीकार करें, जैसे आपको किसी बैंक के अध्यक्ष से मिलवाया जा रहा हो। सिर्फ़ अपना हाथ लहराने और "हेलो" कहने के बजाय क्यों न हाथ मिलाकर कहें, "हेलो डिक, मुझे आपसे मिलकर ख़ुशी हुई।" ?

प्रकृति से सबक़ लें

फूलों से सबक़ लें। वे जानते हैं कि मधुमक्खियों को कैसे आकर्षित किया जाता है। वे चाहते हैं कि मधुमक्खी उनमें परागण करे। उन्हें मधुमक्खी की ज़रूरत होती है। लेकिन आग्रह करने, फटकारने या दबाव डालने के बजाय फूल बस पराग की कुछ बूँदें रख देता है। फूल जानता है कि मधुमक्खी पराग की भूखी है। वह उस भूख को संतुष्ट करने वाला आहार उसके सामने रख देता है।

यदि आप आकर्षक व्यक्तित्व वाले व्यक्ति का विश्लेषण करेंगे, तो आप पाएँगे कि वह भी लोगों की बुनियादी भूखों को संतुष्ट करने वाला आहार सामने रखता है।

एक पुरानी कहावत है, "शहद मक्खियों को सिरके से ज़्यादा आकर्षित करता है।" इसकी व्याख्या अक्सर इस संदर्भ में की जाती है कि आपको अपनी मनचाही चीज़ पाने के लिए "मीठी वाणी" बोलना चाहिए। बहरहाल, ग़ौर से देखने पर आपको पता चलेगा कि शहद मक्खियों को इसलिए आकर्षित करता है, क्योंकि शहद ही वह आहार है, जो मक्खी चाहती है और उसे इसकी ज़रूरत होती है। बस शहद का कटोरा रख दें! आपको इसके बारे में ढोल पीटकर मक्खियों को बताने की ज़रूरत नहीं है कि आपने उनके लिए

आहार रख दिया है। आपको मक्खियों को विश्वास दिलाने के लिए कमेटी गठित करने की ज़रूरत नहीं है कि उन्हें आना चाहिए। वे अपने आप वहाँ चली आएँगी।

जब आप इन तीन बुनियादी आहारों को परोसना शुरू करते हैं, तो आप इस बात पर यक़ीन कर सकते हैं कि आपके आस-पास भी लोगों की भीड़ जमा होने लगेगी।

अध्याय 6 का सार

1. आकर्षक व्यक्तित्व का वास्तविक रहस्य दूसरे लोगों को वह आहार प्रदान करना है, जिसके वे भूखे हैं। जिस प्रकार मधुमक्खियाँ शहद की भूखी होती हैं, उसी प्रकार लोग भी कुछ चीज़ों के भूखे होते हैं।

2. लोगों को आकर्षित करने के लिए ट्रिपल–ए फ़ॉर्मूले का इस्तेमाल करें :

   स्वीकृति। लोग जैसे हैं, उन्हें उसी रूप में स्वीकार करें। उन्हें उनके वास्तविक स्वरूप में रहने की अनुमति दें। ऐसी शर्त न रखें कि आप किसी को तभी पसंद करेंगे, जब वह आदर्श बन जाएगा। नैतिक साँचे न बनाएँ और आपकी स्वीकृति हासिल करने के लिए दूसरों के उनमें ढलने की उम्मीद न करें। सबसे बड़ी बात, स्वीकृति के लिए सौदेबाज़ी न करें। यह न कहें, "अगर आप यह या वह करेंगे या मेरे हिसाब से रहेंगे, तभी मैं आपको स्वीकार करूँगा।"

   समर्थन। समर्थन करने के लिए सामने वाले में किसी अच्छी चीज़ की तलाश करें। यह छोटी या महत्वहीन चीज़ भी हो सकती है। बस सामने वाले को यह जता दें कि आप उसका समर्थन करते हैं। जब आप ऐसा करेंगे, तो धीरे–धीरे उन चीज़ों की संख्या बढ़ जाएगी, जिनकी आप सच्ची प्रशंसा कर सकते हैं। जब सामने वाला आपकी सच्ची प्रशंसा का स्वाद चख लेता है, तो वह अपना व्यवहार बदलने लगेगा, ताकि उसकी दूसरी चीज़ों की भी प्रशंसा हो।

   प्रशंसा। प्रशंसा का अर्थ है महत्व बढ़ाना। इसका विपरीत है महत्व घटाना। दूसरे लोगों को यह बता दें कि आप उन्हें महत्वपूर्ण मानते हैं। दूसरे लोगों के साथ ऐसा व्यवहार करें, जैसे वे आपके लिए महत्वपूर्ण हों। उनसे इंतज़ार न कराएँ। उन्हें धन्यवाद दें। उन्हें "ख़ास" मानकर उनके साथ अनूठा व्यवहार करें।

अध्याय 7

लोगों को तुरंत अपना मित्र कैसे बनाएँ

क्या आप कभी किसी ऐसे व्यक्ति से मिले हैं, जिसके लिए "कोई भी अजनबी नहीं होता!" वह देखते ही देखते तुरत-फुरत मित्र बना लेता है। वह बस में किसी के भी बग़ल में बैठता है और तत्काल उनमें इस तरह बातचीत होने लगती है, जैसे वे पुराने दोस्त हों। वह किसी संभावित ग्राहक से मिलने जाता है और उनमें ऐसी बातचीत होने लगती है, मानो वे जीवन भर के मित्र हों।

दूसरी ओर, हम सभी ऐसे लोगों को जानते हैं, जो "अच्छे" होते हैं- बशर्ते आपकी उनसे अच्छी जान-पहचान हो जाए- लेकिन उनसे जान-पहचान बढ़ाना मुश्किल होता है। पहली श्रेणी के लोगों में कोई जादुई चीज़ होती है- ऐसा लगता है, मानो वे सामने वाले में दोस्ताना भाव "जगा देते हैं," जबकि दूसरी श्रेणी के "जान-पहचान-बढ़ाने-में-मुश्किल" लोग लोक-व्यवहार के क्षेत्र में पिछड़ जाते हैं। जब वे ग्राहक से "संपर्क बढ़ा" रहे होते हैं, तब तक कोई "आसानी से लोक-व्यवहार करने वाला" व्यक्ति बीच में ही उन्हें सामान बेचकर जा चुका होता है।

दोस्ताना भावनाएँ जगाने वाले जादुई स्विच का प्रयोग कैसे करें

मैंने कॉलेज में पढ़ते समय इन "आसानी-से-जानने-वाले" लोगों के बारे में सीखा। लड़कियों के मामले में मैं थोड़ा शर्मीला था। जब मैं किसी सुंदर लड़की

को देखता था, तो मेरी उसे डेट पर ले जाने की इच्छा होती थी, लेकिन मैं ख़ुद से कहता था, "अगर मैंने उससे सीधे ही डेटिंग का पूछा, तो यह उसे पसंद नहीं आएगा। शायद वह सोचेगी कि मैं बदतमीज़ी कर रहा हूँ। हो सकता है वह पहले ही किसी के साथ डेट पर जा रही हो- शायद वह स्कूल के सबसे आकर्षक लड़के के साथ स्थायी डेटिंग कर रही होगी और मेरे साथ चलने के बारे में तो सोचेगी भी नहीं।"

ये बातें दिमाग़ में आने पर मैं अपने बढ़ते क़दम रोक लेता था। फिर मैं उससे जान-पहचान बढ़ाने के तरीक़े सोचने लगता था और यह कल्पना करता था कि परिचय होने के बाद उससे क्या कहूँगा। कई बार मुझमें न जाने कहाँ से किसी अजनबी लड़की से बातें करने की हिम्मत आ जाती थी, और मैं उसके पास जाकर पहले से ही रटे-रटाए वाक्य बोल देता था। ऐसे में दस में से नौ बार लड़की मेरी कल्पना के अनुरूप ही प्रतिक्रिया करती थी। वह थोड़ी नाराज़गी जताते हुए कहती थी, "मुझे नहीं लगता कि मैं आपको जानती हूँ," या फिर वह मेरे अजीबोग़रीब अंदाज़ पर हँस देती थी।

लेकिन मेरे रूममेट की स्थिति मुझसे बिलकुल अलग थी। वह "आसानी-से-जानने" वाले लोगों में से एक था। वह किसी भी अपरिचित लड़की के पास पहुँचकर बातचीत शुरू कर देता था और दो ही मिनट में वे इस तरह हँसने-बोलने लगते थे, मानो वे बहुत पुराने दोस्त हों। किसी ने भी कभी उसे "गुस्ताख़" नहीं कहा। लड़कियाँ दरअसल उसकी सीधे आकर बात करने की गुस्ताख़ी को पसंद करती थीं।

मुझे अपने रूममेट का राज़ कैसे पता चला

आख़िर एक दिन मैंने उससे उसका राज़ पूछ ही लिया। उसने कहा, "आपको यह विश्वास करना होता है कि सामने वाला आपको पसंद करने वाला है।" यह राज़ जानने के बाद मैं अपने रूममेट पर क़रीबी नज़र रखने लगा। वह कैंपस के लड़कों में भी उतना ही लोकप्रिय था, जितना कि लड़कियों में। हर कोई उसे पसंद करता था। उसने तो प्रोफ़ेसर्स पर भी जादू कर रखा था। वह क्लास में ऐसी हरकतें कर देता था, जिनके लिए मुझे बाहर निकाल दिया जाता, लेकिन उसे कुछ नहीं कहा जाता था। उसकी हरकतों पर प्रोफ़ेसर हँस देते थे और सोचते थे कि वह बढ़िया इंसान है। जैसे-जैसे मैंने उसकी

कार्यशैली देखी, मुझे पता चला कि वह हमेशा इस तरह अभिनय करता था, मानो सामने वाले की दोस्ताना प्रतिक्रिया तय हो। चूँकि उसे यक़ीन था कि दूसरे लोग उसे पसंद करेंगे, इसलिए वह इस तरह काम करता था, मानो वे उसे पसंद करते हों। संक्षेप में,

वह सामने वाले से सकारात्मक नज़रिये की उम्मीद करता था।

मैंने एक और चीज़ पर ग़ौर किया : चूँकि उसे पूरा यक़ीन था कि सामने वाला दोस्त बन जाएगा, इसलिए वह लोगों से नहीं डरता था। वह रक्षात्मक नहीं रहता था।

लोगों का डर उन्हें दूर भगा देता है

लोगों से तुरंत जान-पहचान बढ़ाने और मित्रता करने में डर बहुत बड़ी बाधा है। आप डरते हैं कि सामने वाला आपको पसंद नहीं करेगा- इसलिए आप अपने खोल में दुबक जाते हैं, उस घोंघे की तरह जो सोचता है कि उस पर हमला होने वाला है। लोग आपके क़रीब नहीं आ पाते, क्योंकि आप अपने रक्षात्मक खोल में बहुत पीछे पहुँच चुके हैं। चूँकि आपका नज़रिया संक्रामक होता है और सामने वाले पर प्रभाव डालता है, इसलिए वह भी पीछे हट जाता है।

मानव संबंधों के क्षेत्र में इससे ज़्यादा सच कुछ नहीं है : अगर आपका बुनियादी नज़रिया यह है कि दूसरे लोग ग़ैर-दोस्ताना हैं- या यह कि "लोग बस यूँ ही मुझे पसंद नहीं करते"- तो आपका अनुभव भी यही रहेगा। लेकिन अगर आपका बुनियादी नज़रिया यह है कि "अधिकांश लोग मित्रतापूर्ण हैं और मेरे साथ दोस्ती करना चाहते हैं," तो आपका अनुभव इसे भी सच साबित कर देगा।

लोगों से मित्रता की उम्मीद रखें, संभावना आपके पक्ष में होगी

इस डर से उबरें कि सामने वाला "आपको झिड़क देगा।" जोखिम लें, आगे बढ़ें। *उसे दोस्त बनाने की शर्त लगाएँ।* आप हर बार तो नहीं जीतेंगे, लेकिन आपके पक्ष में संभावनाएँ बहुत ज़्यादा हैं। याद रखें कि अधिकांश लोगों के

मन में भी मित्रता की उतनी ही चाहत होती है, जितनी कि आपके मन में है। यह चाहत सर्वव्यापी है। सामने वाला हमेशा दोस्ताना नज़र नहीं आता है, इसका कारण यह हो सकता है कि वह आपसे डरता है और इस बात से घबराता है कि कहीं आप उसे अस्वीकार न कर दें।

पहल करें। सामने वाले की ओर से दोस्ती की पहल का इंतज़ार न करें। पहला क़दम बढ़ाएँ। इस बात की प्रबल संभावना है कि वह भी गर्मजोशी से प्रतिक्रिया करेगा।

ज़रूरत से ज़्यादा कोशिश न करें

हम सभी ऐसे लोगों को जानते हैं, जो सामने वाले का समर्थन पाने के लिए जीतोड़ कोशिश करते हैं। वे आकर्षक होने की "बहुत कड़ी कोशिश" करते हैं और सामने वाले में मित्रता की भावनाएँ जगाने के लिए ख़ुद का महत्व कम कर देते हैं।

हममें से अधिकांश लोग जानते हैं कि जीतोड़ कोशिश करने वाला शायद ही कभी लोकप्रिय होता है।

हम सभी उन लड़कियों को जानते हैं, जो शादी करने की इतनी ज़्यादा कोशिश करती हैं कि सारे पुरुषों को डराकर दूर भगा देती हैं। इनमें से कई लड़कियों के पास अच्छा चेहरा-मोहरा, आकर्षण, सुंदरता आदि सभी आवश्यक गुण होते हैं- और वे उस चीज़ को बड़ी आसानी से पा सकती हैं, जिसे वे इतना ज़्यादा चाहती हैं, बशर्ते वे इतनी कड़ी कोशिश न करें।

जो व्यक्ति किसी पद को यदि इतनी शिद्दत से हासिल करना चाहता है कि "साफ़ नज़र आए," प्रायः वह उसे नहीं मिलता है। कुछ समय पहले मैं दो मित्रों के साथ खाना खा रहा था और उन्होंने बिल नामक व्यक्ति का ज़िक्र छेड़ दिया, जो उन दोनों का मित्र था।

एक ने पूछा, "क्या बिल को तरक्की मिली ?"

दूसरे ने जवाब दिया, "नहीं, अब तक तो नहीं मिली।"

"आख़िर गड़बड़ क्या है ? उसे तो तरक्की मिल जानी चाहिए थी। उसमें क़ाबिलियत है और वह सब कुछ है, जो तरक्की पाने के लिए ज़रूरी होता है।"

जवाब था, "पता नहीं क्या गड़बड़ है, हाँ इतना ज़रूर है कि वो तरक्की पाने के लिए एकदम पगलाया हुआ है।"

शांत रहें और यह मान लें कि लोग आपको पसंद करेंगे

किसी भी प्रकार के मानवीय संबंध में बहुत ज़्यादा चिंतित होने से फ़ायदा नहीं होता। सामने वाले को यह जताने से कोई फ़ायदा नहीं होता कि आप अपनी मनचाही चीज़ पाने के लिए मरे जा रहे हैं।

मान लें, आप सामने वाले से कोई काम "बुरी तरह" करवाना चाहते हैं। अगर उसे यह आभास हो जाए, तो उसमें वह काम न करने की प्रबल नैसर्गिक प्रवृत्ति होती है। उसकी सहज भावना यह होती है कि वह उसके लिए आपसे ज़्यादा सौदेबाज़ी करे या फिर उसे यह संदेह भी हो सकता है कि परिस्थितियाँ वैसी नहीं हैं, जैसी नज़र आ रही हैं। जब आप यह आभास देते हैं कि आप कोई काम किसी भी प्रकार से कराना हैं, जब आप बहुत चिंतित नज़र आते हैं- तो वह सोचने लगता है कि आप इतनी ज़्यादा कोशिश क्यों कर रहे हैं। उसके मन में शंकाएँ उभर आती हैं।

जब कोई व्यक्ति दोस्ती की भिक्षा माँगते हुए आता है- तो प्रवृत्ति यह होती है कि उससे दूर रहा जाए। यह मानव स्वभाव के किसी विकृत गुण के कारण नहीं है- बल्कि मनोविज्ञान के उसी नियम के कारण है, जिसके बारे में हम बातें कर रहे हैं। बहुत ज़्यादा कोशिश करने वाला डरता है- बुरी तरह डरता है- कि सामने वाला उसे पसंद नहीं करेगा या उसका मनचाहा काम नहीं करेगा। "मैं जानता हूँ कि सामने वाला मुझे पसंद करेगा," यह कहने के बजाय वह ख़ुद से कहता है, "मुझे इस बात का बहुत डर है कि वह मुझे पसंद नहीं करेगा।" उसके मन का यह भाव सामने वाले तक पहुँच जाता है। बहुत ज़्यादा कोशिश करने वाला ख़ुद में रत्ती भर भी विश्वास प्रदर्शित नहीं कर रहा है।

तरकीब यह नहीं है कि आप सामने वाले को संतुष्ट करने के लिए अपने महत्व को कम कर लें, ताकि वह आपको पसंद करे। बस रिलैक्स रहें और यह *जान लें* कि वह दोस्ताना तथा तार्किक होगा। तब आप सामने वाले के साथ शांत और संतुलित व्यवहार करेंगे। बहुत ज़्यादा चिंतातुर व्यक्ति को मुस्कुराने की आदत डाल लेना चाहिए। मुस्कराते समय चिंतित और

तनावग्रस्त रहना असंभव होता है। मुस्कान से शांति मिलती है। मुस्कान से आत्मविश्वास झलकता है। मुस्कान यह बता देती है, आप "जानते हैं" कि सामने वाला आपकी उम्मीद के मुताबिक़ काम करेगा।

मुस्कान से चमत्कार करें

अपने कॉलेज के रूममेट की एक और चीज़ पर मैंने ग़ौर किया : वह हमेशा मुस्कुराता रहता था। वह मेरी जान-पहचान के सबसे ज़्यादा मुस्कुराने वाले लोगों में से एक था। अगर आप अपनी जान-पहचान के जानने-में-आसान लोगों के बारे में सोचें, तो आप पाएँगे कि बिना किसी अपवाद के वे सभी ज़्यादा मुस्कुराने वाले होंगे। वे ख़ुशमिज़ाज़ होते हैं और बहुत ज़्यादा हँसते-खिलखिलाते हैं। सच्ची और संजीदा मुस्कान "जादुई स्विच" की तरह काम करती है तथा सामने वाले में तुरंत दोस्ताना भाव जगा देती है।

मुस्कान क्या कहती है

एक अच्छी संजीदा मुस्कान सामने वाले से कई चीज़ें कह देती है। यह न सिर्फ़ कहती है, "मैं आपको पसंद करता हूँ- मैं एक दोस्त की तरह आया हूँ," बल्कि साथ में यह भी कहती है, "मैं मानता हूँ कि आप मुझे पसंद करने वाले हैं।" जब कोई पिल्ला अपनी पूँछ हिलाते हुए आपके पास आता है, तो वह कह रहा होता है, "मुझे विश्वास है कि आप एक अच्छे इंसान हैं और मुझे पसंद करते हैं।"

मुस्कान एक और महत्वपूर्ण बात कहती है, "आप इस लायक़ हैं कि आपकी ओर देखकर मुस्कुराया जाए।" अपनी पुस्तक *अंडरस्टैंडिंग फ़ियर इन अवरसेल्व्ज़ एंड अदर्स* * में बोनेरो ओवरस्ट्रीट कहती हैं, "जिस व्यक्ति की ओर देखकर हम मुस्कुराते हैं, वह भी बदले में मुस्कुराता है। एक संदर्भ में वह हमारी ओर देखकर मुस्कुराता है। ज़्यादा गहरे संदर्भ में कहें, तो उसकी मुस्कान यह बताती है कि हमने उसमें अचानक अच्छे होने का अहसास जगा दिया है। वह इसलिए मुस्कुराता है, क्योंकि हमारी मुस्कान ने उसे यह अहसास दिला दिया है कि वह मुस्कान का हक़दार है। यानी हमने उसे भीड़ में से चुना है। हमने उसे अलग माना है और विशेष दर्जा दिया है।"

---

*न्यूयॉर्क : हार्पर एंड ब्रदर्स, 1951

दिल से आने वाली मुस्कान

स्वर के साधक प्रशिक्षक हमेशा अपने शिष्यों से "गहरी साँस" लेने और आवाज़ को "गहराई से निकालने" की सलाह देते हैं।

अगर आप अपनी मुस्कान से दोस्त बनाना चाहते हैं, तो यह भी गहराई से आना चाहिए। यानी आपके मध्यपट (diaphragm) से नहीं- बल्कि दिल से आनी चाहिए। जो मुस्कान होंठों से आगे तक नहीं जाती है, वह अच्छी नहीं होती। याद रखें, यह सामने वाले को प्रभावित करने का पैंतरा नहीं है, बल्कि उसके बारे में आपकी सच्ची भावनाएँ हैं।

कैसे मुस्कुराया जाए, इस बारे में मुझे जो सबसे अच्छी सलाह मिली है, वह जोसेफ़ ए. केनेडी की बुकलेट "रिलैक्स एंड सेल" (प्रेंटिस-हॉल, इंक.) में दी गई है। वे कहते हैं, "अंदरूनी रूप से मुस्कुराना सीखें। ग्राहक के अवचेतन मन तक आपके चेहरे के भाव नहीं, बल्कि आपकी भावना ही पहुँचती है। चेतन रूप से आप अपने मुँह की माँसपेशियों को मजबूर करके मशीनी अंदाज़ में मुस्कुराने की कोशिश करते हैं, लेकिन इससे फ़ायदा कम, नुक़सान ज़्यादा होता है। इसके बजाय अपने मुँह के बारे में भूल जाएँ और मानसिक रूप से मुस्कुराएँ। कल्पना करें कि आप अंदर से 'मुस्कान' महसूस कर रहे हैं। ऐसा करने पर आप शांत रहते हैं, क्योंकि एक साथ दोस्ताना महसूस करना और तनावग्रस्त होना उसी तरह असंभव है, जिस तरह कि एक साथ शत्रुतापूर्ण महसूस करना और शांत रहना असंभव है।"

छोड़ो और मुस्कुराओ !

हममें से कई लोग अक्सर ज़्यादा नहीं मुस्कुराते हैं या ज़्यादा संजीदगी से नहीं मुस्कुराते हैं। इसका एक आसान कारण यह है कि हम हमेशा अपनी सच्ची भावनाओं को दबाकर रखते हैं। हमें सिखाया गया है कि दुनिया के सामने अपनी भावनाएँ ज़ाहिर करना अच्छी बात नहीं है। हम अपने दिल को अपनी आस्तीन पर नहीं रखते हैं और अपनी भावनाएँ अपने चेहरे पर ज़ाहिर नहीं होने देते। शायद आप सोचते हैं कि आपकी "मुस्कान अच्छी" नहीं है और आप आकर्षक ढँग से मुस्कुराना कभी नहीं सीख सकते।

बहरहाल, मेरा अनुभव यह है कि हर व्यक्ति को अच्छी मुस्कान का

वरदान मिला है। यह एक ऐसी दौलत है, जो हर व्यक्ति के पास है। सवाल तो बस इसे बाहर निकालने का है। बस अपनी सच्ची भावनाएँ दिखाने के डर से उबर जाएँ - मुस्कान अपने आप बाहर आ जाएगी। जब आप दोस्ताना महसूस करते हैं और संसार के बारे में अच्छा महसूस करते हैं, तो आपकी मुस्कान "सहज" रूप से बाहर आती है।

ज़रूरत सिर्फ़ अपनी भावनाएँ प्रकट करने के अभ्यास की है। आप पाएँगे कि आप जितना ज़्यादा अभ्यास करते हैं, आपको उतना ही कम संकोच होगा। मैंने बहुत चिड़चिड़े, नकचढ़े और सख़्त चेहरे वाले लोगों को आकर्षक मुस्कान विकसित करते देखा है, जिसके लिए उन्होंने बस ख़ुद को मुक्त करने का अभ्यास किया था। जब आप दोस्ताना महसूस करें, तो बस "ख़ुद को मुक्त कर दें।" "वाह, मुझे आपको देखकर ख़ुशी हुई!" यह भाव चेहरे पर लाने में शर्माने या संकोच करने की ज़रूरत नहीं है।

दर्पण-जादू का प्रयोग कैसे करें

गुसलख़ाने के दर्पण के सामने हर सुबह अभ्यास करें। किसी न किसी सुखद चीज़ की याद ताज़ा करें- जो आपको सचमुच पसंद आई थी और जिससे आप बहुत उत्साहित हुए थे। फिर- बस मुक्त छोड़ दें और इस भावना को अपने चेहरे पर उभरने दें। उन सभी अद्भुत चीज़ों के बारे में सोचें, जो आपके साथ आज हो सकती हैं- आज आप जितने लोगों से मिलने वाले हैं, उनमें से प्रत्येक को अपने से सामान ख़रीदते देखें, हर मिलने वाले से ख़ुद को सफल व्यवहार करता देखें। "अच्छी भावनाओं" को उभारें- फिर उन्हें उजागर कर दें।

क्या आप सोचते हैं कि ऐसा करना मूर्खतापूर्ण है ? आपको यक़ीन नहीं है कि इतनी छोटी सी चीज़ से लोगों की प्रतिक्रिया बदल सकती है ? फ़्रैंक बेटगर ने *युअर लाइफ़* पत्रिका में लिखा है कि उन्होंने जब *दैनिक प्रातःकालीन मुस्कान-अभ्यास सत्र* का इस्तेमाल किया, तो इसके बाद कुछ ही समय में उनके व्यक्तित्व का कायाकल्प हो गया। जल्द ही उन्होंने पाया कि लोग उनके प्रति ज़्यादा तेज़ी से गर्मजोश होने लगे हैं- उनसे ज़्यादा दोस्ताना होने लगे हैं। यही नहीं, उनकी बिक्री भी आसमान छूने लगी।

सच्ची मुस्कान कैसे विकसित करें

अगर आपको पहलेपहल "मुस्कुराने" में दिक्क़त आती है, तो चिंता न करें। आगे बढ़ें और मुस्कुराने का काम कर दें। दर्पण में ख़ुद से "चीज़" शब्द कहें। मुस्कान की माँसपेशियों की कसरत करेंगे, तो आप ज़्यादा आशावादी महसूस करने लगेंगे। जिस तरह हमारी भावनाएँ हमारे कार्यों को तय करती हैं, ठीक उसी तरह हमारे कार्य भी हमारी भावनाओं को तय करते हैं। विलियम जेम्स ने एक बार कहा था कि जब आप अपने मुँह के कोनों को ऊपर उठा लेते हैं, तो निराशावादी महसूस करना असंभव हो जाता है- और जब आप अपने मुँह के कोनों को नीचे कर लेते हैं, तो आशावादी महसूस करना असंभव हो जाता है।

क्रमिक विकास की खोज करने वाले चार्ल्स डार्विन ने एक कम परिचित वैज्ञानिक पुस्तक *एक्सप्रेशन ऑफ़ इमोशन्स इन मैन एंड एनिमल्स* लिखी थी। इसमें उन्होंने तमाम वैज्ञानिक कारण बताए हैं कि कुछ भावनाओं के साथ कुछ विशेष शारीरिक अभिव्यक्तियाँ क्यों जुड़ी होती हैं। वे इस निष्कर्ष पर भी पहुँचे कि भाव और अभिव्यक्ति हमारी आदत के तंत्र में इस तरह गुँथे हुए हैं कि आप दरअसल तब तक कोई भी भाव महसूस नहीं कर सकते, जब तक कि आप उसे अभिव्यक्त न कर दें।

मुस्कुराने के कार्य से आपको ज़्यादा दोस्ताना महसूस करने में मदद मिलती है। मुस्कुराने के दर्पण अभ्यास से आपको एक अच्छी और सच्ची मुस्कान विकसित करने में मदद मिलती है, क्योंकि यह अभ्यास आपको मुस्कुराने की सही माँसपेशियों का उपयोग करने के लिए विवश करता है और कृत्रिम मुस्कान के बजाय असली मुस्कान की गतिविधियों में ले जाता है। जो लोग कृत्रिम और सतही मुस्कान बिखेरते हैं, वे दरअसल मुस्कुरा नहीं रहे होते हैं। वे मुस्कुराने की सही माँसपेशियों का इस्तेमाल ही नहीं कर रहे होते हैं। और अगर वे ख़ुद को दर्पण में देखें, तो उन्हें अहसास हो जाएगा कि वे मुस्कुरा नहीं रहे हैं। यही कारण है कि मुस्कुराने की गतिविधि के बाद भी कृत्रिम मुस्कान वाले लोगों को मित्रता की सच्ची भावना नहीं मिलती है। वे कृत्रिम मुस्कान की गतिविधि से गुज़र रहे हैं, इसलिए उन्हें जो एकमात्र भावना मिलती है, वह है कृत्रिम होने की भावना।

सच्ची मुस्कान देखकर हर व्यक्ति इसकी असलियत जान लेता है। दर्पण के सामने अभ्यास करें, जब तक कि आपको सच्ची मुस्कान न दिख जाए। कई लोगों को तो यह पता ही नहीं है कि सच्ची मुस्कान आने पर कैसा अनुभव होता है।

आप मुस्कान की शक्ति की जाँच कर सकते हैं

कुछ समय पहले मैंने ओहियो और पड़ोसी राज्यों की एक प्रख्यात डेयरी स्टोर चेन के कर्मचारियों के सामने भाषण दिया। मैंने अपने भाषण में मुस्कुराने की सलाह दी और यह बताया कि इसके सही इस्तेमाल से कितने जादुई परिणाम मिल सकते हैं।

कुछ सप्ताह बाद मुझे उसी चेन की एक सेक्रेटरी से मिलने का अवसर मिला। उसने मुझे चहकते हुए अपनी कुछ आश्चर्यजनक खोजों के बारे में बताया। मेरा भाषण सुनने के बाद उसने मुस्कुराने की मेरी अवधारणा को परखने का फ़ैसला किया। अगले दिन वह लंच की छुट्टी में शॉपिंग करने जा रही थी और उसने जाँच के लिए इसी को चुना। दिन उमस भरा था, तेज़ बारिश हो रही थी और कुल मिलाकर माहौल अप्रिय तथा निराशाजनक था। स्टोर्स में काफ़ी भीड़ थी और उसे यह चिंता सताने लगी कि वह अपनी ज़रूरत के पाँचों सामान ख़रीद पाएगी या नहीं, क्योंकि उनमें से प्रत्येक तीन अलग-अलग स्टोर्स के अलग-अलग विभागों में था।

उसे मेरा सुझाव याद आया कि कुछ बोलने से पहले सामने वाले की ओर देखकर खुलकर मुस्कुराना चाहिए। उसे अचरज हुआ कि वह 30 मिनट से भी कम समय में पाँचों सामान ख़रीदने में कामयाब हो गई। इससे पहले उसने इतने कम समय में इतनी ज़्यादा शॉपिंग कभी नहीं की थी। वह सचमुच रोमांचित थी, क्योंकि सभी स्टोर्स में उसे सर्वश्रेष्ठ सेवा और सबसे अच्छा व्यवहार मिला था। एक काउंटर पर बहुत सारी महिलाएँ खड़ी थीं और क्लर्क का इंतज़ार कर रही थीं। उनमें से अधिकांश त्योरी चढ़ाए थीं और बेचैन थीं। युवा महिला की नज़रें एक सेल्स क्लर्क से मिलीं और उसने उसे एक बड़ी मुस्कान दी; कमाल देखिए, सबसे पहले उसी को सेवा दी गई।

अपनी लाखों की मुस्कान का प्रयोग करें

अगर आप अपनी मुस्कान का उपयोग नहीं कर रहे हैं, तो आप उस आदमी की तरह हैं, जिसके बैंक में लाखों डॉलर तो हैं, लेकिन चेकबुक नहीं है। मुस्कान आपके मानव संबंधों के बैंक में लाखों डॉलर की संपत्ति है। लोक-व्यवहार के लंबे अनुभव और अपने ह्यूमन रिलेशन्स एंड सेल्स क्लीनिक्स में लोगों को मुस्कुराने का तरीक़ा सिखाने के बाद मैं इस नतीजे पर पहुँचा हूँ कि हर व्यक्ति के भीतर लाखों की मुस्कान छिपी होती है।

मुस्कान जैसा जादू भला किस चीज़ में है ?

मुस्कान जितना जादू और कौन सी चीज़ कर सकती है ?

किसी की प्रशंसा करें- और मुस्कुराएँ- और इससे प्रशंसा कई गुना बढ़ जाती है।

किसी से कोई अहसान माँगें- और मुस्कुराएँ- और वह अहसान करने के लिए लगभग मजबूर महसूस करता है।

किसी का कोई अहसान स्वीकार करें- और मुस्कुराएँ- इससे आप सामने वाले के महत्व को बढ़ा देते हैं।

जब आप थोड़ी "खरी बात" करते हैं, तब भी मुस्कान उसका डंक निकाल देती है। हम किसी मित्र से कहते हैं, "यह कहते समय मुस्कुराएँ"- और अगर वह मुस्कुराता है, तो वह चाहे जो कहे, उससे हम विचलित नहीं होते हैं।

किसी से पहली बार मिलें- और मुस्कुराएँ- इससे उसे महसूस होता है, जैसे वह ज़िंदगी भर से आपको जानता है।

यदि आपके पास संसार की तमाम दौलत हो, तब भी आप ऐसा अमृत नहीं ख़रीद सकते। लेकिन ईश्वर ने आपको ऐसा जादू मुत में दिया है। आपको तो बस इसे छिपे हुए कोने से बाहर निकालना है, इसकी धूल साफ़ करना है और इसका इस्तेमाल करना है।

अध्याय 7 का सार

1. मानव संबंधों में अक्सर गतिरोध आ जाता है, क्योंकि दोनों ही पक्ष पहला क़दम उठाने से डरते हैं।

2. सामने वाले के किसी इशारे का इंतज़ार न करें। यह मान लें कि वह दोस्ताना होगा और इसी मान्यता के अनुरूप कार्य करें।

3. वह नज़रिया अपनाएँ, जो आप सामने वाले में देखना चाहते हों। इस तरह काम करें, जैसे आपको यह उम्मीद हो कि वह आपको पसंद करेगा।

4. यह जोखिम लें कि सामने वाला मित्रता करना चाहेगा। यह हमेशा एक जुआ रहता है, लेकिन अगर आप उसके दोस्ताना होने पर शर्त लगाएँगे, तो एक बार हारेंगे, लेकिन 99 बार जीतेंगे। अगर आप जोखिम नहीं लेंगे, तो आप हर बार हारेंगे।

5. बहुत ज़्यादा कोशिश न करें। बहुत चिंता न करें। सामने वाला आपको पसंद करे, इस कोशिश में अपना महत्व न घटाएँ। याद रखें, बहुत ज़्यादा आकर्षक बनने या बहुत ज़्यादा कोशिश करने जैसी कोई चीज़ नहीं होती।

6. बस रिलैक्स रहें और यह मान लें कि दूसरे लोग आपको पसंद करते हैं।

7. सामने वाले को दोस्ताना बनाने के लिए अपनी मुस्कान के जादू का इस्तेमाल करें।

8. आज ही से अपने गुसलख़ाने के दर्पण के सामने अभ्यास करके सच्ची मुस्कान विकसित करना शुरू करें। आप देखते ही समझ जाएँगे कि सच्ची मुस्कान कैसी दिखती है। आपका दर्पण आपको बता देगा कि आपकी मुस्कान असली है या कृत्रिम। इसके अलावा, मुस्कुराने के अभ्यास से आपको इसकी आदत पड़ जाएगी और आपका सचमुच ज़्यादा मुस्कुराने का मन होने लगेगा।

खंड 4

प्रभावी भाषण तकनीकें सफल होने में आपकी मदद कैसे कर सकती हैं

अध्याय 8

शब्दों के उचित प्रयोग में निपुण कैसे बनें

अगर मानव संबंधों के क्षेत्र में आप दूसरों से बातचीत करने में कमज़ोर हैं, तो मेरा आपसे प्रबल आग्रह है कि आप हैरी सिमॉन्स की रोचक और मददगार पुस्तक *हाउ टु टॉक युअर वे टु सक्सेस** पढ़ लें।

व्यावसायिक प्रबंधन और मानव संबंधों के क्षेत्र में 25 वर्ष से भी अधिक समय तक काम करने के बाद मि. सिमॉन्स इस नतीजे पर पहुँचे कि प्रायः सफलता काम करने की योग्यता के साथ-साथ बातचीत करने की आपकी योग्यता या अयोग्यता पर भी बहुत निर्भर करती है।

जब मैंने पहली बार इस पुस्तक का शीर्षक सुना था, तो मुझे यह अतिशयोक्तिपूर्ण लगा। लेकिन फिर मैंने अपनी जान-पहचान के सफल पुरुषों और महिलाओं के बारे में सोचा। बहुत से नामों पर विचार करने के बाद मैं आख़िर इस नतीजे पर पहुँचा कि उनमें से प्रत्येक बातचीत में निपुण था।

सफल व्यक्तियों में एक बात समान होती है

युअर लाइफ़ पत्रिका के एडिटोरियल डायरेक्टर विल्फ्रेड फ़ंक ने हज़ारों सफल स्त्री-पुरुषों का अध्ययन करके उनमें एक साझे तत्व की तलाश की। उन्होंने पाया कि उन सभी लोगों में एक बात समान थी : वे सभी बातचीत में सटीक

*एंगलवुड क्लिफ़्स, एन.जे. : प्रेंटिस-हॉल, इंक., 1954 पढ़ लें।

शब्दों का उपयोग करने में माहिर थे। उन्होंने पाया कि आमदनी की शक्ति और शाब्दिक निपुणता आपस में इतने गुँथे हुए थे कि सिर्फ़ अपनी शब्द-शक्ति बढ़ाकर आप अपनी आमदनी बढ़ा सकते हैं।

ख़ुशी बातचीत पर निर्भर करती है

हमारी ख़ुशी भी काफ़ी हद तक बातचीत के माध्यम से दूसरे लोगों के सामने अपने विचार, इच्छाएँ, आशाएँ, महत्वाकांक्षाएँ या निराशाएँ व्यक्त करने की योग्यता पर निर्भर करती है। एकाकी अभियानों से लौटे खोजी बताते हैं कि उन्हें जिस चीज़ की कमी सबसे ज़्यादा अखरी, वह थी दूसरे इंसानों के साथ "छुटपुट बातचीत।" मनोचिकित्सकों ने पाया है कि कई लोग सिर्फ़ इसलिए दुखी रहते हैं, क्योंकि किसी न किसी वजह से वे अपनी भावनाओं तथा विचारों को व्यक्त नहीं कर पाते हैं और उन्हें अपने भीतर ही दबाए रहते हैं।

बातचीत "शुरू" कैसे करें

कई लोग इस क्षेत्र में इसलिए कामयाब नहीं हो पाते हैं, क्योंकि वे यही नहीं जानते कि बातचीत शुरू कैसे की जाए, ख़ास तौर पर किसी अजनबी के साथ। उनके मन में रोचक विचारों की संपत्ति उसी तरह भरी रहती है, जिस तरह नल में पानी। लेकिन वे उस नल को चालू करने का तरीक़ा नहीं जानते। वे इसलिए कुछ नहीं बोलते, क्योंकि उन्हें लगता है कि ब्रह्मांड या मानव प्रकृति संबंधी किसी गंभीर विषय से बात शुरू करना मूर्खतापूर्ण लगेगा। दूसरी ओर, अगर "ऐसा लगता है कि आज बारिश हो सकती है" जैसी घिसे-पिटे विषय से बात शुरू की जाए, तो उन्हें बोझिल या सतही समझा जाएगा।

विलियम जेम्स ने बिलकुल सही जगह पर चोट करते हुए कहा था कि इतने सारे लोग इस कारण अच्छी बातचीत नहीं कर पाते हैं, क्योंकि वे "सामान्य और घिसी-पिटी, झूठी, घटिया या तात्कालिक अवसर के विपरीत बातचीत करने से घबराते हैं।"

उनका समाधान था, "जब लोग अपने दिल के ब्रेक से पैर हटा लेते हैं और अपनी जीभ को ग़ैर-ज़िम्मेदारी से हिलने देते हैं, जैसी कि वह हिलना चाहती है, तो बेहतर बातचीत होती है और समाज को नए विचार मिलते हैं।"

आदर्श बनने की कोशिश छोड़ दें। जॉन डी. मर्फ़ी ने *युअर लाइफ़* पत्रिका में एक लेख लिखा था, "आदर्श बनने की कोशिश छोड़ दें।" इसमें उन्होंने कहा था :

"कोई भी हर पल महान बातें नहीं कर सकता। हम सोच-सोचकर अपने मस्तिष्क से हर समय सूक्तियाँ और साहित्यिक मोती नहीं निकाल सकते। जब हम शांत होते हैं और अपने असल स्वरूप में आने से घबराना छोड़ देते हैं, तब वे अप्रत्याशित रूप से तथा सहजता से आते हैं... रस्किन बॉन्ड ने एक बार कहा था कि उनका सर्वश्रेष्ठ लेखन उस समय हुआ, जब वे अच्छा लिखने की कोशिश नहीं कर रहे थे। हेनरी जेम्स द एल्डर ने एक बार एक मित्र को लिखा था, 'लोग अक्सर मुझसे पूछते हैं, "आप क्या सोचते हैं ?" मुझे कैसे पता कि मैं क्या सोचता हूँ, जब तक कि मैं अपना मुँह खोलकर बोलने न लगूँ ?'

"हममें से अधिकांश के मन में इस बात की निहायत ही ग़लत तस्वीर होती है कि लोग हमसे क्या उम्मीद करते हैं। शेक्सपियर घिसी-पिटी चीज़ें कहने में नहीं घबराते थे। किसी भी अमर ग्रंथ को चुन लें... और उसमें आपको बोझिलता के लंबे वाक्यांश मिलेंगे....।

"पिछले सप्ताह मैंने टेलीविज़न पर सबसे लोकप्रिय तीन होस्ट्स के जवाबों के नोट्स लिए। यहाँ मैं कुछ वास्तविक नमूने बता रहा हूँ : 'अच्छा, सचमुच ?' 'आप यह मानते हैं!' 'ओह, ओह! यह तो बहुत बड़ी बात है।' 'अच्छा, आप इसके बारे में क्या जानते हैं ?'

"सबसे विचारोत्तेजक बातचीत में भी 50 प्रतिशत बातें न केवल घिसी-पिटी थीं, बल्कि पूरी तरह निरर्थक थीं... कम से कम शुरुआती अवस्था में। 'गर्मजोशी' पैदा होने की अवधि के बाद जब मानसिक पहिए आसानी से घूमने लगते हैं, तो पूरी बातचीत मौलिक बन सकती है : बशर्ते प्रतिभागी इसकी ज़्यादा चिंता न करें। कुछ हद तक यह सोने की खुदाई करने की तरह है। कोई भी सही दिमाग़ वाला खनिक उस अयस्क को अस्वीकार नहीं करेगा- या उस पर शर्म महसूस नहीं करेगा- जो 24 कैरेट सोना न हो। जब तक कि आप शुरुआत में सोने की थोड़ी मात्रा के साथ-साथ बहुत सारे निरर्थक पत्थरों और मिट्टी स्वीकार करने के इच्छुक न हों, तब तक आप कभी वहाँ खुदाई नहीं करेंगे, जहाँ सोना निकलने की काफ़ी संभावना है।"

छुटपुट बातचीत का बेहतरीन होना ज़रूरी नहीं है। हर व्यक्ति घिसा-पिटा होता है। हर व्यक्ति "छुटपुट बातचीत" करता है, जिसमें कोई चतुराई भरी या महत्वपूर्ण बात नहीं कही जाती है। इस तरह की छुटपुट बातचीत पहिए घुमाने के लिए ज़रूरी होती है। एक बार जब आपको इस बात का अहसास हो जाता है और आप बोझिल होने से घबराना छोड़ देते हैं, तो आप पाएँगे कि आप भी बातचीत शुरू कर सकते हैं, यहाँ तक कि अजनबी व्यक्तियों से भी। आप यह देखकर हैरान रह जाएँगे कि कई मामलों में आप चतुराई भरी और दिलचस्प बातें कह रहे हैं - सिर्फ़ इसलिए, क्योंकि आप इसकी कोशिश नहीं कर रहे हैं।

अपने विषय तक पहुँचने के लिए गर्मजोशी *कैसे पैदा करें।* बातचीत शुरू करने के बाद "गर्मजोशी" की अवधि के लिए तैयार रहें। बिलकुल शुरुआत में किसी के भी एकदम "गर्मजोशी" से भरे होने की उम्मीद न करें। टेलीविज़न पर आने वाले विशेषज्ञों की बातों पर ग़ौर करें। वे जानते हैं कि छुटपुट बातचीत से न सिर्फ़ बातचीत शुरू होती है, बल्कि सामने वाला आगे के लिए तैयार भी होता है। वे जब तक सामने वाले को तैयार नहीं करा लेते, तब तक उसके मुँह से कोई रोचक विचार निकलवाने की कोशिश नहीं करते हैं : "अच्छा, तो आपका नाम क्या है ? आप कहाँ से आई हैं ? आपके पति क्या करते हैं ? आपके कितने बच्चे हैं ? आप लोग यहाँ कब तक रहने वाले हैं ? आप लोग न्यूयॉर्क क्यों आए ?"

आप पूछ सकते हैं, ये सब बातें तो महत्वहीन हैं, इनके जवाबों की किसे परवाह है ? निश्चित रूप से इन प्रश्नों में कोई चतुराई भरी या ज़बर्दस्त चीज़ नहीं है। लेकिन इनसे बातचीत शुरू हो जाती है और सामने वाला खुल जाता है।

दूसरों से रोचक बातचीत कैसे कराई जाए ? टी.वी. विशेषज्ञों ने जो जवाब दिए, उन पर ग़ौर करें। जब आगंतुक अतिथि कहती है कि वह सिओक्स सिटी से आई है, तो मेज़बान भी कहता है, "सिओक्स सिटी से!" जब वह बताती है कि वह विवाहित है और उसके पाँच बच्चे हैं, तो विशेषज्ञ कहता है, "पाँच बच्चे! अरे वाह!"

ये विशेषज्ञ मूर्ख नहीं हैं। लेकिन वे इसी अंदाज़ में बातें करते हैं और बिलकुल निरर्थक तथा घिसे-पिटे जवाब व टिप्पणियाँ करते हैं, जिनसे सामने

वाले के साथ गर्मजोशी का संबंध बन जाए। जल्द ही सामने वाला रोचक तथ्य, बुद्धिमत्तापूर्ण टिप्पणियाँ और मज़ेदार घटनाएँ सुनाने लगता है।

देखिए, ये विशेषज्ञ बातचीत की कला में निपुण होते हैं! इसी निपुणता की बदौलत वे हर सप्ताह हज़ारों डॉलर कमाते हैं। अगर ये लोग भी धमाकेदार शुरुआत नहीं कर सकते, तो आप ऐसा क्यों सोचते हैं कि आप कर सकते हैं? अगर वे घिसी-पिटी और निरर्थक बातें करने से नहीं घबराते, तो आपको क्यों घबराना चाहिए?

सामने वाले से उसके बारे में बात करवाएँ। अगली बार जब किसी से आपका परिचय कराया जाए और "आपको समझ न आ रहा हो कि क्या कहा जाए," तो इन टी.वी. और रेडियो विशेषज्ञों से एक सबक़ लें। सामने वाले तैयार करने के लिए ऐसे सवाल पूछें :

"मि. जोन्स, आप कहाँ से आए हैं?"

"आपकी हमारे शहर में कब तक रहने की योजना है?"

"यहाँ के मौसम के बारे में आपके क्या विचार हैं?"

"आपके परिवार में और कौन-कौन है?"

"आप कौन सा व्यवसाय करते हैं?"

ये सामने वाले को तैयार करने वाले अचूक सवाल हैं, क्योंकि इनसे सामने वाला ख़ुद के बारे में बातचीत करने लगता है। ये सवाल बीच में ही सामने वाले को पिघला देते हैं, क्योंकि इनसे यह पता चलता है कि आप उसमें रुचि ले रहे हैं। आपको ऐसा कोई विषय खोजने की ज़रूरत ही नहीं है, जिसके बारे में वह बातचीत कर सके। आप उस *एक विषय* से सीधे शुरू कर सकते हैं, जिस पर वह विशेषज्ञ है- *वह स्वयं।*

बातचीत शुरू करना एक महत्वपूर्ण वाक्यांश है। आप उसी तरह बातचीत "शुरू करते" हैं, जिस तरह आप अलाव जलाना "शुरू करते" हैं। आप यह उम्मीद नहीं करते हैं कि शुरुआत में ही धधकती हुई आग जलने लगेगी। आप सबसे पहले तो माचिस की एक छोटी सी तीली जलाकर शुरुआत करते हैं। हम "आपसी ठंडापन दूर करने", सामने वाले को "पिघलाने" जैसी बातें करते हैं। इससे यह पता चलता है कि हम अवचेतन रूप से जानते हैं कि

अच्छी बातचीतों में "गर्मजोशी" की अवधि की ज़रूरत होती है।

अजनबियों के साथ आपसी ठंडापन कैसे ख़त्म किया जाए? आप हवाई जहाज़, बस और ट्रेन में अजनबियों के साथ बातचीत शुरू करने के लिए भी इस विधि का इस्तेमाल कर सकते हैं। इसकी बदौलत आपकी यात्रा सुखद हो जाएगी और संभवतः आपको कोई ऐसा व्यक्ति मिल जाएगा, जो आपका स्थायी मित्र बन जाए। बातचीत शुरू करने के लिए कोई गहरी या बुद्धिमत्तापूर्ण बात सोचने की ज़रूरत नहीं है। बस सामने दिखाई दे रही किसी भी स्पष्ट चीज़ का ज़िक्र छेड़ दें या कोई सवाल पूछ लें। आपके आस-पास जो हो रहा है, उस पर टिप्पणी करें।

"देखिए, ऐसा लगता है कि हम लोग आख़िर नीचे पहुँचने वाले हैं।"

"ओह, यहाँ तो बहुत गर्मी है; काश सामने वाले लोग वे खिड़कियाँ खोल दें!"

सवाल पूछना भी एक अच्छा तरीक़ा है। जानकारी माँगने से न केवल सामने वाले में गर्मजोशी का संचार होता है और उसे बातचीत शुरू करने का अवसर मिलता है, बल्कि इससे सामने वाला अच्छा महसूस करता है, क्योंकि वह आप पर थोड़ा अहसान करने की स्थिति में होता है।

"क्या आप बता सकते हैं कि कितना समय हुआ है?"

"हवाई जहाज़ फलाँ शहर कब पहुँचता है?"

"क्या फलाँ बस यहाँ आती है?"

आसान? सरल? यक़ीनन। बातचीत ऐसे ही शुरू होती है। अधिकांश लोग बातचीत सिर्फ़ इसलिए शुरू नहीं कर पाते हैं, क्योंकि वे बहुत ज़्यादा कोशिश करते हैं और इसे बहुत मुश्किल बना देते हैं।

बातचीत को जारी रखने के तरीक़े

अच्छी संवाद कला इस बात पर निर्भर नहीं करती कि आप बहुत सारी बुद्धिमत्तापूर्ण बातें कहें। यह आपके रोचक अनुभवों की संख्या पर भी निर्भर नहीं करती है। यह तो सामने वाले को खोलने और उससे बातें कराने पर निर्भर करती है।

यदि आप लोगों को बातचीत करने के लिए प्रेरित कर सकें – तो आप बातचीत में माहिर व्यक्ति की छवि बना लेंगे। यही नहीं, यदि आप सामने वाले से बातचीत करा सकें और कराते रहें, तो इससे बेहतर दूसरा तरीक़ा नहीं है कि वह आपके प्रति गर्मजोश हो जाए और आपके बोलते समय *आपके विचारों* में ज़्यादा दिलचस्पी ले।

एक मित्र ने मुझे हाल में बताया कि खाड़ी में हो रही नौका दौड़ का अच्छा नज़ारा देखने के लिए उसने नौका घाट पर जाने की कई बार असफल कोशिश की। लेकिन हर बार एक पुलिस वाले ने उसे रोक दिया। पुलिस वाला हर बार उससे एक ही बात कहता था, "वहाँ पहले ही बहुत से लोग हैं और मैं घाट पर तब तक किसी को जाने नहीं दूँगा, जब तक कि उनमें से कुछ लोग जगह ख़ाली न कर दें।"

मेरे मित्र ने कहा, "हमारे समूह में चार लोग थे, जिनमें एक महिला भी थी, जो बातचीत में बहुत निपुण थी। जब मुझे तीसरी बार भी पुलिस वाले ने उल्टे पैर लौटा दिया, तो वह बोली, 'अब मैं कोशिश करके देखती हूँ।' वह पुलिस वाले के साथ लगभग पाँच मिनट तक बातें करती रही, फिर उसने इशारे से हमें बुलाया और पुलिस वाले ने हमें ख़ुशी-ख़ुशी जाने दिया। मैंने उससे पूछा कि उसने पुलिस वाले से ऐसा क्या कह दिया, जो उसने हमें जाने की अनुमति दे दी। वह बोली, 'ओह, मैंने उससे यह नहीं पूछा कि क्या हम घाट पर जा सकते हैं – मैं तो बस उसी के बारे में बातें करती रही। मैंने उससे पूछा कि वह धूप में खड़ा रहता है, क्या उसे गर्मी नहीं लगती ? फिर मैंने कहा कि इतनी भीड़ को नियंत्रित करने में उसे मुश्किल आती होगी। वह मुझे यह भी बताने लगा कि उसका मछली पकड़ने का शौक कैसे शुरू हुआ। इसके बाद मैंने बस इतना कहा कि हम लोग ख़ास तौर पर नौका दौड़ देखने के लिए आए थे, लेकिन हम बहुत निराश हैं, क्योंकि हमें पीछे का पूरा नज़ारा नहीं दिख रहा है। यह सुनते ही वह ख़ुश होकर बोला, "आप घाट पर क्यों नहीं चली जातीं ; आपको वहाँ से ज़्यादा अच्छा नज़ारा दिखेगा।"

आप एक *जादुई शब्द* है। इस कहानी से बातचीत का एक अच्छा रहस्य पता चलता है। सूत्र यह है : "अपनी बातचीत को यू-टर्न देंगे, तो सामने वाला हरी बत्ती जला देगा।"

"यू-टर्न" प्रायः ट्रैफ़िक में तो कारगर नहीं होता, लेकिन बातचीत में यह अनिवार्य है। आप एक जादुई शब्द है, बशर्ते आप इसका सही इस्तेमाल करें। हममें से अधिकांश लोग बातचीत को *मैं* और *मेरा* की ओर मोड़ना चाहते हैं। ऐसे दुस्साहस पर सामने वाला हमें लाल बत्ती दिखा देता है। यही मेरे मित्र के साथ हुआ, जब उसने घाट पर पुलिस वाले से सीधे-सीधे अनुमति लेने की कोशिश की। उसने जाकर "मैं" और "मेरा" के संदर्भ में बात की। "मैं घाट पर जाना चाहता हूँ।" "क्या आप मुझे वहाँ जाने की अनुमति देंगे ?"

पुलिस वाले ने उसे लाल बत्ती दिखा दी और वहीं पर रोक दिया। हो सकता है कि पुलिस वाले ने मेरे मित्र की बात पूरी सुनी ही न हो। उसने तो शायद पहला वाक्य सुनते ही अपने दिमाग़ में लाल बत्ती जला दी और कान के दरवाज़े बंद कर दिए।

दूसरी ओर, जब उस महिला ने पुलिस वाले से बातचीत शुरू की – बातचीत में "आप" शब्द पर ज़ोर दिया – तो इस गर्मजोशी के बाद पुलिस वाला दोस्ताना व्यवहार करने लगा। न सिर्फ़ उसने हरी बत्ती दिखाई, बल्कि ख़ुद होकर उसे घाट पर जाने का न्योता भी दिया।

इस पुस्तक के शुरुआती अध्यायों में बताई बात हमेशा याद रखें। इंसान सबसे पहले, सबसे अंत में और हमेशा स्वयं में रुचि लेते हैं। इस ज्ञान का प्रयोग करें और यह अहसास करें कि "यू" (आप) बातचीत में आगे बढ़ने का संकेत होता है, जबकि "आई" (मैं) रुकने का संकेत होता है।

दूसरों की रुचि जगाने वाले सवाल कैसे पूछें ? क्यों ? कहाँ ? कैसे ? सवाल पूछकर बातचीत सामने वाले की रुचि की ओर मोड़ते रहें।

जब वह कहता है, "मेरे पास इंडियाना में 25 एकड़ भूमि है," तो तुरंत यह जवाब न दें, "देखिए, मेरे पास टेक्सॉस में 500 एकड़ ज़मीन है और उस पर तेल के 50 कुएँ हैं।" इसके बजाय पूछें, "इंडियाना में आपकी ज़मीन कहाँ पर है ? वहाँ पर आपके पास और क्या है ?"

अगर वह कहता है कि उसके पास एक फ़िशिंग बोट है, तो यह न कहने लगें, "मैं आपको अपने निजी हवाई जहाज़ के बारे में बताना चाहता हूँ।" इसके बजाय इस तरह के सवाल पूछें, "यह कितनी लंबी है ? नाव इनबोर्ड है या आउटबोर्ड ? आपके पास वह कब से है ?"

"आपने ऐसा क्यों किया ?"

"आपने उसे कैसे सँभाला ?"

"फिर आपने क्या कहा ?"

यदि आप इस तरह के सवाल करते हैं, तो सामने वाला आपको बहुत दिलचस्प वक्ता मानेगा और उसके सामने आपकी बहुत अच्छी छवि बन जाएगी।

मानव संबंधों से जुड़ी एक बड़ी ग़लती और उससे बचने का तरीक़ा

याद रखें, इंसान मूलतः स्वार्थी होते हैं। कोई एक व्यक्ति नहीं, बल्कि पूरी मानव प्रजाति। उनकी रुचि पहले, अंत में और हमेशा स्वयं में, *उनके* कामकाज में, *उनके* परिवार में, *उनके* गृह नगर में और *उनके* विचारों में होती है। "*आप* कहाँ से हैं ?" जैसे सवाल से भी यह पता चलता है कि आप सामने वाले में दिलचस्पी लेते हैं। बदले में वह भी आपमें दिलचस्पी लेने लगता है।

उस युवा नाटककार की तरह न बनें, जो दो घंटे तक ख़ुद के और अपने नाटकों के बारे में लगातार बोलता रहा और इसके बाद अपनी गर्लफ़्रेंड से बोला, "मेरे बारे में बहुत बातें हो चुकीं। अब तुम्हारे बारे में बातें करते हैं। *बताओ, तुम* मेरे नाटकों के बारे में क्या सोचती हो ?"

याद रखें, आप भी इंसान हैं। और आपके मन में यह प्रलोभन आना स्वाभाविक है कि आप अपने बारे में बातचीत से शुरुआत करें। आप भी सामने वाले की नज़रों में ऊपर उठना चाहते हैं और उसे प्रभावित करना चाहते हैं। लेकिन सच तो यह है कि सामने वाले पर आपकी ज़्यादा अच्छी छाप तभी छूटेगी, जब आप बातचीत को अपने बजाय उसकी ओर मोड़ दें। ऐसा करने पर वह आपके बारे में ज़्यादा ऊँची राय क़ायम करेगा – और आपको अधिक बुद्धिमान मानेगा।

एक अच्छा नियम यह है कि आप मन ही मन ख़ुद से यह सवाल पूछें : "मैं इस स्थिति में सचमुच क्या चाहता हूँ ?" क्या आप ख़ुद को श्रेष्ठ साबित करना चाहते हैं और अपने अहं का पोषण करना चाहते हैं – या फिर आप

सामने वाले से अपना उत्पाद ख़रीदवाना चाहते हैं, खिंची हुई लकीर पर उसके दस्तख़त देखना चाहते हैं, कोई काम करने के लिए उसकी अनुमति चाहते हैं, उसकी सद्भावना चाहते हैं ? यदि आप केवल अपने अहं को ही फुलाना चाहते हैं, तो आगे बढ़ें और लगातार अपने बारे में ही बोलते रहें, लेकिन इस बातचीत से किसी दूसरे लाभ की उम्मीद न करें।

अपने बारे में बातचीत कब करें

सार्वजनिक वक्ता अपने बारे में बातचीत करते हैं। वे अपने अनुभव, अपने यात्रा-वृतांत, अपने कार्यकलाप, अपने विचार आदि बताते हैं। लेकिन एक बात याद रखें : इन लोगों को अपने बारे में बोलने के लिए *आमंत्रित* किया जाता है। उनसे आग्रह किया जाता है कि वे ख़ुद के बारे में बोलें और श्रोता यह बात अच्छी तरह जानते हैं। इस स्थिति में श्रोता बंधक नहीं होते, बल्कि स्वेच्छा से उनके अनुभव सुनने आते हैं। वहाँ आने वाले लोग पहले से जानते हैं कि जो हेयरीचेस्ट "माई एडवेंचर्स इन द वाइल्ड्स ऑफ़ अफ्रीका" विषय पर बोलने वाले हैं।

जब तक कि आपने कोई हॉल बुक न करवाया हो और पहले से विज्ञापन न दिया हो, तब तक आपके श्रोताओं के पास यह जानने का कोई तरीक़ा नहीं होता कि आप बातचीत के दौरान उन्हें बंधक बना लेंगे और अपनी वीरगाथा सुनने पर मजबूर कर देंगे।

अपने बारे में बोलने का समय तब है, जब आपको ख़ुद के बारे में बोलने के लिए *आमंत्रित* किया जाए। यक़ीन मानें, अगर सामने वाले की दिलचस्पी है, तो वह आपसे यह आग्रह अवश्य करेगा। जब वह आपको ख़ुद के बारे में बोलने का न्योता दे, तो चुप्पी साधकर उसके आग्रह को न ठुकराएँ। उसे अपने बारे में थोड़ा-बहुत बता दें। उसे यह सुनकर अच्छा लगेगा कि आप उसके साथ इतने दोस्ताना हैं कि उसे अपने बारे में जानकारी दे रहे हैं। लेकिन इस मामले में अति न करें। उसके सवालों का जवाब दें : और फिर स्पॉटलाइट दोबारा उसी की ओर घुमा दें।

"मैं-भी" तकनीक का इस्तेमाल करें। एक और स्थिति में बातचीत में ख़ुद को लाना मनोवैज्ञानिक रूप से सही होता है : जब आप सामने वाले को अपने बारे में कोई ऐसी चीज़ बता सकें, जो उसकी कही बातों से संबंधित

हो या आपके बीच बंधन जोड़ती हो।

अगर वह कहता है, "मैं खेत पर पला-बढ़ा हूँ" और आप "मैं भी" कहकर अपने खेत के अनुभवों के बारे में थोड़ा सा बता देते हैं, तो इससे वह ज़्यादा महत्वपूर्ण महसूस करता है।

अगर वह इस बात का ज़िक्र छेड़ता है कि वह नाश्ते में आइसक्रीम खाता है और अगर आप भी ऐसा ही करते हैं- तो उसे बता दें। अगर वह कहता है कि वह स्वाम्पवाटर के छोटे क़स्बे में पैदा हुआ था और अगर आप भी वहाँ कभी-कभार अपनी गर्मी की छुट्टियाँ बिताते थे- तो उसे यह बता दें।

सहमति का जादू

साझा बंधन जोड़ने के लिए जब आप ख़ुद को बातचीत में शामिल करते हैं, तो इससे सामने वाले को अच्छा लगता है। ऐसा इसलिए होता है, क्योंकि ऐसा करके आप वास्तव में यह कह रहे होते हैं, "मैं आपसे सहमत हूँ।" "मैं भी ऐसा ही हूँ।" "मैं भी इसे पसंद करता हूँ।" "मैं भी यही मानता हूँ।" "मैं भी कुछ हद तक आपके जैसा ही हूँ।" आपके या आपके अतीत के अनुभव के बारे में जिस चीज़ से उसे यह पता चलता है कि आप उसके जैसे हैं, तो उसके कारण वह आपको पसंद करने लगेगा।

हम अपनी बात से सहमत होने वाले लोगों को पसंद करते हैं। और हम अपनी बात से असहमत होने वाले लोगों को नापसंद करते हैं। जो व्यक्ति हमसे सहमत होता है, वह हमारे महत्व और स्वाभिमान को बढ़ाता है। जो हमसे असहमत होता है, वह हमारे स्वाभिमान के लिए संभावित ख़तरा होता है। सार यह है कि जब आप सामने वाले से सहमत होते हैं, तो वह ख़ुद को ज़्यादा पसंद करने लगता है।

भले ही कुछ बिंदुओं पर आप सामने वाले से असहमत हों - लेकिन हमेशा कुछ ऐसे बिंदु खोजें, जिन पर आप उसकी बात से सहमत हो सकते हैं। जब आप सहमति का साझा आधार तैयार कर लेते हैं, चाहे वह कितना ही छोटा क्यों न हो, तो असहमति के मुद्दों को दूर करना ज़्यादा आसान हो जाता है।

"ख़ुशनुमा बातचीत" का नुस्ख़ा आज़माएँ

निपुण वक्ता बनने का एक और रहस्य है, जिसका पालन करने पर लोग आपसे बातें करने के लिए उत्सुक रहेंगे। "ख़ुशनुमा बातचीत" का नुस्ख़ा "साउथ पैसिफ़िक" गीत से लिया गया है। इसका ज़्यादा से ज़्यादा प्रयोग करें।

कोई भी उदास व्यक्ति को पसंद नहीं करता।

कोई भी निराशा के मसीहा की बात सुनना पसंद नहीं करता।

कोई भी बुरी ख़बर सुनना पसंद नहीं करता।

जिस व्यक्ति की हमेशा निराशाजनक बातचीत करने की आदत होती है, जो हमेशा कहता है कि संसार रसातल में जा रहा है या जो अपनी सारी व्यक्तिगत समस्याएँ हर श्रोता के सामने उड़ेलने लगता है, वह लोकप्रियता की एक भी प्रतिस्पर्धा नहीं जीत पाएगा।

यदि आपके पास व्यक्तिगत समस्याएँ हैं, जिन्हें सुलझाने के लिए आपको किसी की सलाह चाहिए, तो अपने पादरी के पास जाएँ, मनोवैज्ञानिक के पास जाएँ या किसी विश्वसनीय और सहानुभूतिपूर्ण मित्र के पास जाएँ। लेकिन अपनी समस्याएँ सबको न बताते फिरें। अपने ऑपरेशन के बारे में अंतहीन बातचीत न करें और अस्पताल जाने से लेकर ऑफ़िस लौटने तक के हर दर्द का विस्तृत बखान न करें। आपने कितना कष्ट सहन किया है, यह बताने से आप हीरो नहीं बनते हैं। इससे तो आप केवल उबाऊ बनते हैं।

ख़ुद को एक पत्र लिखें

अगर आपके दिल पर कोई बोझ हो और आपको लगता हो कि आपको किसी को अपनी तमाम समस्याओं या अपने साथ हुए अन्यायपूर्ण बर्ताव के बारे में बताने की ज़रूरत है, तो यह तरीक़ा आज़माएँ :

ख़ुद को एक पत्र लिखें। आप जैसा भी महसूस करते हैं, वह सब लिख दें। एक भी चीज़ दबाकर न रखें। पूरे विस्तार से लिखें कि दूसरे लोगों ने आपके साथ कितने ग़लत या अन्यायपूर्ण कार्य किए हैं। इसे बहुत महत्वपूर्ण बना लें।

जब आप पूरी बात कह चुकें, तो इसके बाद वह पत्र किसी को न भेजें। उसे जला दें। उसका उद्‌देश्य पूरा हो गया है। उसने आपको अपनी भड़ास निकालने का अवसर दे दिया है। इसके बाद आपको बहुत राहत का एहसास होगा। मानव संबंधों के संदर्भ में ज़्यादा महत्वपूर्ण बात यह है कि इससे आपकी सारी नकारात्मक भावनाएँ बाहर निकल जाएँगी और आप उनके बारे में किसी को बताने के लिए मजबूर महसूस नहीं करेंगे। कई बार आपको सारी बातें दो-तीन बार लिखने की ज़रूरत पड़ सकती है। लेकिन उसके बाद आप पाएँगे कि आप हर मिलने वाले को अपनी रामकहानी सुनाना तो दूर, उसके बारे में सोचना भी नहीं चाहते।

अपना हास्य बोध प्रदर्शित करने के लिए किसी पर व्यंग्य न कसें

यदि आप वार्तालाप के ज़रिए लोकप्रिय होना चाहते हैं, तो ताना मारने, चोट पहुँचाने या सताने के प्रलोभन से बचने की कोशिश करें।

हममें से अधिकांश लोग दूसरे लोगों से यह सोचकर मज़ाक करते हैं कि यह उन्हें अच्छा लगेगा। पति अपनी पत्नियों पर सार्वजनिक ताने कसते हैं, क्योंकि उनके मन में यह ग़लत धारणा होती है कि यह स्नेह दर्शाने का अच्छा तरीक़ा है। हम इस आशा से चुटीली टिप्पणियाँ करते हैं कि सामने वाला हमारी चतुराई समझ लेगा, हमारे ताने में छिपे हास्यबोध को देख लेगा और बुरा नहीं मानेगा।

बहरहाल, सताने और ताना मारने का उद्‌देश्य सामने वाले के स्वाभिमान को चोट पहुँचाना होता है। और जो भी चीज़ स्वाभिमान के लिए ख़तरा होती है, वह ख़तरनाक है, भले ही वह मज़ाक में की जाए। व्यंग्य में हमेशा एक क्रूर तत्व होता है और इसका उद्‌देश्य हमेशा सामने वाले को छोटा महसूस कराना होता है।

शोध सर्वेक्षणों से पता चलता है कि लोगों को यह अच्छा नहीं लगता है कि कोई उनकी हँसी उड़ाए- चाहे यह काम उनके सबसे क़रीबी मित्र ही क्यों न करें। बहरहाल, हम अपने मित्रों को यह नहीं बताना चाहते हैं कि हमें हँसी-ठिठोली पसंद नहीं है। हम डरते हैं कि वे हमें ज़रूरत से ज़्यादा धीर-गंभीर समझने लगेंगे। इसलिए आपका सबसे अच्छा मित्र भी आपको यह नहीं बताएगा

कि उसे इस तरह की बातें पसंद नहीं है।

केवल बहुत दुर्लभ अवसरों पर और बहुत क़रीबी मित्र ही अपनी हँसी उड़ने को अच्छी तरह लेते हैं और वह भी किसी छोटे मामले में और सिर्फ़ कुछ देर तक। यदि सामने वाला आपको लंबे समय से जानता है, आपको अच्छी तरह पसंद करता है और आप यह काम सीमा में करते हैं, तो आप हँसी उड़ाने के बावजूद मधुर संबंध क़ायम रख सकते हैं। लेकिन यह न भूलें कि इसमें संबंध टूटने की प्रबल आशंका हमेशा मौजूद रहती है। ज़्यादा सुरक्षित नीति यही है कि इसकी कोशिश ही न की जाए।

अध्याय 8 का सार

1. सफलता और ख़ुशी दोनों ही काफ़ी हद तक हमारे बोलने की निपुणता पर निर्भर करती हैं। इसलिए आज ही अपनी बातचीत को बेहतर बनाने के तरीक़ों का अध्ययन करें। हर दिन इस दिशा में कोशिश करें।
2. आसान सवाल पूछकर या स्पष्ट नज़र आने वाली चीज़ों पर टिप्पणी करने की वार्म-अप तकनीक का इस्तेमाल करें और अजनबियों से बातचीत शुरू करने का अभ्यास करें।
3. बातचीत में निपुण बनने के लिए आदर्श बनने की कोशिश छोड़ दें और घिसी-पिटी बातें करने से न घबराएँ। बातचीत में बहुमूल्य स्वर्ण तभी बाहर निकलता है, जब आप उससे पहले बहुत से मूल्यहीन अयस्क को खोद लेते हैं।
4. दूसरों से रोचक बातचीत कराने के लिए सवाल पूछें।
5. सामने वाले को उसके बारे में बोलने के लिए प्रोत्साहित करें। उसकी रुचियों के बारे में बातचीत करें।
6. वक्ता और उसकी रुचियों के साथ ख़ुद को जोड़ने के लिए "मैं-भी" तकनीक का इस्तेमाल करें।
7. अपने बारे में तभी बोलें, जब सामने वाला आपसे इसका स्पष्ट आग्रह करे। अगर वह आपके बारे में कुछ जानना चाहता है, तो वह पूछ लेगा।
8. "ख़ुशनुमा बातचीत" का नुस्ख़ा आज़माएँ। याद रखें, कोई भी व्यक्ति निराश व्यक्ति को पसंद नहीं करता। अपनी मुश्किलें अपने तक ही सीमित रखें।
9. बातचीत में तानों, चुभने वाले हँसी-मज़ाक और व्यंग्य का प्रयोग न करें।

अध्याय 9

उस तकनीक का प्रयोग कैसे करें, जिसे सुप्रीम कोर्ट के एक न्यायाधीश ने "सफ़ेद जादू" कहा था

जब एक भावी नेता ने जस्टिस ओलिवर वेंडेल होम्स से सलाह माँगी कि वह चुनाव में कैसे जीते, तो जस्टिस होम्स ने उसे लिखा :

> **सहानुभूतिपूर्ण और समझ के अंदाज़ में दूसरों की बातें सुनना ही शायद वह सबसे असरदार तरीक़ा है, जिससे कोई व्यक्ति संसार में लोगों को साथ लेकर चल सकता है और उन्हें अपना मित्र बना सकता है। बहुत कम लोग अच्छे श्रोता के "सफ़ेद जादू" का इस्तेमाल करते हैं।**

एक तरह से, हममें से प्रत्येक जीवन में हर दिन "चुनाव जीतने" की कोशिश कर रहा है। जिन लोगों से हम मिलते और बात करते हैं, वे लगातार हमारा विश्लेषण और मूल्यांकन करते हैं। मन ही मन वे या तो हमारे पक्ष में "वोट" देते हैं या विरोध में। वे या तो हमें विश्वास का मत देते हैं या अविश्वास का। इसी आधार पर वे हमारे साथ व्यवसाय करने या न करने का निर्णय लेते हैं। आपको जितना अहसास होता है, उससे ज़्यादा बार निर्णायक तत्व यही होता है, "आपने सामने वाले की बातें कितनी अच्छी तरह सुनीं ?"

आपको किसी व्यक्ति से मिलने के बाद ऐसा लगता है कि हर बात

आपकी उम्मीद के मुताबिक़ नहीं हुई। आपको यह संदेह होने लगता है कि सामने वाले ने आपके ख़िलाफ़ अपना मत दिया। आप ख़ुद से पूछते हैं, "मैंने ऐसा क्या कह दिया, जिससे वह मेरे ख़िलाफ़ हो गया ?" या "मैं और क्या कह सकता था, जिससे वह ज़्यादा मित्रतापूर्ण हो जाता और मेरे विचारों को ज़्यादा स्वीकार करता ?"

आश्चर्यजनक रूप से जवाब यह भी हो सकता है, "कुछ नहीं।"

आपके असफल होने का कारण यह नहीं था कि आपने कोई ग़लत बात कह दी या आप कोई अच्छी बात नहीं कह पाए। आपके असफल होने का असल कारण तो यह था कि आपने सामने वाले की बातें सही तरीक़े से नहीं सुनीं।

जब आप दूसरों की पूरी बात सुनते हैं तो "बुद्धिमान" समझे जाते हैं

हममें से अधिकांश लोग चाहते हैं कि सामने वाला हमें चतुर, बुद्धिमान और "स्मार्ट" समझे।

लेकिन जो व्यक्ति हमेशा "बुद्धिमत्तापूर्ण टिप्पणियाँ" करता रहता है और ख़ुद को "बुद्धिमान" साबित करने के लिए अपनी शेखी बघारता रहता है, उसे सामने वाला "बुद्धिमान व्यक्ति" के रूप में वोट नहीं देता है। इसके बजाय, उसे "चालबाज़," "बड़बोले" या "अहंकारी" की श्रेणी में रखा जाता है।

बहरहाल, सामने वाले को प्रभावित करने का एक अचूक तरीक़ा है, जिससे आप उस पर यह छाप छोड़ सकते हैं कि आप उसकी जान-पहचान के सबसे समझदार और बुद्धिमान व्यक्तियों में से एक हैं। उसकी बातें ग़ौर से सुनें और उन पर पूरा ध्यान दें। आप उसकी कही बातों को पर्याप्त महत्व देते हैं और उन्हें इतने ग़ौर से सुनते हैं कि कहीं एक शब्द भी न चूक जाए, सिर्फ़ इसी बात से वह यह समझ जाता है कि आप बहुत बुद्धिमान हैं। किसी मूर्ख को यह अहसास कैसे हो सकता है कि उसके शब्द कितने मूल्यवान और महत्वपूर्ण हैं ? इसीलिए तो मूर्ख व्यक्ति उसकी बातें ग़ौर से नहीं सुनता है।

एक बार वाल्ट व्हिटमैन अपने किसी मित्र के साथ सड़क पर जा रहे

थे, तभी व्हिटमैन रुककर एक अजनबी से बातचीत करने लगे। 15-20 मिनट तक व्हिटमैन ही बोलते रहे और सामने वाले ने अपना मुँह भी नहीं खोला। जब वे अजनबी से विदा लेकर आगे बढ़े, तो व्हिटमैन ने अपने मित्र की ओर मुड़कर कहा, "वह बहुत बुद्धिमान था।"

उनके मित्र ने हैरानी से पूछा, "आपको कैसे पता कि वह बहुत बुद्धिमान था! उसने तो एक शब्द भी नहीं कहा।"

व्हिटमैन ने कहा, "लेकिन उसने मेरी पूरी बात तो सुनी, है ना ? क्या इतना ही काफ़ी नहीं है ? इसी से साबित होता है कि वह बहुत बुद्धिमान है।"

एक पल ठहरकर अपने मित्रों और परिचितों के बारे में सोचें। आप किन लोगों को बुद्धिमान और समझदार मानते हैं ? क्या आप इस मामले में स्वयं को वोट देंगे ? क्या आप उस व्यक्ति को वोट देंगे, जो हमेशा अपना मुँह खुला रखता है ? क्या यह वह व्यक्ति होगा, जो सवाल जाने बिना ही हमेशा हर बात का जवाब देने के लिए तैयार रहता है ? क्या यह वह व्यक्ति होगा, जो सामने वाले की बात पूरी होने से पहले ही जवाब देने के लिए उसकी बात काट देता है। या फिर यह वह व्यक्ति होगा, जो बहुत ग़ौर से सुनता है ?

मेरे एक मित्र ने एक बार कहा था : "ईश्वर ने हमें दो कान और एक मुँह दिया है। इसी से उसकी मंशा स्पष्ट हो जाती है कि हम जितना बोलते हैं, उससे दोगुना सुनें।"

यदि आपमें सुनने का धैर्य है, तो आपको लोगों की अपेक्षाओं की बेहतर जानकारी होगी

अमेरिका के अग्रणी ऑटोमोबाइल डिज़ाइनर्स में से एक मुझे बताते हैं कि कार निर्माण के व्यवसाय में सफल होने के लिए आपकी अँगुली जनता की नब्ज़ पर होनी चाहिए और आपको कान खुले रखकर यह सुनना चाहिए कि जनता क्या चाहती है। वे कहते हैं, "दरअसल अपनी कार की डिज़ाइन हम नहीं बनाते हैं। यह काम तो जनता करती है। हम तो सिर्फ़ सुनते हैं और जब जनता कोई चीज़ चाहती है, तो हम तेज़ी से उसे प्रदान करने की कोशिश करते हैं।"

आप अँधेरे में तीर चलाने में कामयाब नहीं हो सकते। हर व्यक्ति सामने वाले के साथ "कामयाब" होना चाहता है।

आप जिस प्रकार बेसबॉल के खेल में कामयाब होते हैं, उसी प्रकार मानव संबंधों में भी कामयाब होते हैं, यानी आप अपनी ओर फेंकी गई गेंद पर उचित व सटीक प्रतिक्रिया करते हैं। सामने वाला आपकी ओर जो गेंदें फेंकता है, उन पर आपको लगातार उचित प्रतिक्रियाएँ करना चाहिए।

अच्छे मानव संबंधों में दोतरफ़ा संप्रेषण होता है। यह लेन-देन, क्रिया और प्रतिक्रिया का संबंध है। यदि आप यह नहीं जानते कि सामने वाला क्या चाहता है, वह किसी स्थिति के बारे में सचमुच कैसा महसूस करता है, उसकी ख़ास आवश्यकताएँ क्या हैं, तो आपसे उसका सही जुड़ाव नहीं हो पाएगा। और यदि जुड़ाव नहीं है, तो आप उसे प्रेरित भी नहीं कर सकते। जब तक आप यह नहीं जानते कि वह क्या चाहता है और कैसा महसूस करता है, तब तक उसके संदर्भ में आप पूरी तरह से अँधेरे में हैं।

गहरे अँधेरे में आप बेसबॉल डायमंड में कामयाब नहीं हो सकते, न ही मानव संबंधों के खेल में हो सकते हैं।

सामने वाले की स्थिति का पता लगाने के लिए अपने राडार का इस्तेमाल कैसे करें। सामने वाला क्या चाहता है और कैसा महसूस करता है, यह कोई अबूझ रहस्य नहीं है। हम अक्सर सोचते हैं, "काश मुझे उसकी स्थिति पता होती, तो मुझे ज़्यादा अच्छी तरह समझ में आता कि क्या करना है।" बहरहाल, सामने वाले की स्थिति का पता लगाना इतना मुश्किल भी नहीं होता है।

रेमिंगटन-रैंड के वाइस प्रेसिडेंट और नेशनल सेल्स एक्ज़ीक्यूटिव्ज़ के बोर्ड के चेयरमैन अल एन. सियर्स कहते हैं कि हर सेल्समैन के भीतर संभावित ग्राहक की स्थिति का पता लगाने वाला एक राडार होता है। अल कहते हैं, "आपको तो बस सुनने की ज़रूरत होती है; ग्राहक स्वयं ही आपको सब कुछ बता देगा। अधिकांश लोग हमें बताना चाहते हैं कि उनकी क्या स्थिति है और वे बताने की कोशिश भी करते हैं। समस्या यह है कि हम अपने 'रिसीवर' को बंद कर देते हैं और प्रसारण शुरू कर देते हैं।"

बहुत ज़्यादा बातचीत आपके लिए हानिकारक है

कई बार दूसरों से व्यवहार करते समय ऐसी स्थितियाँ बन जाती हैं, जिनमें यह महत्वपूर्ण होता है कि आप अपने पत्ते पहले से न खोलें। इन स्थितियों में हमें पहले सामने वाले का जायज़ा लेने की ज़रूरत पड़ती है। कई बड़े व्यावसायिक सौदों में अपने पत्ते खोलने से पहले एक रणनीति अपनाई जाती है। इसके तहत पहले यह पता लगाया जाता है कि सामने वाला क्या चाहता है और वह कितने में सौदा करने को तैयार हो जाएगा। यह याद रखना बेहतर है कि जिस प्रकार हम सामने वाले की बातें सुनकर उसकी स्थिति का पता लगा सकते हैं, उसी प्रकार हमारे ज़्यादा बोलने से उसे भी हमारी स्थिति का पता लग जाता है।

कई सफल व्यवसायियों की छवि "घोड़ों के बेहतरीन सौदागर" की रही है और उन्हें "सबसे अच्छा सौदेबाज़" कहा जाता है। उन्हें मस्तिष्क पढ़ने वाला या "अंतर्ज्ञानी" समझा जाता है।

वास्तव में, उनका रहस्य इतना रहस्यमय भी नहीं होता है।

वे तो बस सामने वाले को बात करने- और करते रहने- के लिए प्रोत्साहित करते हैं, जबकि अपना मुँह बंद रखते हैं। वे सहज बोध और अनुभव से उस सच्चाई को जानते हैं, जिसे मनोविश्लेषण के पितामह सिगमंड फ्रॉयड ने पहली बार वैज्ञानिक रूप से व्यक्त किया था। फ्रॉयड का कहना था कि अगर आप सामने वाले से *पर्याप्त* बातें करवा लें, तो वह अपनी सच्ची भावनाओं या सच्चे उद्देश्यों को छिपा ही नहीं सकता। वह चाहे जितनी कोशिश कर ले, वह हमेशा "अपना राज़ ख़ुद खोल देगा।" फ्रॉयड ने जीभ के अचेतन रूप से फिसलने पर एक लंबा शोधपत्र भी लिखा, जिसमें बताया गया था कि अचेतन मन हमेशा असली भावनाओं और विचारों को व्यक्त कर देता है, बशर्ते आप पर्याप्त ग़ौर से सुनें और सामने वाले की कही बातों की सभी व्याख्याओं के प्रति चौकन्ने रहें।

इसी तरह, अगर आप नहीं चाहते कि सामने वाला आपके दिल की बात जाने - अगर आप "अपने पत्ते नहीं खोलना" चाहते - तो चुप रहें और सिर्फ़ सुनें। क्योंकि आप अपने पत्ते छिपाने की चाहे जितनी कोशिश करें, यदि आप लंबे समय तक बोलेंगे, तो सामने वाला "आपका राज़ जान जाएगा।"

सुनने से संकोच दूर होता है

सुनने से एक और "सफ़ेद जादू" होता है। यह आत्म-चेतना और आत्म-केंद्रित होने के ख़तरों से बचाता है। हालाँकि आज मनोविज्ञान में "आत्म-रुचि" और "स्वाभिमान" की बातें होती हैं, लेकिन आत्म-केंद्रित और आत्म-चेतना के पुराने नज़रिए उतने ही बुरे माने जाते हैं, जितने कि पहले माने जाते थे। दोनों ही स्पष्ट बाधाएँ हैं। सामने वाले की हर बात ग़ौर से सुनने- उसकी आवाज़ की टोन और उसके शब्दों के उच्चारण पर पूरा ध्यान देने से- आपका ध्यान ख़ुद पर केंद्रित नहीं रहता है और वहाँ से हट जाता है।

अब अगर आपका पूरा ध्यान सामने वाले पर है- वह क्या कह रहा है, वह क्या चाहता है, उसकी क्या आवश्यकताएँ हैं- तो आप आत्म-चेतन नहीं रह सकते, ख़ुद को अपने खोल में बंद नहीं कर सकते। जब आप ख़ुद को अपने खोल में बंद कर लेते हैं, तो एक बात पक्की है कि आप उसके साथ प्रभावी व्यवहार नहीं कर सकते। जब आपका ध्यान पूरी तरह ख़ुद पर केंद्रित होता है, तो आप अपने आस-पास के लोगों के साथ अच्छा व्यवहार नहीं कर सकते। ऐसे में आप हाईवे पर कार चलाने वाले उस व्यक्ति की तरह होते हैं, जो सिर्फ़ अपनी कार की विंडशील्ड को ही देखता है, लेकिन *उसके ज़रिए* आगे की सड़क पर नज़र नहीं डालता। यह भविष्यवाणी करने के लिए किसी ज्योतिषी की ज़रूरत नहीं है कि उसकी दुर्घटना तय है। दो लोगों के बीच आमने-सामने की भिड़ंत बहुत बार इसी कारण होती है कि एक या दूसरे व्यक्ति का ध्यान सामने वाले के बजाय स्वयं पर होता है।

जिस तरह अच्छा डांसर बनने के लिए दो मज़बूत और स्वस्थ पैरों की ज़रूरत होती है, उसी तरह दूसरे लोगों के साथ अच्छा व्यवहार करने के लिए मज़बूत और स्वस्थ व्यक्तित्व की ज़रूरत होती है। बहरहाल, कोई भी अच्छा डांस टीचर आपको यही सलाह देता है कि डांस करते वक़्त "अपने पैरों से ध्यान" हटा लें। अगर डांसर पैरों के प्रति सजग रहेगा और उनके बारे में बहुत ज़्यादा सोचेगा, अगर वह यह सोचेगा कि क्या उसके पैर सचमुच वही करने जा रहे हैं, जो वह उनसे करवाना चाहता है, तो वह लड़खड़ा सकता है या कम से कम अजीब और मशीनी दिख सकता है। पैरों पर बहुत ज़्यादा ध्यान देना बाधक हो सकता है, यह पता होने के बावजूद कि डांस

सिखाने वाला आपको "अपने पैर काटने" की सलाह नहीं देता है। वास्तव में, वो तो अपने विद्यार्थियों को व्यायाम द्वारा पैर मज़बूत करने के लिए प्रोत्साहित करता है। जब किसी डांसर को मालूम होता है कि उसके पैर मज़बूत हैं और वह उन पर भरोसा कर सकता है, तो इस बात की ज़्यादा संभावना है कि डांस करते वक़्त वह उनके बारे में भूल जाएगा। तब उसे मन ही मन यह डर नहीं सताएगा कि उसके पैर बहुत कमज़ोर हैं और वे अपना काम नहीं कर सकते।

इसी तरह, आधुनिक मनोवैज्ञानिक हमसे यह नहीं कहते हैं कि हम अपने व्यक्तित्व की निंदा करें या उससे उबरें या प्रत्येक स्वार्थी बोध से किनारा कर लें। वे तो सिर्फ़ यह कहते हैं कि हम स्वयं से अपना ध्यान हटा लें- और मूर्खतापूर्ण तरीक़े से आत्म-केंद्रित तथा स्वार्थी होना छोड़ दें।

आत्म-चेतना से कैसे उबरा जाए, इस बारे में अतीत में दी गई अधिकांश सलाहें ग़लत थीं। हमें यह विश्वास दिलाया गया था कि व्यक्तित्व के बारे में किसी चीज़ की परवाह करना ग़लत है और हमें अपने स्वाभिमान को स्वीकार करने में शर्म आनी चाहिए। चूँकि हम सभी स्वाभिमान की आकांक्षा रखते हैं, इसलिए इस प्रकार की सलाह हमें व्यक्तित्व के बारे में पहले से ज़्यादा चिंतित कर देती है- और हमारा पूरा ध्यान अपने व्यक्तित्व तथा ओछी स्वार्थी इच्छाओं से चिपका रहता है। आत्म-चेतना से उबरने का तरीक़ा ख़ुद को यह बताना नहीं है कि अपने बारे में अच्छा सोचने की इच्छा बुरी है- बहरहाल, अपना सारा ध्यान ख़ुद पर केंद्रित रखना कारगर नहीं होता।

अच्छे डांसर को "संगीत सुनना चाहिए।" जब एक बार आप बुनियादी स्टेप्स सीख लें, तो डांस का रहस्य ख़ुद से चेतन तौर पर यह कहना नहीं है, "अब मुझे यह सुनिश्चित करना होगा कि मेरा दायाँ पैर सीधे यहाँ पड़े- और फिर मैं चाहता हूँ कि मेरा बायाँ पैर एक छोटा स्टेप ले।" यदि आप ऐसा करेंगे, तो आप संगीत नहीं सुन पाएँगे और अगर आप संगीत को नहीं सुन पाएँगे, तो आप समय, ताल या क़दम नहीं मिला सकते। अच्छा डांसर ऑर्केस्ट्रा के संगीत पर अपना ध्यान केंद्रित रखता है और अपने पैरों को अपने आप सही चीज़ करने देता है।

सामने वाले के संगीत को सुनें। दूसरे लोगों से व्यवहार करते समय

भी हमें इसी तकनीक का इस्तेमाल करना चाहिए। यदि आप कर्कश के बजाय मधुर लय उत्पन्न करना चाहते हैं, तो आपको "वह संगीत सुनना चाहिए," जो सामने वाला व्यक्ति बजा रहा है। उसका संगीत सुनना छोड़कर अगर आप यह सोचने लगे, "अब मैं ऐसा क्या कह सकता हूँ, जो इससे भी बढ़कर हो ?" या "मैं इस व्यक्ति को प्रभावित करने के लिए क्या कह सकता हूँ ?"- तो आप सामने वाले की "ताल से भटक" जाएँगे।

यदि आप सिर्फ़ संगीत को सुनें और उसी के अनुरूप प्रतिक्रिया करें, तो आपको एक बहुत आश्चर्यजनक चीज़ पता चलेगी- कि आपके पैरों की तरह ही आपका मस्तिष्क भी अपने आप बेहतर काम कर सकता है, बशर्ते आप उसे अकेला छोड़ दें।

आप ज़्यादा सहज और स्वाभाविक हो जाएँगे। इसके अलावा आपके मुँह से जो सचमुच चतुराई भरी और सही बातें बाहर निकलेंगी, उनसे आप हैरान हो सकते हैं।

बहुत ज़्यादा कोशिश न करें। विलियम जेम्स ने कहा था कि अधिकांश मुलाक़ातें इस वजह से बोझिल बन जाती हैं, क्योंकि प्रत्येक पक्ष बहुत ज़्यादा कोशिश कर रहा होता है। जब हर पक्ष कहने के लिए "कोई महत्वपूर्ण बात सोचने" का चेतन प्रयास करता है, तो उसे यह डर होता है कि वह जो कहने जा रहा है, सामने वाला उसका अनुमोदन करेगा या नहीं। जेम्स ने कहा था, अगर वे बस शांत हो जाएँ, अपना मुँह खोलें और शब्दों को बाहर आने दें, तो उनके सचमुच सही बात कहने की संभावना बहुत ज़्यादा बढ़ जाएगी।

सैटरडे ईवनिंग पोस्ट के एक लेख के अनुसार यही बेन थॉर्नटन का रहस्य है, जो डलास, टेक्सॉस के मशहूर बैंकर और मेयर हैं। लेख में लिखा है कि थॉर्नटन हमेशा *सही समय* पर *सही बात* कहने की कला में माहिर हैं। बहरहाल, वे शायद ही कभी यह चिंता करते हैं कि वे क्या कहने जा रहे हैं। महत्वपूर्ण मीटिंग्स में भी वे लगभग बिना किसी तैयारी के जाते हैं।

थॉर्नटन शब्द-दर-शब्द विस्तृत भाषण तैयार नहीं करते हैं। वे तो बस मीटिंग के विषय से संबंधित सारी जानकारी और तथ्य एकत्रित करके ख़ुद को तैयार करते हैं। थॉर्नटन के मित्र डॉ. पियर्स पी. ब्रुक्स ने मुझे बताया, "उनकी ज़ुबान पर जानकारी का संसार रहता है। वे सामने वाले की बात ग़ौर से

सुनते हैं। वे उसकी भावनाएँ भी महसूस करते हैं। वे केवल यह जानकर ही संतुष्ट नहीं होते कि सामने वाला सामान्य तौर पर क्या चाहता है- या उसके दिमाग़ में क्या चल रहा है। वे तो सटीकता से जानना चाहते हैं। जब वे सामने वाले की बात सुन लेते हैं, तो वे उससे कुछ विचारों को दोहराने को कहते हैं। फिर वे बस अपना मुँह खोलते हैं और अवसर के मुताबिक़ सही बात अपने आप बाहर निकल आती है।"

सुनने से आप अमीर कैसे बन सकते हैं

कहा जाता है कि सुनने की वजह से ही बेन थॉर्नटन अमीर बने। जीवन के हर क्षेत्र के लोग उन्हें समझ-बूझ वाला इंसान कहते हैं। वे लोगों को समझते हैं, क्योंकि वे उन्हें सुनते हैं।

आप वास्तव में किसी दूसरे इंसान को तब तक नहीं समझ सकते, जब तक कि आप उसकी बातें- ग़ौर से, सहानुभूति से और धैर्य से- सुनने के इच्छुक न हों।

इस तरह सुनने की आदत डालने से आप भी अमीर बन सकते हैं... पैसों से, मित्रों से, उपलब्धि और ख़ुशी हासिल करने में।

आप किसी व्यक्ति के प्रति जो सर्वोच्च सम्मान दिखा सकते हैं, उनमें से एक यह है कि आप उसकी बात ग़ौर से सुनें। धैर्यपूर्वक सुनकर आप उससे दरअसल यह कह रहे होते हैं, "आपकी बातें सुनने *लायक़* हैं।" इस तरह आप उसके स्वाभिमान को बढ़ा देते हैं, क्योंकि हर इंसान यह सोचना पसंद करता है कि उसके पास "कहने के लिए कुछ ऐसा है", जो सुनने लायक़ है।

दूसरी ओर, सामने वाले के अहं को चूर-चूर करने का तरीक़ा यह है कि उसकी बात पूरी होने से पहले ही उसे काट दिया जाए। याद रखें, हर व्यक्ति को यह पसंद होता है कि "लोग उन पर ध्यान दें।"

कभी किसी पत्नी को अपने पति के बारे में यह शिकायत करते सुना है, "वह मेरा कहा एक शब्द भी नहीं सुनता है। मैं जब उससे कहती हूँ 'गर्म पानी की टंकी अभी-अभी फूट गई,' तो वह कहता है, 'क्या यह सही है ?' और अपना अख़बार पढ़ता रहता है।" शायद आपने न सुना हो, लेकिन

विवाह परामर्शदाता ऐसी शिकायतें हर दिन सुनते हैं।

कभी किसी कर्मचारी को यह कहते सुना है, "अगर मेरे बॉस मेरी बात सुनते, तो मैं उन्हें पसंद करता। मैं किसी समस्या के बारे में बताने के लिए उनके पास जाता हूँ और उनकी सलाह माँगता हूँ, लेकिन इससे पहले कि उन्हें यह पता चल पाए कि मैं किस बारे में बात कर रहा हूँ, वे मेरी आधी बात होने से पहले ही बीच में बोल पड़ते हैं और मुझे कोई रटा-रटाया जवाब दे देते हैं। वे बुरे इंसान नहीं हैं, बशर्ते वे सुन भर लें।"

शायद आपने ये शब्द न सुने हों, लेकिन उद्योग की शिकायत समितियाँ ऐसे शब्द बार-बार सुनती हैं।

कभी किसी किशोर को यह कहते सुना है, "मेरे माता-पिता मुझे ज़रा भी नहीं समझते हैं। मैं उन्हें बताने की कोशिश करता हूँ कि मैं चीज़ों के बारे में सचमुच कैसा महसूस करता हूँ, मेरी क्या समस्याएँ हैं, लेकिन वे सुनते ही नहीं हैं। वे या तो मुझे अब भी बच्चा समझते हैं और मेरी समस्याओं को महत्वहीन मानकर हवा में उड़ा देते हैं- या फिर वे मुझे यह बताने के लिए उतावले रहते हैं कि मुझे चीज़ों के बारे में कैसा महसूस करना चाहिए। वे जानते ही नहीं हैं कि मैं सचमुच कैसा महसूस करता हूँ।" किशोर अदालतें इसी तरह की बातों के भिन्न-भिन्न संस्करण हर दिन सुनती हैं।

हमारे संसार में बहुत से कष्ट, दुख और असफलता सिर्फ़ इसलिए हैं, क्योंकि कोई सुनता ही नहीं है।

इस सलाह को अपने दिमाग़ की दीवार पर चिपका लें, जहाँ आप इसे हर समय देख सकें :

अपने व्यवहार को प्रभावी बनाने के लिए आपको क्या करना होगा

पहले आपको यह जानना होगा कि लोग क्या चाहते हैं, लोगों को किस चीज़ की ज़रूरत है और वे क्या हैं।

यह शत्रुओं और मित्रों, दोनों पर लागू होता है। यह बच्चों, बड़ों, दिग्गजों और छोटे लोगों- सभी पर लागू होता है। लोग क्या चाहते हैं, उनकी ज़रूरत

क्या है और वे क्या हैं, यह जानने का तरीक़ा आसान है- उनकी बात सुनें।

सुनने का अभ्यास करने के सात तरीक़े

सुनने की यह कला इतनी महत्वपूर्ण है कि इसका अभ्यास किए बिना आगे न बढ़ें। शायद आप कोई ऐसी बात पढ़ते हैं, जो अच्छी लगती है, आप उसे सच मानते हैं और फिर उस पर अमल करने का संकल्प लेते हैं। लेकिन यदि आप कोई ठोस क़दम नहीं उठाते हैं, तो आप एक-दो दिन में ही अपने संकल्प को भूल जाएँगे। इससे उबरने का ठोस तरीक़ा यही है कि आप कुछ निश्चित चीज़ों की सूची बना लें और उन्हें करने लगें।

तो इस अध्याय में आपने जो ज्ञान हासिल किया है, उसे अपने दिमाग़ में "गाड़ लें" और उसे टस से मस न होने दें। इसी समय इन चीज़ों पर अमल शुरू कर दें :

1. **वक्ता की ओर देखें।**

   जिसकी बात सुनने लायक़ है, वह दरअसल देखने लायक़ भी है। इससे आपको उसकी बातों पर ध्यान केंद्रित करने में भी मदद मिलती है।

2. **वक्ता जो कह रहा है, उसमें गहरी रुचि दिखाएँ।**

   यदि आप सहमत हैं, तो अपना सिर हिलाएँ। यदि वह कोई कहानी सुना रहा है, तो मुस्कुराएँ। उसके संकेत पर प्रतिक्रिया दें। उसके साथ मिलकर काम करें।

3. **वक्ता की ओर झुकें।**

   क्या आपने कभी ग़ौर किया है कि आपमें रोचक वक्ता की ओर झुकने तथा बोझिल व्यक्ति से पीछे की ओर हटने की स्वाभाविक प्रवृत्ति होती है ?

4. **सवाल पूछें।**

   इससे वक्ता को यह पता चल जाता है कि आप उसकी पूरा

बात सुन रहे हैं।

5. **बीच में बाधा न डालें; इसके बजाय उसे विस्तार से बताने को कहें।**

अधिकांश लोगों को यह बहुत बड़ी प्रशंसा लगती है, अगर आप उनकी बात पूरी होने तक बीच में बाधा न डालें। लेकिन उन्हें दोहरी प्रशंसा का अहसास तब होता है, जब आप उनसे और ज़्यादा बोलने का अनुरोध करते हैं। "क्या आप आख़िरी बिंदु को थोड़े विस्तार से बताएँगे,"- या "आपने इस बारे में जो कहा है, मैं उसके बारे में और ज़्यादा जानना चाहूँगा।"

6. **वक्ता के विषय पर केंद्रित रहें।**

किसी व्यक्ति के विषय को तब तक न बदलें, जब तक कि उसकी बात पूरी न हो जाए, भले ही आप किसी नए विषय को शुरू करने के लिए कितने ही उतावले हों।

7. **अपनी बात कहने के लिए वक्ता के शब्दों का उपयोग करें।**

जब सामने वाला अपनी बात पूरी कर ले- तो उसकी कही कुछ बातें उसके सामने दोहराएँ। इससे न सिर्फ़ यह साबित होता है कि आपने उसकी बात सुन ली है, बल्कि इससे यह भी सुनिश्चित होता है कि वह भी बिना कोई बाधा डाले आपके विचार सुनेगा।

अपनी कुछ टिप्पणियों से पहले यह ज़रूर जोड़ें, "जैसा आपने बताया-," या "यह ठीक वैसा ही है, जैसा आपने कहा।"

अध्याय 10

दूसरों को अपने नज़रिये का क़ायल कैसे बनाएँ

हर दिन कोई न कोई ऐसी स्थिति उत्पन्न हो जाती है, जहाँ हमें यह ज़रूरत महसूस होती है कि सामने वाला हमारे नज़रिये से सहमत हो जाए। पत्नी, पति, बच्चे, बॉस, पड़ोसी, ग्राहक, कर्मचारी, मित्र या शत्रु के साथ असहमति का कोई न कोई बिंदु उभर आता है।

हम कहते हैं, "काश! हम ऐसा कुछ कर सकें कि वह स्थिति को हमारे नज़रिये से देख सके!"

ये उदाहरण देखें :

1. मान लें, आप एक रिटेल स्टोर में क्लर्क हैं। एक ग्राहक आकर कहता है कि उसने जो रेफ्रिजरेटर ख़रीदा था, उसके बदले उसे एक नया रेफ्रिजरेटर दिया जाए, जबकि गारंटी की अवधि दो महीने पहले ही ख़त्म हो चुकी है। आप उसे यह समझाने की कोशिश करते हैं कि कंपनी पुराने रेफ्रिजरेटर को सुधार देगी, लेकिन नया रेफ्रिजरेटर नहीं दे सकती। ग्राहक यह बात मानने को तैयार नहीं है। आप इस मतभेद को कैसे सुलझाएँगे ?
2. आप एक कॉन्फ्रेंस में हैं और आपका बॉस सेल्स प्रमोशन का एक ऐसा विचार सुझाता है, जो सतही तौर पर अच्छा नज़र आता है। बहरहाल, आपको उस विचार में कई गंभीर ख़ामियाँ नज़र आती हैं और लगता है कि इसे लागू करने पर कंपनी का ख़र्च बढ़ जाएगा और जितने नए

ग्राहक बनेंगे, उससे ज़्यादा कम हो जाएँगे। आप अपने बॉस को कैसे यक़ीन दिलाएँगे कि उसका विचार कारगर नहीं है ?

3. आपकी पत्नी बेटे को एक निजी स्कूल में पढ़ाना चाहती है। कई कारणों से आपको यह बेहतर लगता है कि वह पब्लिक स्कूल में ही पढ़े। आप अपने विचार पत्नी तक कैसे पहुँचाएँगे ?

4. आपको लगता है कि आपकी तनख़्वाह बढ़ना चाहिए और कंपनी को आपको ज़्यादा पैसे देना चाहिए। जब आप इस बात का ज़िक्र करते हैं, तो आपका बॉस कहता है, "अभी हम इसका ख़र्च नहीं उठा सकते; बाद में देखते हैं।" आप क्या कहेंगे ?

"स्वाभाविक तरीक़ा" ग़लत क्यों है

जब आप किसी विरोधी विचार या मत से टकराते हैं, तो बहस करना सबसे स्वाभाविक तरीक़ा होता है। चाहे सवाल कोई भी हो, जैसे कौन सी बेसबॉल टीम सर्वश्रेष्ठ है- या फिर यह राष्ट्रसंघ में कूटनीतिज्ञों की बहस में उठने वाला सवाल भी हो सकता है। दुर्भाग्य से, हर प्रकरण में स्वाभाविक यही होता है कि विरोधी के साथ बहस करके उसे हराने की कोशिश की जाए।

किसी ने एक बार कहा था कि गोल्फ़ खेलना इसलिए मुश्किल होता है, क्योंकि गोल्फ़ स्विंग अस्वाभाविक होती है। क्लब को स्विंग करने का तरीक़ा मनुष्य के प्राकृतिक आवेग के ख़िलाफ़ जाता है। हमें एक वैज्ञानिक लेकिन अस्वाभाविक स्विंग सीखने की ज़रूरत है।

यही लोगों को राज़ी करने की कला के बारे में भी कहा जा सकता है। जो व्यक्ति हमारे विचारों का विरोध करता है, उसे अपना विरोधी मानना और परास्त करने की कोशिश करना स्वाभाविक है। बहरहाल, हमारा उद्देश्य वास्तव में सामने वाले से जीतना या उसे हराना नहीं है। हमारा उद्देश्य तो यह है कि हम उसे अपनी बात का यक़ीन दिला दें और उसे अपना नज़रिया बदलने के लिए प्रेरित कर दें।

जब कोई हमारे विचारों का विरोध करता है, तो यह स्वाभाविक है कि हम उसे अपने अहं के लिए जोखिम मानें। इसलिए यह भी स्वाभाविक है

कि हम उसके अहं को चोट पहुँचाएँ, भावुक और शत्रुतापूर्ण हो जाएँ, चिल्लाएँ, धमकाएँ, शर्मिंदा करें, हँसी उड़ाएँ और दबाव या शक्ति से अपने विचार उसके गले के नीचे उतारने की कोशिश करें। हम अपने हर तथाकथित कारण या दावे को बढ़ा-चढ़ाकर बताते हैं और अपने विरोधी के हर बिंदु को हल्का या बौना साबित कर देते हैं।

लेकिन इस स्वाभाविक तरीक़े से जीत हासिल नहीं होती है। क्योंकि किसी बहस में वाक़ई जीतने का एकमात्र तरीक़ा यही है कि सामने वाला अपना नज़रिया बदल ले।

विज्ञान बहस में जीतने का एक तरीक़ा बताता है

"बहस में कोई भी नहीं जीतता"- यह पुरानी कहावत सच है, बशर्ते बहस से आपका मतलब चीख़ने-चिल्लाने या अहं के युद्ध से हो। बहरहाल, ऐसे कई तरीक़े हैं, जिनसे आप सामने वाले को अपने नज़रिये से चीज़ें देखने के लिए प्रेरित कर सकते हैं।

वैसे वैज्ञानिक रूप से बहस जीतने का तरीक़ा उस स्वाभाविक तरीक़े के विपरीत है, जिसका इस्तेमाल हममें से अधिकांश लोग करते हैं। यहाँ तक कि जो संगठन यह चाहते हैं कि आम जनता अपने विचार बदले, वे भी आम तौर पर वही ग़लतियाँ करते हैं, जो आप और हम बेसबॉल या राजनीति के बारे में बहस करते समय करते हैं।

साइंस डाइजेस्ट (मार्च 1954) में कहा गया है, "अमेरिकी जनता पर्याप्त नागरिक रक्षा कार्यक्रम का समर्थन क्यों नहीं करना चाहती, जबकि तैयारी की कमी के ख़तरे बार-बार उजागर हो रहे हैं? कैंसर के इतने सारे रोगी इलाज से क्यों कतराते हैं, जब तक कि बहुत देर नहीं हो जाती, हालाँकि जल्द से जल्द इलाज की आवश्यकता के बारे में बहुत सारी नाटकीय चेतावनियाँ दी जाती हैं? एक महत्वपूर्ण तथ्य यह हो सकता है कि जिन आग्रहों से गहरा डर पैदा होता है या जो अनुरोध जोखिम भरे प्रतीत होते हैं, वे लोगों के विचार या व्यवहार को बदलने में कारगर नहीं होते। यह येल के तीन मनोवैज्ञानिकों द्वारा आयोजित 25 प्रयोगों की शृंखला में प्रकट हुआ।"

कम दबाव ही सर्वश्रेष्ठ तरीक़ा है

येल के तीन मनोवैज्ञानिकों कार्ल आई. होवलैंड, इर्विंग एल. जेनिस और हैरॉल्ड एच. केली ने पाया कि कम दबाव की तकनीक अपनाना ही विचारों को स्वीकार करवाने का सर्वश्रेष्ठ तरीक़ा है, जिसमें आप शांति से तथ्य पेश करते हैं और जोखिम बताने या दबाव डालने की कोशिश नहीं करते हैं।

इस विचार को परखने के लिए विद्यार्थियों के तीन समूहों पर एक प्रयोग किया गया। प्रत्येक समूह के सामने दाँतों की देखभाल पर 15 मिनट का चित्रात्मक भाषण दिया गया। पहले समूह से "प्रबल" अनुरोध किया गया और दाँतों के प्रति लापरवाही के ख़तरे बताए गए : दाँत ख़राब होना, टूटना, मसूड़ों की बीमारी, कैंसर आदि।

दूसरे समूह से "संयमित" अपील की गई, जिसमें ख़तरे तो बताए गए, लेकिन ज़्यादा मृदु और तथ्यात्मक अंदाज़ में।

तीसरे समूह को भाषण में सीधी-सपाट जानकारी दी गई और उन्हें लापरवाही के किसी भी ख़तरनाक अंजाम के बारे में नहीं बताया गया।

इन भाषणों के एक सप्ताह बाद दोबारा जाँच की गई, ताकि यह पता चले कि किन विद्यार्थियों ने अपने व्यवहार को सबसे ज़्यादा बदला था और भाषण में बताई आदतों पर अमल किया था। आश्चर्यजनक बात यह थी कि जिन विद्यार्थियों ने "नर्म" आग्रह सुना था, जिसमें डराने वाले कोई पैंतरे नहीं थे, उन्होंने भाषणों में बताई गई आदतों को ज़्यादा अपनाया था, जबकि "भयावह आग्रह" सुनने वाले विद्यार्थियों ने उन्हें कम अपनाया था।

कॉलेज विद्यार्थियों पर हुए अन्य परीक्षणों में राजनीतिक बहसों में भी यही परिणाम सामने आए। यह पाया गया कि विद्यार्थियों के अपने राजनीतिक मत बदलने की ज़्यादा संभावना है, बशर्ते "दूसरा पक्ष" उत्तेजक और उग्र भाषण के बजाय भावहीन तथ्य प्रस्तुत करे।

10,000 बहसों के वैज्ञानिक विश्लेषण से निकलने वाला आश्चर्यजनक तथ्य

न्यूयॉर्क यूनिवर्सिटी के स्पीच डिपार्टमेंट के प्रोफ़ेसर्स एल्विन सी. बस और रिचर्ड

सी. बोर्डन ने संभवतः बहसों पर सबसे वृहद शोध कार्य किया है।

उन्होंने सात साल से ज़्यादा समय तक 10,000 से ज़्यादा वास्तविक बहसें सुनीं। उन्होंने टैक्सी-ड्राइवर्स और सवारियों के बीच हुए विवाद और पति-पत्नी के झगड़े सुने। मेसीज़, वेस्टिंगहाउस, और अन्य कंपनियों ने भी उन्हें सेल्समैन और काउंटर क्लर्क के साथ ग्राहकों के विवाद सुनने की अनुमति दी। उन्होंने राष्ट्रसंघ की बहसें भी सुनीं। उन्होंने इस बात को लिख लिया कि बहस में कौन जीता और क्यों।

अंततः वे इस रोचक निष्कर्ष पर पहुँचे कि व्यावसायिक बहसकर्ता- नेता और राष्ट्रसंघ के प्रतिनिधि- अपने विचार मनवाने में घर-घर जाकर सामान बेचने वाले सेल्समैन के मुक़ाबले कम सफल थे।

एक बड़ा कारण यह पता चला कि पेशेवर बहसकर्ता विरोधी को हराने या विरोधी तर्क को "नष्ट करने" पर आमादा दिखा, जबकि सेल्समैन ग्राहक को उसका दृष्टिकोण बदलने के लिए प्रेरित कर रहा था।

उन्होंने पाया कि किसी बहस में जीतने की कोशिश करते समय हममें से अधिकांश लोग जो बहुत बड़ी भूल करते हैं, वह यह है कि हम सामने वाले के अहं पर हमला कर देते हैं।

नियंत्रण हासिल करना चाहते हैं, तो मानव स्वभाव के ख़िलाफ़ न जाएँ

यही इस पुस्तक की विषयवस्तु है : यदि आपको लोगों पर नियंत्रण हासिल करना है, तो आपको मानव स्वभाव के ख़िलाफ़ नहीं, बल्कि उसके साथ काम करना सीखना चाहिए।

यदि आप किसी व्यक्ति को बताते हैं कि उसके विचार मूर्खतापूर्ण हैं, तो वह ज़्यादा प्रबलता से उनका बचाव करने लगता है। यदि आप उसकी स्थिति की खिल्ली उड़ाते हैं, तो वह अपनी लाज रखने के लिए उसकी रक्षा करता है। यदि आप धमकियों का इस्तेमाल करते हैं और डराने की तकनीकें आज़माते हैं, तो वह आपके विचारों के ख़िलाफ़ अपने दिमाग़ के दरवाज़े बंद कर लेता है, चाहे आपके विचार कितने ही अच्छे हों।

आत्म-रक्षा मानव स्वभाव की उत्कट इच्छा है। इसका अर्थ है अपने अहं और शरीर का बचाव करना। अपनी रक्षा के लिए हम उन विचारों के प्रति सावधान रहते हैं, जिन्हें हम स्वीकार करते हैं और जिन पर कार्य करते हैं। हम किसी भी ऐसे विचार को ग्रहण नहीं करते हैं, जिसे हम अपना शत्रु मानते हैं। मित्र सामान्यतः हम पर हथगोलों की बारिश नहीं करते हैं। अपनी सुरक्षा की ख़ातिर हम अपने कान उन विचारों के प्रति बंद कर लेते हैं, जो शत्रुओं के वेश में दिखते हैं।

सामने वाले के अवचेतन मन तक कैसे पहुँचें

विचार बेचने की कोशिश करते समय हम दरअसल सामने वाले के अवचेतन तक पहुँचने की कोशिश कर रहे होते हैं, क्योंकि हम किसी भी विचार को तब तक स्वीकार नहीं करते और उस पर कार्य नहीं करते, *जब तक कि हमारा अवचेतन मन उसे स्वीकार न कर ले।* "किसी व्यक्ति की इच्छा के विरुद्ध आप उसे यक़ीन तो दिला सकते हैं, लेकिन इसके बावजूद उसका मत नहीं बदलता है," यह उस पुरुष या महिला का वर्णन है, जिसके चेतन मन ने तो विचार स्वीकार को कर लिया है- लेकिन अवचेतन मन ने नहीं किया है। ऐसा व्यक्ति उस विचार का मौखिक समर्थन तो कर सकता है और आपसे सहमत नज़र आ सकता है, लेकिन मन ही मन उसे अब तक विश्वास नहीं हुआ है और वह उस विचार पर अमल नहीं करेगा।

अवचेतन मन द्वारा *किसी विचार को स्वीकार कराने का बस एक ही तरीक़ा* मनोवैज्ञानिकों को मालूम है- वह है *सुझाव द्वारा*। बहुत से प्रयोगों में यह साबित हो चुका है कि आप किसी विचार को अवचेतन में बलपूर्वक पहुँचाने की जितनी ज़्यादा कोशिश करते हैं- उसे उतने ही ज़्यादा प्रतिरोध का सामना करना पड़ता है। ऐसे में आत्म-रक्षा का पुराना सहज बोध सक्रिय हो जाता है। मनोवैज्ञानिक जिस तकनीक का इस्तेमाल करते हैं, वह है विचार को अवचेतन मन में कमोबेश "चुपके से रखना," ताकि सामने वाले को आभास भी न हो पाए।

क्या आपने कभी ग़ौर किया है, जब कोई आपसे कहता है, "तुम यह काम नहीं कर सकते," तो आपके मन में वह काम करने की प्रबल इच्छा उत्पन्न हो जाती है ? या जब कोई कहता है, "आपको यह काम हर हाल में

करना है," तो आप स्वतः ही यह प्रतिक्रिया करते हैं, "मैं इसे हर्गिज़ नहीं करूँगा!"

बहस में जीतने के छह आज़माए हुए नियम

आप बहस जीतने में उसी हद तक सफल होंगे, जिस हद तक आप सामने वाले के अहं के पार अपने विचार चुपचाप पहुँचाने में कामयाब होंगे। दरअसल, उसका अहं किसी चौकीदार की तरह उसके अवचेतन मन के दरवाज़े पर खड़ा रहता है। यदि आप उसके अहं को जगाते हैं या उसे बहुत ज़्यादा उकसा देते हैं, तो उसका अहं आपके विचारों को पार जाने ही नहीं देगा। यह बहुत ही महत्वपूर्ण बात है। इसे दिमाग़ में रखते हुए नीचे दिए बिंदुओं का अध्ययन करें :

1. सामने वाले को अपना मत रखने दें

बीच में बाधा न डालें। सामने वाले को अपना मत रखने दें। याद रखें, सुनना जादू की छड़ी है। बीच में टोकने या बात काटने से सिर्फ़ सामने वाले के अहं को ही चोट नहीं पहुँचती है। हम उस व्याधि के शिकार हो जाते हैं, जिसे मनोवैज्ञानिक *मानसिक प्रवृत्ति* कहते हैं। जब किसी व्यक्ति के दिल पर बोझ होता है, तो उसकी मानसिक प्रवृत्ति बोलने पर केंद्रित होती है। और जब तक उसकी बात पूरी नहीं हो जाएगी, तब तक उसकी मानसिक प्रवृत्ति आपके विचार सुनने पर केंद्रित नहीं हो सकती। इसलिए अगर आप चाहते हैं कि सामने वाला आपके विचार सुने, तो पहले उसकी बात सुनना सीखें।

कोलंबस, ओहियो की एफ़. एंड आर. लैज़ारस एंड कंपनी के कार्मिक विभाग के संचालक जॉन ग्राहम लोगों को राज़ी करने में बहुत माहिर हैं। जब भी उनके विचारों का विरोध होता है या जब भी कोई शिकायत करता है, तो वे हमेशा सामने वाले की बात पूरी सुनते हैं। वे इससे भी एक क़दम आगे बढ़ते हुए सामने वाले को कुछ बिंदु दोहराने को कहते हैं। जब उसकी बात पूरी हो जाती है, तो वे पूछते हैं कि क्या वह कुछ और कहना चाहता है। इससे सामने वाले को यह पता चल जाता है कि वे उसके नज़रिये में रुचि ले रहे हैं।

जब सामने वाला आपके पास गर्म दिमाग़ लेकर आता है, तो उससे उसके कुछ प्रमुख बिंदुओं को दोहराने का आग्रह करना बहुत महत्त्वपूर्ण होता है। सिर्फ़ मन की भड़ास बाहर निकलने से ही उसकी शत्रुता की भावना काफ़ी कम हो जाती है। यदि आप उसे अपनी शिकायत को दो-तीन बार "कहने" का मौक़ा दें, तो इससे आक्रोश की उसकी भावना बाहर निकल जाती है।

2. जवाब देने के पहले थोड़ा रुकें

यह नियम उस बातचीत पर भी लागू होता है, जहाँ स्पष्ट रूप से कोई मतभिन्नता नहीं है। जब कोई आपसे सवाल पूछे, तो उसकी ओर देखें और जवाब देने से पहले थोड़ा रुकें। इससे सामने वाला यह समझ जाएगा कि आप उसकी कही बातों को इतना महत्व देते हैं कि आप "उनके बारे में सोचने" या "उन पर विचार करने" के लिए रुके।

बस एक छोटे से अंतराल की ज़रूरत होती है। अगर ज़्यादा देर रुके, तो उसे लगेगा कि आप झिझक रहे हैं या सही जवाब देने से बचने की कोशिश कर रहे हैं। बहरहाल, यदि आप किसी व्यक्ति से असहमत हैं, तो हल्का सा अंतराल महत्वपूर्ण है। अगर आप तेज़ी से "नहीं" कहेंगे, तो सामने वाले को लगेगा कि आपने उसकी समस्याओं के बारे में थोड़ी देर सोचने की रुचि भी नहीं दिखाई।

3. जीतने पर ही पूरा ज़ोर न दें

हममें से अधिकांश लोग बहस करते समय यह साबित करने पर तुले रहते हैं कि हमारे सारे बिंदु सही हैं और सामने वाले के सारे बिंदु ग़लत हैं। बहरहाल, लोक-व्यवहार के निपुण लोग हमेशा सामने वाले के कुछ बिंदुओं को स्वीकार करते हैं और सहमति का कोई न कोई बिंदु खोज लेते हैं।

अगर सामने वाले का कोई बिंदु सही है, तो उसे मान लें। और अगर आप महत्वहीन तथा छुटपुट बातों में हार मान लेते हैं, तो इस बात की ज़्यादा संभावना रहेगी कि बड़े सवाल पर सामने वाला आपकी बात मान लेगा।

मिनीपोलिस की *द डेटन* कंपनी अमेरिका के सबसे बड़े स्टोर्स में से एक है। इसके उपाध्यक्ष और कार्मिक विभाग के संचालक डेविड बैबकॉक इस

नियम का पूरी तरह पालन करते हैं। अगर वे किसी कर्मचारी का कोई अनुरोध नहीं मानते हैं, तो वे उसे हमेशा इसका कारण बता देते हैं। अगर उन्हें किसी कर्मचारी का विभाग बदलना होता है, तो वे यह नहीं कहते हैं, "मिस स्मिथ, मैं कल सुबह से आपको दूसरे विभाग में भेज रहा हूँ।" वे मिस स्मिथ को यह भी बताते हैं कि उनका स्थानांतरण क्यों किया जा रहा है।

डलास, टेक्सॉस की नेशनल बैंकर्स लाइफ़ इंश्योरेंस कंपनी के अध्यक्ष और *हाउ पॉवर सेलिंग ब्रॉट मी सक्सेस इन सिक्स अवर्स* के लेखक डॉ. पियर्स पी. ब्रुक्स उस तकनीक की सलाह देते हैं, जिसे वे "हाँ-लेकिन" कहते हैं।

"हाँ, मैं देख सकता हूँ कि आपकी बात में दम है, लेकिन क्या आपने इस पर विचार किया है...."

"हाँ, मैं समझ सकता हूँ कि आपको ऐसा क्यों लगता है, लेकिन...."

"हाँ, आप इस बारे में पूरी तरह सही हैं, लेकिन दूसरी ओर..."

4. अपना मत संयम और सटीकता से व्यक्त करें

जब हमारे विचारों का विरोध होता है, तो हम उन्हें स्वीकार करवाने के लिए अतिशयोक्ति का सहारा लेते हैं और ज़बर्दस्त आग्रह करते हैं। इस प्रवृत्ति से बचना ही बेहतर है। याद रखें, वैज्ञानिक परीक्षणों में यह साबित हो चुका है कि शांति से बताए जाने वाले तथ्य लोगों की राय बदलवाने में धमकियों और शक्ति के मुक़ाबले ज़्यादा असरदार होते हैं।

इसके बावजूद हम शक्ति पर आधारित पुरानी विधियों पर अब भी इसलिए अमल करते हैं, क्योंकि वे कई बार कारगर नज़र आती हैं। आप सामने वाले को हरा देते हैं। आप उसे धूल चटा देते हैं। आप उसे असलियत दिखा देते हैं। आप उसे उस जगह पर पहुँचा देते हैं, जहाँ "वह एक शब्द भी नहीं कह पाता।" श्रोता तालियाँ बजाते हैं और आप सोचते हैं कि आप बहस में जीत गए। लेकिन सच तो यह है कि सामने वाले ने अब भी आपके दृष्टिकोण को स्वीकार नहीं किया है और वह आपके विचारों के अनुरूप काम नहीं करेगा।

बेंजामिन फ्रैंकलिन को आम तौर पर विचारों के सर्वश्रेष्ठ सेल्समैनों में से एक माना जाता है। दूसरे देशों के साथ व्यवहार में वे हमेशा सफल होते

थे और मनचाही चीज़ हासिल कर लेते थे। उन्हें इस बात का श्रेय दिया जाता है कि काफ़ी विरोध के बावजूद वे अमेरिका का संविधान पारित करवाने में कामयाब हुए।

फ्रैंकलिन ने कहा था, "सामने वाले को राज़ी करने के लिए अपना मत संयम और सटीकता से रखें। फिर कहें कि हो सकता है, आप इस बारे में ग़लत हों। इससे आपका श्रोता आपकी कही बात सुनता है और संभवतः वह उसी मुद्दे पर आपको पूरा विश्वास दिलाने की कोशिश करेगा, क्योंकि आप अब भी शंका में नज़र आते हैं। दूसरी ओर, यदि आप दृढ़ता और घमंड भरे अंदाज़ में उसकी ओर जाएँगे, तो वह आपका विरोधी बन जाएगा।"

यही मनोविज्ञान काम करता है- चाहे आप अमेरिका के संविधान पर हस्ताक्षर करवाने जितने महत्वपूर्ण कार्य पर अपने विचार प्रकट कर रहे हों या फिर अपने जीवनसाथी से घर की सजावट पर अपने विचार स्वीकार कराने की कोशिश कर रहे हों।

5. तीसरे पक्ष का सहारा लें

जो वकील मुक़दमा जीतना चाहता है, वह उन गवाहों को इकट्ठा करता है, जो ज्यूरी के सामने उन मुद्दों पर गवाही दें, जिन्हें वह सामने लाना चाहता है। उसे मालूम है कि बहस तब ज़्यादा विश्वसनीय होगी, जब उसके बजाय तीसरा पक्ष *कहे* कि क्या-क्या हुआ था।

बेहतरीन सेल्समैन संतुष्ट ग्राहकों की गवाही का प्रयोग करता है। नेता पद का उम्मीदवार मशहूर कंपनियों और व्यक्तियों से समर्थन माँगता है। यदि *वह* ख़ुद *कहे*, "मैं इस पद के लिए सबसे ईमानदार, सबसे बुद्धिमान और सबसे योग्य उम्मीदवार हूँ," तो मतदाताओं के मन में शंका उठ सकती है। लेकिन यदि *लीग ऑफ़ अपराइट सिटीज़न्स* संस्था यही बात कहती है, तो यह काफ़ी वज़नदार होती है।

अक्सर नौकरी के उम्मीदवार तीसरे पक्षों की "अनुशंसाएँ" लाते हैं, जो भावी नियोक्ता को उम्मीदवार की बातों से ज़्यादा विश्वसनीय लगती हैं।

तीसरे पक्ष के माध्यम से बोलना ख़ास तौर पर तब महत्वपूर्ण होता है, जब आपमें मतभिन्नता हो और आप चाहते हों कि सामने वाला आपके

नज़रिये से चीज़ों को देखे। एक बात तो यह है कि जब आप अपने लाभ के लिए कुछ कहते हैं, तो लोग आम तौर पर आपके प्रति शंकालु होते हैं। यह तथ्य भी उतना ही महत्वपूर्ण है कि अन्य लोगों की बातों से सामने वाले के अहं को उतनी चोट नहीं पहुँचती है, जितनी कि आपकी बातों से पहुँचती है। रिकॉर्ड, आँकड़े, इतिहास, किसी मशहूर व्यक्ति का उद्धरण, इन सभी का इस्तेमाल तीसरे पक्ष के रूप में किया जा सकता है।

आइए मान लेते हैं कि आपकी पत्नी यह चाहती है कि आपके नए घर में सभी पर्दे एक ही रंग के हों, जबकि आप अलग-अलग रंग के पर्दे चाहते हैं। ऐसे में यदि आप कहते हैं, "मुझे लगता है कि यह पुराना पड़ चुका है और एक ही रंग के पर्दे पूरे घर में लगाना आजकल फ़ैशन में नहीं है," तो आप दोनों में बहस छिड़ जाएगी। वह कहेगी, "अच्छा, तो अब मैं पुरानी हो गई हूँ और समय से पीछे चल रही हूँ।"

लेकिन अगर आप कहते हैं, "कुछ समय पहले मैं रेडियो पर पीटर लिंड हेज़ की बातें सुन रहा था। वे बता रहे थे कि उन्होंने और मैरी ने किस तरह अपने घर में अलग-अलग रंग के पर्दे लगाए। उन्होंने कहा कि पूरे घर में एक ही रंग के पर्दे लगाने का फ़ैशन अब जा चुका है," तो इससे कोई विरोध पैदा नहीं होता और आप अपनी बात की पुष्टि भी कर देते हैं।

कुछ समय पहले मैंने एक ऑटोमोबाइल लाएबिलिटी इंश्योरेंस पॉलिसी ख़रीदी। जब मैंने देखा कि सेल्समैन ने मुझे एक लाख डॉलर की पॉलिसी के भाव बताए हैं, तो मैं थोड़ा चिढ़ गया। मैंने सोचा कि वह मुझे ठगने की कोशिश कर रहा है।

मैंने विरोध किया, "मैंने एक लाख डॉलर की पॉलिसी के लिए तो नहीं कहा था। मैं तो बस 25,000 डॉलर की आम पॉलिसी चाहता हूँ।"

उसने कहा, "आपकी बात सही है, लेकिन अब एक लाख डॉलर की पॉलिसी आम हो गई है। हमारे 90 प्रतिशत नए ग्राहक एक लाख डॉलर वाली पॉलिसी ही लेते हैं। सिविल कोर्ट के न्यायाधीश भी अब पहले से ज़्यादा हर्जाने के आदेश दे रहे हैं। और 50,000 डॉलर से एक लाख डॉलर के बीच के हर्जाने के आदेश आम होते जा रहे हैं।"

उसने बहस नहीं की, बल्कि तीसरे पक्षों के माध्यम से अपनी बात रखकर

मेरे विचार को बदल दिया। मैं 90 प्रतिशत नए ग्राहकों और सिविल कोर्ट के न्यायाधीशों के साथ बहस कैसे कर सकता था ?

जब आप अपने बॉस से तनख़्वाह बढ़ाने की बात करें, तो इस बात में इतना वज़न नहीं है, "मुझे यक़ीन है कि मैं वेतनवृद्धि का हक़दार हूँ।" इसके बजाय ज़्यादा वज़न तो इस बात में है, "मुझे यक़ीन है कि मेरा रिकॉर्ड यह दिखा देगा कि मैं वेतनवृद्धि का हक़दार हूँ!"

6. सामने वाले को अपनी लाज बचाने दें

कई बार सामने वाला ख़ुशी-ख़ुशी अपनी राय बदल लेगा और आपसे सहमत हो जाएगा, लेकिन बस एक ही बाधा होती है। वह पहले से ही वचनबद्ध है- उसका नज़रिया ठोस था और वह शर्मिंदा हुए बिना उसे नहीं बदल सकता। आपके साथ सहमत होने का अर्थ यह मानना होगा कि वह ग़लत था। और अगर उसने आपके नज़रिये के विरोध में प्रबलता से कोई बात कही है, तो उसे यह भी स्वीकार करना होगा कि उसने झूठ बोला था।

दूसरों को राज़ी करने में माहिर लोग दरवाज़ा खुला रखने का तरीक़ा जानते हैं, ताकि सामने वाला बग़ैर शर्मिंदा हुए अपने पुराने नज़रिये को छोड़ सके। वे एक ऐसा सुराख़ छोड़ देते हैं, जिससे सामने वाला बाहर निकल सके। वरना वह अपने ही तर्क का क़ैदी बन सकता है। वह अपने पुराने नज़रिये से पीठ दिखाकर नहीं जा सकता। यदि आपको किसी को राज़ी करना है, तो आपको केवल उसे यक़ीन ही नहीं दिलाना है। आपको तो उसे उसके ख़ुद के तर्कों से बचाने का तरीक़ा भी मालूम होना चाहिए।

इसके दो तरीक़े हैं :

पहली विधि। यह मान लें कि सामने वाले के पास शुरुआत में सारे तथ्य नहीं हैं। "ज़ाहिर है, मैं अच्छी तरह समझ सकता हूँ कि आपने ऐसा कैसे सोचा, क्योंकि आप उस वक़्त अमुक-अमुक चीज़ के बारे में नहीं जानते थे।"

अगर सामने वाला ग़लत था, तो उसके ग़लत होने के लिए कोई बहाना खोज लें।

"ऐसी परिस्थितियों में कोई भी यही सोचता।"

"मैंने भी इस बारे में पहले ऐसा ही महसूस किया था, लेकिन फिर मुझे यह पता चला, जिससे पूरी तस्वीर ही बदल गई।"

दूसरी विधि। कोई ऐसा तरीक़ा सुझाएँ, जिससे वह इसका दोष किसी तीसरे व्यक्ति पर मढ़ सके। एक डिपार्टमेंट स्टोर की ग्राहक एक ड्रेस लौटाती है। वह उसे घर ले गई थी और उसके पति को वह पसंद नहीं आई। वह कहती है, "मैंने इसे एक बार भी नहीं पहना है।"

ड्रेस की जाँच करने पर सेल्स क्लर्क देखती है कि उस पर ड्राईक्लीनिंग के निशान साफ़ दिख रहे हैं। सेल्स क्लर्क ग्राहक को प्रमाण दिखाकर उसे ग़लत साबित कर सकती है, लेकिन ग्राहक कभी अपनी ग़लती नहीं मानेगी, क्योंकि वह पहले ही कह चुकी है, "मैंने इसे एक बार भी नहीं पहना है।" इसलिए चतुर सेल्स क्लर्क महिला ग्राहक को एक सुराख़ दे देती है, जिससे वह बाहर निकल सकती है।

सेल्स क्लर्क कहती है, "देखिए मैडम, कहीं ऐसा तो नहीं कि आपके परिवार के किसी सदस्य ने यह ड्रेस ग़लती से ड्राईक्लीनर के यहाँ भेज दी हो। कुछ समय पहले मेरे साथ भी ऐसा हो चुका है। जब ड्राईक्लीनिंग कर्मचारी आया, तब मैं बाहर गई हुई थी, और मेरे पति ने एक बिलकुल नई ड्रेस ड्राईक्लीनिंग के लिए भेज दी, क्योंकि वह अलमारी में मेरी बाक़ी ड्रेसेस के साथ रखी हुई थी। कहीं आपके साथ भी तो ऐसा ही नहीं हुआ– क्योंकि इस ड्रेस पर ड्राईक्लीनिंग के स्पष्ट चिन्ह दिख रहे हैं।"

महिला ग्राहक प्रमाण को देखती है– वह जानती है कि वह ग़लत है– और उसके पास ग़लत होने का एक तैयार बहाना है। इस तरह वह अपना बचाव कर सकती है।

अध्याय 10 का सार

जब किसी के साथ आपकी मतभिन्नता हो, तो आपका उद्देश्य "बहस में जीतना" नहीं, बल्कि यह होना चाहिए कि सामने वाला अपनी राय बदल ले और चीज़ों को आपके दृष्टिकोण से देखे। इसलिए आपको उसके अहं को विचलित या उत्तेजित करने से बचना चाहिए। आपको अपने "तार्किक कारण" उसके अहं के पार चुपके से पहुँचाना चाहिए और फिर उसके लिए एक सुराख़ छोड़ देना चाहिए, जिससे वह अपने पुराने दृष्टिकोण से बाहर निकल सके।

नीचे दिए छह नियम यह हासिल करने में आपकी मदद करेंगे:

1. उसे अपना मत व्यक्त करने दें।
2. जवाब देने से पहले पल भर रुकें।
3. 100 प्रतिशत जीतने पर ज़ोर न दें।
4. अपना मत संयम और सटीकता से व्यक्त करें।
5. तीसरे पक्ष के माध्यम से बोलें।
6. सामने वाले को अपनी लाज बचाने दें।

खंड पाँच

लोगों का सफल प्रबंधन कैसे किया जाए

11. संपूर्ण सहयोग हासिल करना और अपने मस्तिष्क की शक्ति बढ़ाना
12. संबंधों में अपनी चमत्कारी शक्ति का प्रयोग कैसे करें
13. ठेस पहुँचाए बिना आलोचना कैसे करें

अध्याय 11

संपूर्ण सहयोग हासिल करना और अपने मस्तिष्क की शक्ति बढ़ाना

अगली बार जब आपको किसी काम के लिए किसी की मदद चाहिए हो, तो क्या आप दो क़दमों का एक आसान प्रयोग आज़माना चाहेंगे ? इससे कोई फ़र्क़ नहीं पड़ता कि काम कौन सा है : चाहे यह लॉन तराशना हो, पैकेज बाँधना हो या कंपनी को सफल बनाना हो।

क़दम 1 : सबसे पहले सामने वाले से कहें, "यह काम करने में मेरी मदद करें।" उसे बता दें कि आप उससे वह काम करने की उम्मीद करते हैं। आप चाहें, तो मदद के बदले भुगतान करने का प्रस्ताव भी रख सकते हैं, लेकिन यह स्पष्ट कर दें कि उसे पैसे तभी मिलेंगे, जब वह पूरी तरह आपके विचारों के अनुरूप कार्य करेगा। मिलने वाले सहयोग और संयुक्त प्रयासों की सफलता को लिख लें।

क़दम 2 : अब किसी दूसरे व्यक्ति से मदद माँगें। इस बार सामने वाले से काम "करने" में मदद करने के लिए ही न कहें, बल्कि यह भी कहें कि वह उस काम के बारे में "सोचने" में आपकी मदद करे। उससे शरीर के साथ-साथ दिमाग़ का भी प्रयोग करने का आग्रह करें।

कहें, "मैं एक समस्या में फँस गया हूँ और मुझे आपकी मदद चाहिए।

मैं इस चीज़ को हासिल करना चाहता हूँ। आप इस बारे में क्या सोचते हैं ? क्या आप कोई विचार सुझा सकते हैं, जिनसे मुझे मदद मिल सके ? मैं जो करने जा रहा हूँ, उस बारे में आपकी क्या राय है ?"

एक बार फिर परिणामों का मूल्यांकन करें।

आप हमेशा पाएँगे कि भले ही पहली विधि से आपको हमेशा *कुछ* सहयोग मिल जाए, लेकिन दूसरी विधि का इस्तेमाल करने पर सामने वाला 100 प्रतिशत सहयोग देगा और ज़्यादा *वास्तविक शारीरिक श्रम* करेगा।

लोगों को ज़बर्दस्त ढंग से कैसे प्रेरित करें

अपने बगीचे में खुदाई करते समय यदि आप अपने पड़ोसी से कहते हैं, "जो, क्या तुम यह खुदाई करने में मेरी मदद करोगे ?" तो वह आपसे कहेगा कि आप यह बेकार की बात न करें!

लेकिन अगर आप कहते हैं, "जो, मुझे एक समस्या आ रही है। काश मुझे पता होता कि मैं क्या ग़लत कर रहा हूँ! मैं घास उगाने के लिए यह ज़मीन सही तरीक़े से तैयार नहीं कर पा रहा हूँ। क्या तुम्हारे पास कोई विचार है जिससे यह काम हो जाए ?" इसके बाद पूरी संभावना है कि जो आएगा और आपके हाथ से कुदाली लेकर कहेगा, "देखो, मैं तुम्हें बताता हूँ कि बगीचे की खुदाई कैसे की जाती है।"

कारण सरल है। दूसरी नीति का प्रयोग करते वक़्त आप मानव स्वभाव के एक बुनियादी नियम के अनुरूप काम कर रहे होते हैं। औद्योगिक मनोवैज्ञानिकों ने खोजा है कि ऐसी बात नहीं है कि जो मदद नहीं करना चाहता। दरअसल वह आपकी मदद पूरी तरह तब तक नहीं कर सकता, जब तक कि उस काम में उसका शरीर और दिमाग़ दोनों ही न जुट जाएँ।

किसी भी व्यक्ति के लिए शत-प्रतिशत शारीरिक सहयोग देना तब तक असंभव होता है, जब तक कि उसे इसके साथ-साथ *वैचारिक सहयोग* देने का अवसर न मिले

यह तो वैसा ही है, जैसे तन और मन दोनों ने एक टीम बनाकर संयुक्त रूप से काम करने का फ़ैसला किया हो। और जैसा वॉडेविल में कहा जाता है, दोनों में से जो भी "उस जोड़ी को तोड़ेगा, वह अकेला ही रहेगा।"

औद्योगिक कर्मचारियों के रिकॉर्ड्स से यह बात साबित हो चुकी है। जिन कर्मचारियों की बात प्रबंधन नहीं सुनता है, जिन्हें सुझाव और वैचारिक योगदान देने की अनुमति नहीं दी जाती है, वे उन कर्मचारियों जितना काम नहीं करते हैं, जिन्हें सुझाव देने के लिए प्रोत्साहित किया जाता है।

किसी समस्या का समाधान माँगते समय सामने वाले को यह महसूस कराएँ कि यह उसकी भी समस्या है

हम सभी सामने वाले के बजाय अपनी ख़ुद की समस्याओं में अधिक दिलचस्पी लेते हैं। जब आप जो से अपने बगीचे की खुदाई करने का आग्रह करते हैं, तो उसकी भावना यह होती है, "यह तुम्हारी समस्या है।" लेकिन जब आप जो की सलाह और सुझाव माँगते हैं, तो आप उसे चुनौती देते हैं- आपने दरअसल उसे सुलझाने के लिए एक समस्या दे दी है, जिससे उसकी रुचि जाग जाती है। यह सिद्धांत न सिर्फ़ बगीचे की खुदाई कराने में कारगर होता है, बल्कि यह व्यवसाय चलाने में भी कारगर होता है।

मिसाल के तौर पर, व्यवसाय में प्रबंधन के सामने बहुत बड़ी समस्या यह आती है कि उसके सभी प्रभाग या विभाग प्रमुख लागत कम करें। यह किसी भी कंपनी के लिए बड़ी समस्या है। इससे निबटने के लिए कुछ कंपनियाँ उपदेशों की नीति आज़माती हैं; तो कुछ कर्तव्यों की दुहाई देती हैं। लेकिन ख़र्च कम करने को आम तौर पर काफ़ी विकराल समस्या माना जाता है, जिस मुद्दे पर उद्योगपतियों को सबसे कम सहयोग मिलता है।

जब मैरीनेट, विस्कॉन्सिन की अंसुल केमिकल कंपनी के प्रमुख रॉबर्ट सी. हुड के सामने यह समस्या आई, तो उन्होंने उपदेश या डाँट-फटकार की नीति नहीं अपनाई। उन्होंने कर्मचारियों से यह भी नहीं कहा कि उन्हें "लागत कम रखना" है। उन्होंने प्रबंधन के इस दर्शन का पालन किया : "लोग उस नीति का समर्थन करते हैं, जिसे बनाने में उनका सहयोग लिया जाता है।" इसलिए जब लागत कम करने की बारी आई, तो उन्होंने अपनी कंपनी के सभी शीर्षस्थ लोगों की समिति बना दी। उन्होंने समिति के सदस्यों को यह नहीं बताया कि उन्हें यहाँ या वहाँ किस ख़ास चीज़ में कटौती करना है। इसके बजाय, उन्होंने उनसे कहा कि वे स्वयं इस पर विचार करें और समस्या को हल करें। यह उनकी समस्या थी।

समिति के सदस्य एक-दूसरे के विचारों से प्रोत्साहित होकर सोचने लगे और उन्होंने यात्रा, टेलीफ़ोन और तार, कच्चे माल और यहाँ तक कि डाक टिकट के उपयोग में भी पैसे बचाने के विचार खोज लिए। कुछ समय पहले मि. हुड ने अमेरिकन मैनेजमेंट एसोसिएशन को इस योजना के परिणाम बताए, "इसकी बदौलत हमारी लागत इतनी कम हो गई कि टैक्स के बाद लाभ 40 प्रतिशत से भी ज़्यादा बढ़ गया, जबकि बिक्री केवल 9 प्रतिशत ही बढ़ी थी।"

हुड ने कई अन्य व्यावसायिक समस्याओं को सुलझाने के लिए भी इस सिद्धांत का उपयोग किया है। वे इसे *सहभागिता प्रबंधन कहते हैं।*

घर पर सहभागिता प्रबंधन का प्रयोग कैसे करें

आपने कितनी पत्नियों को यह शिकायत करते सुना है कि उनके पति अपने काम या योजनाओं के बारे में उन्हें कभी कुछ नहीं बताते हैं? वे उन्हें सलाह देने का एक भी मौक़ा नहीं देते हैं। बहरहाल, दूसरी तरफ़ आप पतियों के मुँह से सुनते रहते होंगे कि पत्नियाँ पैसे की बचत में बिलकुल मदद नहीं करती हैं आदि। यही नहीं, कई माता-पिता भी यह मानते हैं कि उनके बच्चे उनकी इच्छाओं को पूरा करने में सहयोग नहीं देते हैं, हालाँकि वे अपने बच्चों से कभी सहभागी बनने को नहीं कहते हैं, बल्कि उनसे "अमुक काम करने" को *कहते* हैं। वे कभी भी बच्चे से कोई वैचारिक योगदान नहीं माँगते हैं; वे तो उससे सिर्फ़ शारीरिक श्रम चाहते हैं।

वैवाहिक परामर्शदाताओं ने घर पर सहयोग पाने की एक तकनीक अपनाई है, जो काफ़ी हद तक औद्योगिक सहभागिता प्रबंधन से मिलती-जुलती है। इसे "पारिवारिक नियोजन सत्र" कहा जाता है।

पति, पत्नी और बच्चे पारिवारिक सम्मेलन में सप्ताह या महीने में एक बार साथ बैठते हैं। महत्वपूर्ण बात यह है कि ये बैठकें नियमित होती हैं और पूरा परिवार शामिल होता है। इस दौरान पारिवारिक समस्याओं पर बातचीत होती है, साझे लक्ष्य तय किए जाते हैं और हर सदस्य से वैचारिक योगदान देने को कहा जाता है।

डॉ. रूथ बार्बी ने कुछ समय पहले मुझसे कहा था, "जब पूरा परिवार

पारिवारिक प्रबंधन में एकजुट होकर काम करता है, तो इतना कुछ हासिल हो सकता है कि आपको यक़ीन ही नहीं होगा। 'असंभव स्थितियाँ' संतोषजनक ढंग से निबट जाती हैं और परिवार का आपसी तालमेल बेहतर होता है। हर व्यक्ति ज़्यादा ख़ुश होता है, जब उससे 'यह या वह काम' करने को नहीं कहा जाता, बल्कि समस्या को अपनी समस्या बनाने तथा इस बारे में सोचने को कहा जाता है कि हम यह या वह काम कैसे कर सकते हैं। मैं ऐसे किसी दूसरे तरीक़े के बारे में नहीं जानती, जो पारिवारिक नियोजन सत्रों जितना सफल हुआ हो।"

उनका मत है कि किसी व्यावसायिक कंपनी की तरह ही परिवार में भी एक चीफ़ एक्ज़ीक्यूटिव होना चाहिए, जिसका काम सुझावों को तौलना और अंतिम निर्णय लेना हो।

वे कहती हैं, "आश्चर्यजनक बात यह है कि बच्चा ख़ुशी-ख़ुशी पिता की अंतिम सत्ता को स्वीकार कर लेगा, भले ही निर्णय उसके ख़िलाफ़ जाए, बशर्ते अंतिम निर्णय लेने से पहले उसे अपनी राय व्यक्त करने और सुझाव देने का मौक़ा दिया जाए।"

बिज़नेस एक्ज़ीक्यूटिव्ज़ ने भी इसे सच पाया है।

अपने मस्तिष्क की शक्ति को 10 या 100 गुना करें

पहले यह माना जाता था कि दिमाग़ का इस्तेमाल करना और सारे विचार सोचना केवल प्रबंधकों का कार्य है। प्रबंधकों को पूरी कंपनी का दिमाग़ माना जाता था और कर्मचारियों को सिर्फ़ मेहनत करने वाले हाथ। बहरहाल, आज स्थिति बदल चुकी है। सर्वश्रेष्ठ प्रबंधकों को इस बात का अहसास हो चुका है कि सिर्फ़ ऊँचे पद पर बैठे लोग ही सर्वश्रेष्ठ विचार नहीं सोच सकते। कारख़ाने में काम करने वाले मज़दूरों के पास भी कुछ विचार होते हैं या हो सकते हैं, बशर्ते उन्हें सोचने के लिए प्रोत्साहित किया जाए। आज के दौर में सर्वश्रेष्ठ प्रबंधक किसी मज़दूर से विचार या सुझाव माँगने से नहीं घबराते हैं। समझदार प्रबंधक यह नहीं सोचता कि कहीं इससे कर्मचारियों को यह न लगे कि उसमें व्यवसाय चलाने की बुद्धि नहीं है। वह जानता है कि वह इतना चतुर नहीं है कि उन सभी अच्छे विचारों को सोच ले, जो उसके 100 कर्मचारी सोच सकते हैं- बशर्ते उन्हें सोचने के लिए प्रोत्साहित किया जाए। इसलिए

वह लगातार अपने कर्मचारियों से पूछता रहता है, "आपकी क्या राय है ?" या "हम इसे बेहतर कैसे बना सकते हैं ?" उनके विचारों के लिए वह उन्हें अतिरिक्त भुगतान भी कर सकता है।

आज का आदर्श बिज़नेस एक्ज़ीक्यूटिव ख़ुद को इतना जीनियस या स्मार्ट नहीं मानता है कि सारे अच्छे विचारों की फ़सल वह ख़ुद उगा सकता है। बहरहाल, वह इससे ज़्यादा चतुर होता है। उसमें अपने अधीनस्थों के अनगिनत विचारों का लाभ उठाने की क़ाबिलियत होती है। ज़ाहिर है, उसके पास अंतिम निर्णय लेने तथा उन पर अमल कराने की प्रशासनिक योग्यता होती है। एक तरह से वह जीनियस होता है- रचनात्मक विचारों के संदर्भ में नहीं, बल्कि मानव संबंधों के संदर्भ में। वह जानता है कि दूसरों के विचारों के ज़रिए अपने विचारों को कई गुना कैसे बढ़ाया जाए। वह जानता है कि लोगों का प्रबंधन कैसे करना है, उनसे अपने निर्णयों का पालन कैसे कराना है और पूरे दिल से अपने निर्णयों को लागू कैसे कराना है।

''कर्मचारियों की शक्ति'' की बदौलत मैक्कॉरमिक की बिक्री 1,500 प्रतिशत कैसे बढ़ी

सितंबर 1951 के अंक में *इनवेस्टर रीडर* में एक लेख छपा था, जिसका शीर्षक था : "मैनेजमेंट : द पॉवर ऑफ़ पीपुल।" इसमें प्रबंधन की पुरानी और नई नीतियों के फ़र्क़ को रेखांकित किया गया है। इसमें एक ऐसी कंपनी के बारे में बताया गया, जिसमें दोनों नीतियों पर अमल किया गया। और अंत में यह भी बताया गया कि नई नीति का उपयोग करने पर कितने आश्चर्यजनक परिणाम मिले।

> 1931 में बाल्टीमोर की मैक्कॉरमिक एंड कंपनी के लिए क्रिसमस उतना ही दुखद था, जितना कि यह पिछले कई वर्षों से होता चला आ रहा था। "मेरी क्रिसमस और हैप्पी न्यू ईयर" की शुभकामनाओं के साथ-साथ यह नोटिस भी थमाए गए थे कि "1 फ़रवरी तक" कर्मचारियों की छँटनी हो जाएगी।
>
> 1950 में मैक्कॉरमिक एंड कंपनी के बाल्टीमोर प्लांट के कर्मचारी क्रिसमस से एक दिन पहले धकापेल काम करते रहे और फिर हा-हा-ही-ही करते हुए घर लौटे। इसमें हैरानी की

कोई बात नहीं थी : उनकी जेब में दो सप्ताह का अतिरिक्त नक़द बोनस था और उन्हें 2 जनवरी तक एक सप्ताह का सवैतनिक शीतकालीन अवकाश दिया गया था। उन्हें उस वर्ष तीन सप्ताह का अतिरिक्त वेतन पहले ही मिल चुका था। शीतकालीन अवकाश नियमित ग्रीष्मकालीन अवकाश और सात सवैतनिक छुट्टियों के अतिरिक्त था।

इन दोनों स्थितियों में कितना ज़्यादा फ़र्क़ है ? यह सारा फ़र्क़ एक व्यक्ति तथा एक विचार की बदौलत आया, जिसने 20 वर्ष से भी कम समय में इतनी बड़ी सफलता हासिल कर ली। यह कुशाग्रबुद्धि व्यक्ति 55 वर्षीय चार्ल्स पेरी मैक्कॉरमिक हैं, जो "विश्व के सबसे बड़े मसाला और अर्क व्यवसाय" के चेयरमैन और प्रेसिडेंट हैं। विचार है "बहुल प्रबंधन," एक ऐसा कार्यकारी तंत्र, जिसमें कर्मचारियों की अधिकतम सहभागिता और मनोबल शामिल होता है। इसके अलावा, यह तंत्र प्रबंधन को युवा और महत्वाकांक्षी प्रबंधन योग्यता की क्यारी भी प्रदान करता है।

कहानी दरअसल 1889 में शुरू होती है, जब चार्ली के अंकल विलोबी मैक्कॉरमिक ने दो कर्मचारियों के साथ मिलकर एक छोटे से कमरे में अपना मसाला व्यवसाय शुरू किया। "अंकल विल" मेहनती और कठोर बॉस थे। 1932 में कंपनी की बिक्री 35,00,000 डॉलर तक पहुँच गई, लेकिन कर्मचारी निरुत्साहित और हताश थे। हर वर्ष लगभग 30 प्रतिशत मज़दूर काम छोड़कर दूसरी जगह जा रहे थे।

भतीजे चार्ली (अंकल विल की कोई संतान नहीं थी) ने 1912 की गर्मियों से कारख़ाने में पार्ट-टाइम काम शुरू किया और 1919 में पूर्णकालिक तौर पर काम करने लगे। उन्होंने फ़ैक्ट्री और ऑफ़िस में स्टॉक बॉय, रनर, एक्ज़ीक्यूटिव असिस्टेंट आदि पदों पर काम किया और दस वर्षों से अधिक समय तक सेल्समैन व एक्सपोर्ट सेल्स एक्ज़ीक्यूटिव रहे। उन्होंने अंकल विल को प्रबंधन के कुछ गुर समझाने की कोशिश की, जिसका नतीजा यह हुआ कि उन्हें सात बार नौकरी से निकाला गया (हालाँकि हर बार दोबारा रख भी लिया गया)। लेकिन तभी ज़बर्दस्त मंदी आई और मैक्कॉरमिक को भयंकर नुक़सान झेलना पड़ा। उस ज़माने के हिसाब से विलोबी

ने मज़दूरी 25 प्रतिशत कम कर दी और इसके बाद एक बार फिर 10 प्रतिशत कम की। तभी एक व्यावसायिक यात्रा के दौरान 1932 में उनकी अचानक मृत्यु हो गई।

इससे कोई फ़र्क़ पड़ता नहीं दिख रहा था कि मुश्किल के भँवर में फँसी कंपनी का मुखिया कौन बनता है, इसलिए संचालकों ने युवा चार्ली को ही चुन लिया। इस व्यावहारिक मसीहा ने प्रबंधन के अपने कुछ विचारों को आज़माने का फ़ैसला किया। उन्होंने सभी कर्मचारियों की बैठक की और वेतन में कटौती करने के बजाय तनख़्वाह में 10 प्रतिशत वृद्धि की घोषणा की। इसके साथ ही सप्ताह में काम के घंटों की संख्या 56 से घटाकर 46 घंटे कर दी गई। उन्होंने कर्मचारियों को यह भी बताया कि उत्पादन बढ़ाना है और लागत कम करना है, वरना कारख़ाने का सारा ढाँचा ध्वस्त हो जाएगा। चार्ली ने हैरान कर्मचारियों को बताया कि आगे से उन्हें कंपनी के मुनाफ़े में भी हिस्सा मिलेगा और वे प्रबंधन में सक्रिय भूमिका निभाएँगे।

उन्होंने एक जूनियर बोर्ड ऑफ़ डायरेक्टर्स बनाया और यह बहुल प्रबंधन की शुरुआत थी। प्रथम संचालक मंडल में 17 सदस्य थे (क्रेडिट क्लर्क्स, कॉस्ट अकाउंटेंट्स, असिस्टेंट डिपार्टमेंट हेड्स आदि)। उनका काम किसी भी चीज़ को बेहतर बनाने के तरीक़े खोजना था, जिसकी उन्हें ज़रूरत महसूस हो रही हो। इसके अलावा यह स्वतंत्रता भी दी गई कि "अपना ख़ुद का संविधान और नियम लिखो, अपने अधिकारी चुनो और जैसी इच्छा हो, अपना शासन करो। कंपनी के सारे बहीख़ाते आपके लिए खुले हैं और आप जो चाहे, पूछ सकते हैं।"

परिस्थितियों को नियंत्रण में रखने के लिए चार्ली ने कहा कि सारे सुझाव एकमत से पारित होने चाहिए और वे सीनियर बोर्ड ऑफ़ डायरेक्टर्स की सहमति के बाद ही लागू होंगे (जिसे हर साल स्टॉकहोल्डर्स चुनते थे)।

विचार कामयाब हो गया। कुछ ही दिनों में जूनियर बोर्ड ने कंपनी की पैकेजिंग को दोबारा डिज़ाइन करके आधुनिक बना दिया। इससे बिक्री तेज़ी से बढ़ी। उन्होंने स्टेनोग्राफ़र्स की परीक्षा लेने के नए तरीक़े खोजे। उन्होंने तेज़ और बेहतर बिलिंग मशीन

बनाई। उन्होंने पम्पकिन पाई स्पाइस से लेकर बाज़ार में तेज़ी से बिकने वाली सिन्नेमॉन शुगर तक की नई उत्पाद शृंखला का सुझाव दिया।

एक अच्छे मसाला व्यापारी के अंदाज़ में चार्ली कहते हैं, "पुडिंग का सबूत खाने में है।" इस दृष्टि से जूनियर बोर्ड का रिकॉर्ड अच्छा है : 5,000 सुझाव दिए गए, जिनमें से 99 प्रतिशत को सीनियर बोर्ड ने स्वीकार किया। चार्ली कहते हैं, "मैं अनुमान नहीं लगा सकता कि ये सुझाव कंपनी के लिए कितने ज़्यादा मूल्यवान रहे हैं! इनसे बिक्री और मुनाफ़ा बढ़ा है, लेकिन निश्चित रूप से आर्थिक के अलावा अन्य बहुत से लाभ भी हुए हैं।" इससे भी महत्वपूर्ण बात, जूनियर बोर्ड की बदौलत कर्मचारियों का मनोबल बढ़ चुका है और इससे सभी महत्वाकांक्षी व्यक्तियों को कंपनी का अफ़सर तथा डायरेक्टर बनने का अवसर मिला है। यह लक्ष्य हासिल करने लायक़ है, क्योंकि वर्तमान में सीनियर बोर्ड के 17 में से 13 सदस्य पहले जूनियर या फ़ैक्ट्री के बोर्ड मेम्बर्स थे।

"बहुल प्रबंधन" की यह नीति मैक्कॉरमिक में कैसे कारगर हुई ? प्रबंधन की पुरानी नीति से "अंकल विल"– लोहे की छड़ी से शासन करने वाले बॉस– ने बिक्री बढ़ाकर 3.5 मिलियन डॉलर कर ली। यह पुरानी नीति का काफ़ी अच्छा अनुमोदन लगता है, लेकिन यह आपको तभी तक बेहतरीन उपलब्धि लग सकती है, जब तक कि आप चार्ल्स की उपलब्धियों के बारे में न जानते हों। चार्ल्स मैक्कॉरमिक ने अपने अंकल से भी बड़ा काम किया। मज़दूरों के शारीरिक श्रम के साथ-साथ उनके विचारों का इस्तेमाल करके चार्ल्स मैक्कॉरमिक ने सेल्स वॉल्यूम को 15 गुना बढ़ाकर 50 मिलियन डॉलर प्रति वर्ष कर लिया। चार्ली मैक्कॉरमिक कहते हैं, "जब हमने शुरू किया था, तब हमारी बिक्री कम थी, मुनाफ़ा नहीं, डिविडेंड नहीं, कर्मचारियों का मनोबल नहीं, विश्राम अवधि नहीं, छुट्टियाँ नहीं, लाभ में हिस्सेदारी नहीं और रिटायरमेंट फ़ंड भी नहीं था।"

दूसरों का समर्थन कैसे हासिल करें

प्रायः हमें अपने विचारों को स्वीकार कराने या उन पर अमल कराने के लिए

किसी दूसरे व्यक्ति की "हाँ," "ठीक है," या अनुमोदन की ज़रूरत होती है। इस अनुमोदन को पाने का संसार में सबसे अच्छा तरीक़ा यह है कि आप सामने वाले को अपने विचार में सहभागी बना लें।

"मैं चाहता हूँ कि आप इसका अनुमोदन करें," या "मैं चाहता हूँ कि आप मेरे पक्ष में निर्णय लें," इसके बजाय यह कहने की कोशिश करें, "अगर आप मेरी जगह होते, तो इस विचार को कैसे मनवाते ?"

मैं वेस्ट पॉइंट, क्लास ऑफ़ 1933 के एक कर्नल को जानता हूँ, जिन्होंने पूरे कैरियर में इस तकनीक का इस्तेमाल किया और इसे अपनी सफलता का श्रेय दिया।

बचपन से ही उन्होंने वेस्ट पॉइंट में पढ़ने के सपने देखे थे, लेकिन उनके हाई स्कूल से निकलते ही 1929 की महामंदी आ गई। कई माता-पिता, जो सामान्य तौर पर अपने बेटों को कॉलेज भेजने का ख़र्च उठा सकते थे, मंदी के कारण अब ऐसा नहीं कर सकते थे और इनमें से कई बेटे वेस्ट पॉइंट और अन्नापॉलिस में मुफ़्त शिक्षा के लिए प्रतिस्पर्धा कर रहे थे।

मेरे मित्र का किसी अति महत्वपूर्ण व्यक्ति से कोई परिचय, पहुँच या संपर्क नहीं था। इसलिए वह अपने राज्य के कई शीर्षस्थ लोगों के पास गया और उसने उनसे एक सरल सवाल पूछा, "महोदय......, अगर आप मेरी जगह होते और वेस्ट पॉइंट जाना चाहते तथा इसके लिए पूरी तरह योग्य होते, तो आप क्या करते ?"

"आप क्या करते ?" सवाल उनसे विचार बताने का आग्रह कर रहा था। यह समस्या में उनकी सहभागिता की माँग कर रहा था। और इस तरह इस सवाल ने अपनी समस्या को उनकी समस्या बना दिया। उसे न सिर्फ़ सलाहें मिलीं, बल्कि सक्रिय मदद भी मिली और वह जल्द ही वेस्ट पॉइंट पहुँचने में कामयाब हो गया।

अगर यह युवक उन लोगों के पास जाकर केवल अनुशंसाएँ माँगता, तो संभवतः वे कम होतीं, क्योंकि उसका परिचय ज़्यादा नहीं था। बहरहाल, उनकी सलाह माँगने से उसे सारी मनचाही अनुशंसाएँ मिल गईं।

स्वयं का ब्रेन ट्रस्ट बनाएँ

मेरी जान-पहचान के एक बहुत अमीर व्यक्ति ने मुझे एक बार बताया कि वे केवल इसी वजह से सफल हुए, क्योंकि उन्होंने अपने संपर्क में आने वाले लगभग हर व्यक्ति से कुछ न कुछ सीखा है। वे शुरुआत में एक आरा मशीन चलाते थे।

उन्होंने बताया, "मेरे कर्मचारी निरक्षर थे। उनमें से कुछ तो अपने दस्तख़त भी नहीं कर सकते थे। लेकिन मैं जानता था कि इस क्षेत्र में उन्हें बहुत अनुभव है और उनके पास अपने विचार होंगे। मैंने उनसे सीखने का संकल्प किया और उनके विचार पूछने लगा।"

बाद में, उस अमीर व्यक्ति ने यही सिद्धांत बैंक, डिपार्टमेंट स्टोर और कई अन्य व्यवसायों के संचालन में आज़माया।

उन्होंने कहा, "अगर मैंने पैसा कमाया है, तो अपने दिमाग़ की बदौलत नहीं, बल्कि अपने 'ब्रेन ट्रस्ट' की बदौलत कमाया है : यानी दूसरों से विचार लेकर। इस तरह मुझे न सिर्फ़ कई अच्छे विचार मिले, बल्कि इससे सामने वाले को सम्मान तथा प्रशंसा का अहसास भी हुआ। जब कोई हमारी सलाह और विचार माँगता है, तो हम हमेशा ख़ुश हो जाते हैं।"

यह तकनीक अपने मित्रों, परिवार के सदस्यों, सहकर्मियों और साथियों पर आज़माएँ। देखें कि जब आप किसी की सलाह माँगते हैं, तो उसका चेहरा कैसा खिल उठता है। देखें कि जब आप कहते हैं, "इस मामले में आपकी क्या राय है ?" या "आप इसे कैसे करते ?" तो वह कितनी गर्मजोशी से प्रतिक्रिया करता है।

इस तकनीक को द्वार खोलने का मंत्र मानें। अगली बार आप जब किसी बमुश्किल मिलने वाले व्यक्ति से मिलना चाहें, तो अंदर संदेश भिजवाएँ कि आप उससे परामर्श लेना चाहते हैं और किसी ख़ास मामले में उसकी राय चाहते हैं!

पत्रिकाओं का एक लेखक चिकने पृष्ठों वाली पत्रिकाओं के लिए लेख लिखता है। उसने मुझे बताया कि जब उसे किसी बड़ी हस्ती का इंटरव्यू

लेना होता है, जिससे मिलना आम तौर पर मुश्किल होता है, तो वह अक्सर इससे मिलती-जुलती तकनीक का इस्तेमाल करता है।

वह फ़ोन पर सिर्फ़ इतना ही कहता है, "मि. एक्स, मुझे बताया गया है कि आप..... विषय के विशेष जानकारी रखते हैं। मैं इस विषय पर एक लेख तैयार कर रहा हूँ और मैंने जितने भी लोगों से बात की है, उन्होंने यही बताया है कि अगर मैं वास्तविक तथ्य पाना चाहता हूँ, तो मुझे आपसे मिलकर आपके विचार पूछना चाहिए।"

सलाह माँगने का जादुई रहस्य

यह पढ़ते समय आप उस व्यक्ति के बारे में सोच रहे होंगे, जो हमेशा दूसरे लोगों से सलाह माँगता रहता है, हमेशा दूसरों को अपनी मुश्किलें व समस्याएँ बताता रहता है और हमेशा दूसरों के कष्ट का कारण बनता रहता है। शायद आप सोच रहे होंगे कि जो तकनीक एक व्यक्ति को दौलतमंद बना सकती है, वह दूसरे व्यक्ति को असफल कैसे बना सकती है!

इस तकनीक के इस्तेमाल का जादुई रहस्य यह है : *यह इस बात पर निर्भर है कि आप क्यों पूछते हैं।*

एक ख़ास प्रकार का व्यक्ति होता है, जो हमेशा दूसरों को अपनी मुश्किलें गिनाता रहता है और लगातार सलाह माँगता रहता है। वह अपनी समस्याओं को नहीं सुलझाता है, बल्कि इस राह में ख़ुद बाधक होता है। इस तकनीक का उपयोग करने पर वह लोगों में लोकप्रिय नहीं होता है, बल्कि दूसरे उससे कतराने लगते हैं।

यह व्यक्ति दरअसल सलाह नहीं खोज रहा है। वह तो आपकी सहानुभूति या करुणा चाहता है। जब वह आपसे पूछता है, "मैं आख़िर क्या करूँ ?" तो वह आपके विचार नहीं जानना चाहता है। यदि आप उसे कोई सलाह देंगे, तो वह अपमानित महसूस करेगा। वह तो आपसे केवल यह उम्मीद करता है कि आप उसके लिए अफ़सोस करें और उसे यह बताएँ कि उसके जितना दुखी आदमी संसार में कोई दूसरा नहीं है। वह चाहता है कि आप उसकी इस बात में हाँ में हाँ मिलाएँ कि उसके साथ अन्याय हुआ है। लेकिन वह आपसे जो आख़िरी चीज़ चाहता है, वह है उसकी समस्या का समाधान।

और अगर आपको इस बारे में शक हो, तो अगली बार उससे पूछें, "तुम इस या उस नीति को क्यों नहीं आज़माते हो?" और फिर उसकी प्रतिक्रिया देखें।

इसी तरह, दूसरे प्रकार का व्यक्ति भी होता है, जो सलाह और राय तो अवश्य माँगता है, लेकिन वह दरअसल अपनी प्रशंसा सुनना चाहता है। एक लोकप्रिय गीतकार ने मुझे बताया कि उसकी जान-पहचान के लोग अक्सर उससे कहते हैं, "मैंने एक गीत लिखा है। मैं चाहता हूँ कि तुम इस पर नज़र डालकर मुझे बताओ कि तुम इसके बारे में क्या सोचते हो या इसमें किसी सुधार की गुँजाइश है।"

उसने मुझे बताया, "अपने दो-तीन दोस्त खोने के बाद मुझे पता चला कि ये लोग दरअसल मेरी राय नहीं चाहते थे और उन्होंने मेरी सलाह मानी भी नहीं। दरअसल वे तो मुझसे अपनी प्रशंसा सुनना चाहते हैं। वे सोचते हैं कि उन्होंने काफ़ी अच्छा गीत लिखा है और वे मेरा आश्वासन चाहते हैं कि यह उतना ही अच्छा है, जितना वे सोचते हैं।"

तो यह याद रखें : सामने वाले से सलाह, विचार व सुझाव माँगें और सचमुच इसी उद्देश्य से माँगें। आपको न सिर्फ़ अपनी समस्या सुलझाने के संबंध में कुछ अच्छे सुझाव मिलेंगे, बल्कि सामने वाले को भी सम्मान और प्रशंसा का अहसास होगा।

यदि आपको केवल अपने सही होने की पुष्टि चाहिए हो, तो कभी सलाह न माँगें। जब आपको केवल सहानुभूति चाहिए हो, तो कभी सलाह या राय न माँगें। अगर आप ऐसा करते हैं, तो आप न केवल अपनी समस्याएँ सुलझाने में असफल रहेंगे- बल्कि अलोकप्रिय भी हो जाएँगे।

अध्याय 11 का सार

1. यदि आप दूसरों की मदद चाहते हैं और तन–मन से चाहते हैं, तो आपको उनसे शारीरिक श्रम के साथ–साथ अपने मानसिक विचार प्रदान करने का आग्रह भी करना चाहिए।
2. सामने वाले को यह अहसास दिलाएँ कि आपकी समस्या उसकी भी समस्या है।
3. बहुल प्रबंधन के सिद्धांत का इस्तेमाल करें। हर टीम के हर सदस्य को योगदान देने और यह सोचने का अवसर दें कि टीम को किस तरह काम करना चाहिए।
4. जब आप सामने वाले से कोई अहसान चाहते हों, तो उसे अपनी टीम का सदस्य बना लें। यह न कहें, "मेरी प्रशंसा या अनुशंसा करें।" इसके बजाय कहें, "अगर आप मेरी जगह होते और अच्छा ध्यान पाना चाहते, तो आप यह काम कैसे करते?"
5. स्वयं का ब्रेन ट्रस्ट बनाएँ और दूसरे लोगों के विचारों, सुझावों तथा सलाह का इस्तेमाल करें।
6. यह सुनिश्चित करें कि सलाह माँगते समय आप सचमुच सलाह ही चाहते हों। यदि आप केवल सहानुभूति या प्रशंसा चाहते हों, तो कभी भी सलाह न माँगें।

सुझाव : इन छह नियमों को अपने घर, ऑफ़िस या क्लब में एक सप्ताह तक आज़माएँ और मिलने वाले परिणामों का रिकॉर्ड रखें।

अध्याय 12

संबंधों में अपनी चमत्कारी शक्ति का प्रयोग कैसे करें

क्या आप चमत्कारों में विश्वास करते हैं ? अगर नहीं, तो आपको यह जानकर हैरानी हो सकती है कि चमत्कारों को न समझ पाने के बावजूद कई वर्तमान डॉक्टर और वैज्ञानिक चमत्कारों पर विश्वास करते हैं।

पेनसिल्वेनिया यूनिवर्सिटी में जीवविज्ञान के प्रोफ़ेसर डॉ. जॉन आर. ब्रोबेक ने कुछ समय पहले ब्रिटिश और कनाडाई मेडिकल एसोसिएशन्स के सामने विज्ञान और चमत्कार विषय पर एक शोधपत्र पढ़ा। उनके शोधपत्र का सार यह था कि विज्ञान चमत्कारों के बारे में यह नहीं समझ पाया है : चमत्कारों की *ऊर्जा* का स्रोत क्या है ?

मशहूर वैज्ञानिक डॉ. अलेक्सिस कैरेल ने भी चमत्कारों पर एक वैज्ञानिक शोधपत्र लिखा और इस तथ्य पर टिप्पणी की, कि किसी अकस्मात और ज़बर्दस्त ऊर्जा के प्रवाह से "प्राकृतिक" उपचार की सामान्य प्रक्रिया बहुत ज़्यादा तीव्र हो गई, जिसके बारे में प्राकृतिक विज्ञान को कोई आभास तक नहीं हुआ कि यह कहाँ से आई। डॉ. कैरेल को यक़ीन था कि यह ऊर्जा आध्यात्मिक शक्ति है।

प्रशंसा किस प्रकार ऊर्जा को मुक्त करती है

युगों-युगों से कई लोग यह मानते आए हैं कि *प्रशंसा* में चमत्कारी शक्ति

होती है। यूनिटी स्कूल ऑफ़ क्रिश्चिएनिटी के सह-संस्थापक चार्ल्स फ़िलमोर ने लिखा था, "प्रशंसा, कृतज्ञता और धन्यवाद के शब्द विस्तार करते हैं, मुक्त करते हैं और हर प्रकार से ऊर्जा का संचार करते हैं... आप प्रशंसा करके कमज़ोर शरीर को शक्तिशाली बना सकते हैं, डरे हुए हृदय को शांति और विश्वास दिला सकते हैं; धराशायी तंत्रिकाओं को शांति व शक्ति प्रदान कर सकते हैं, डूबते व्यवसाय को समृद्ध तथा सफल बना सकते हैं, अभाव व अपूर्णता को प्रचुरता और संपूर्णता में बदल सकते हैं।"

क्या आपने बाइबल पढ़ते वक़्त कभी ग़ौर किया है कि अक्सर चमत्कारों के साथ *प्रशंसा करना* और *धन्यवाद देना* जुड़ा रहा है ? एलिशा ने जब चमत्कार करके विधवा के तेल को बढ़ाया, तो उन्होंने इसे आशीष और धन्यवाद दिया। डबलरोटी और मछलियों को कई गुना करने से पहले ईसा मसीह ने उन्हें आशीष दिया और आसमान की ओर नज़रें उठाकर धन्यवाद दिया।

चार्ल्स फ़िलमोर ने कहा था, "मस्तिष्क का एक नियम है, जिसे हम प्रशंसा करते समय बढ़ा देते हैं। पूरी सृष्टि प्रशंसा पर प्रतिक्रिया करती है और ख़ुश होती है। जानवरों के आज्ञा मानने पर प्रशिक्षक उन्हें स्वादिष्ट व्यंजन देकर पुरस्कार और लाड़ देते हैं; जब बच्चों की प्रशंसा होती है, तो उनका चेहरा ख़ुशी से चमकने लगता है। यहाँ तक कि लोगों के प्रेम पर पेड़-पौधे भी बेहतर प्रतिक्रिया करते हैं।"

कोई भी नहीं जानता कि प्रशंसा किस प्रकार ऊर्जा मुक्त करती है। लेकिन ऐसा होता है! क्या आपने कभी इस बात पर ग़ौर किया है कि जब कोई आपकी सच्ची प्रशंसा करता है या किसी अच्छे काम के लिए आपको धन्यवाद देता है, तो आपका मनोबल अचानक ऊपर उठ जाता है।

मैं एक बूढ़ी महिला को जानता था, जिसकी प्रशंसा करते हुए जब कोई कहता था कि वह बहुत अच्छी दिख रही है, तो वह कहती थी, "धन्यवाद, मैं इस प्रशंसा पर एक और साल जीवित रह सकती हूँ।" उसकी बात ज़्यादा ग़लत नहीं थी, क्योंकि प्रशंसा हमें सचमुच नई ऊर्जा और नया जीवन देती है।

आपको प्रशंसा से जो ऊर्जा मिलती है, वह भ्रम नहीं है। न ही वह सिर्फ़ आपकी कल्पना में है। किसी तरीक़े से, जिसके बारे में विज्ञान नहीं जानता, प्रशंसा से वास्तविक शारीरिक ऊर्जा मुक्त हो जाती है।

डॉ. हेनरी एच. गोदार न्यू जर्सी में वाइनलैंड ट्रेनिंग स्कूल में मनोवैज्ञानिक थे। वे थकान मापने के लिए एक मशीन का इस्तेमाल करते थे, जिसे उन्होंने "अर्गोग्राफ़" नाम दिया था। जब थके हुए बच्चों से प्रशंसा भरी बात कही जाती थी, तो अर्गोग्राफ़ में तुरंत नई ऊर्जा का प्रवाह ऊपर चढ़ता दिखाई देता था। जब बच्चों की आलोचना की जाती थी या उन्हें हतोत्साहित किया जाता था, तो अर्गोग्राफ़ में उनकी शारीरिक ऊर्जा तेज़ी से गिरती दिखती थी। इससे यह स्पष्ट होता है कि हालाँकि विज्ञान प्रशंसा की शक्ति को स्पष्ट नहीं कर सकता, लेकिन विज्ञान इसे नाप अवश्य सकता है!

संबंधों में प्रशंसा का प्रयोग कैसे करें

इस बिंदु पर आप कह सकते हैं, "अच्छा, यह निश्चित रूप से रोचक है कि प्रशंसा से ऊर्जा का संचार होता है और सामने वाले का मनोबल बढ़ता है, हालाँकि विज्ञान इस चमत्कारी विधि को नहीं समझ पाता, लेकिन इसका लोक-व्यवहार से क्या संबंध है?"

जवाब है, "सब कुछ।"

हमारे सूत्रवाक्य याद है - "एलएस/एमएफ़टी" (कम स्वाभिमान का अर्थ है संघर्ष और मुश्किल)?

देखिए, यहाँ एक लगभग जादुई तरीक़ा बताया जा रहा है, जिससे आप सामने वाले के स्वाभिमान को बढ़ाकर संघर्ष और मुश्किल से उबर सकते हैं।

कई साल पहले मैं यंगस्टाउन, ओहियो की जी.एम. मैकेल्वी कंपनी के प्रेसिडेंट चार्ल्स जी. निकोल्स से बातचीत कर रहा था। हम इस विषय पर बातचीत कर रहे थे कि चिड़चिड़े और झगड़ालू लोग आम तौर पर स्वाभिमान की कमी से ग्रस्त होते हैं।

मैंने उनसे कहा, "कितना अच्छा होता, अगर कोई मानव स्वभाव के लिए कोई आश्चर्यजनक दवा- अहं का टॉनिक- खोज लेता, जिसे आप अपनी जेब में रखकर घूम सकते? जब भी आप किसी हताश व्यक्ति से मिलें, जिसके कंधों पर बहुत बोझ हो या जो आपके लिए मुश्किलें खड़ी करना चाहता हो, तो उसे आप अपनी बोतल से एक ख़ुराक दे सकते थे। इसके बाद वह ख़ुद के बारे में ज़्यादा ऊँचा सोचने लगता- उसका स्वाभिमान ऊपर उठ जाता

और वह पलक झपकते ही दोस्ताना तथा सहयोगी बन जाता।"

मेरी बात सुनकर निकोल्स बोले, "लेस, ऐसा टॉनिक पहले से ही मौजूद है! और यक़ीन मानो, इसके परिणाम किसी जादुई दवा जितने ही आश्चर्यजनक हैं। यह जादुई दवा है प्रशंसा - सामने वाले को श्रेय देना - उसे बताना कि उसकी कोशिशों का सम्मान किया जाता है।"

लोग जिस चीज़ को सबसे ज़्यादा चाहते हैं

इस पुस्तक का एक और सूत्र याद है : "पता लगाएँ कि लोग सचमुच क्या चाहते हैं और फिर वह चीज़ उन्हें दे दें।"

व्यवसाय में प्रशंसा की शक्ति के बारे में बताते हुए चार्ल्स जी. निकोल्स ने मुझे नेशनल रिटेल ड्राई गुड्स एसोसिएशन (जिसके वे पूर्व प्रेसिडेंट हैं) द्वारा कराए गए एक राष्ट्रव्यापी सर्वेक्षण के बारे में बताया। हज़ारों कर्मचारियों और अधिकारियों से कहा गया कि वे अपने महत्व के क्रम में उन घटकों को सूचीबद्ध करें, जिन्हें वे कर्मचारियों के लिए सबसे महत्वपूर्ण मानते हों। "काम का श्रेय" वह बिंदु था, जिसे कर्मचारियों ने भारी बहुमत से प्रथम स्थान पर रखा, जबकि अधिकारियों ने इसे सातवें स्थान पर रखा।

ज़ाहिर है, हममें से बहुत कम लोग यह पहचान पाते हैं कि किसी कर्मचारी के लिए यह कितना महत्वपूर्ण है कि उसके काम के लिए उसे श्रेय दिया जाए, मान्यता दी जाए और प्रशंसा की जाए।

लोग हर जगह- घर में, स्कूल में, ऑफ़िस में, कारख़ाने में- प्रशंसा और सम्मान के भूखे होते हैं। जब हम उनकी इस भूख को संतुष्ट करने वाला आहार दे देते हैं, तो इस बात की ज़्यादा संभावना होती है कि वे भी हमें वह दे देंगे, जो हम उनसे चाहते हैं, चाहे वह उनकी योग्यता हो, शारीरिक श्रम हो, विचार हो, सहयोग हो या चाहे जो भी हो।

हर दिन एक चमत्कार कैसे करें

जीवन अपने आप में एक चमत्कार है। और जब भी आप सामने वाले व्यक्ति को अधिक जीवन देते हैं- या जैसी कि कहावत है "उसमें ज़्यादा जान फूँकते हैं,"- तो समझ लीजिए, आप हर बार एक चमत्कार कर रहे हैं। जब भी

आप किसी दूसरे की भावनाओं को ऊपर उठाते हैं या उसे अधिक जीवन व ऊर्जा से ओत-प्रोत करते हैं, तो आप एक छोटा चमत्कार कर रहे हैं। यह बहुत सरल है। आपको तो बस हर दिन किसी की सच्ची प्रशंसा करने की आदत भर डालना है।

इसे अपनी पत्नी, पति, बच्चे, बॉस, ग्राहक या कर्मचारी पर आज़माएँ; वह तत्काल "उत्साह से दमकने" लगेगा। इसके अलावा आप यह भी पाएँगे कि सामने वाला अपने आप ज़्यादा मित्रतापूर्ण और सहयोगी बन जाता है।

साथ ही ग़ौर करें कि आपके इस "छोटे चमत्कार" से दरअसल सामने वाला बेहतर प्रदर्शन करने में समर्थ हो जाता है। आपको याद है, मनोवैज्ञानिक डॉ. हेनरी एच. गोदार ने वैज्ञानिक रूप से यह नापा था कि प्रशंसा के बाद स्कूली बच्चों की ऊर्जा बढ़ जाती है ? यह भी साबित हो चुका है कि प्रशंसा की बदौलत विद्यार्थियों के ग्रेड बेहतर हो जाते हैं। जब परीक्षा के ठीक पहले विद्यार्थियों से कहा गया, "आपको इस टेस्ट में बहुत कम दिक़्क़त होगी। यह आपकी योग्यताओं और बुद्धि से बहुत नीचे है" तो उनके ज़्यादा अच्छे अंक आए। दूसरी ओर, परीक्षा से ठीक पहले जब उनकी बुद्धि और योग्यता को नीचा दिखाया गया, तो उनके कम अंक आए। वास्तव में, उनकी योग्यता की प्रशंसा से उनकी योग्यता बढ़ गई।

अमेरिकी कंपनियों ने भी यह साबित कर दिया है कि अपेक्षित श्रेय देने और सच्ची प्रशंसा करने से न केवल कर्मचारी बेहतर महसूस करते हैं, बल्कि ज़्यादा काम भी करते हैं। जिस "बोनस सिस्टम" में कर्मचारियों को सिर्फ़ पैसे मिलते हैं, जो बॉस की तरफ़ से "उपहार" होते हैं, वह हमेशा नाकाम रहता है। लेकिन जहाँ योग्यता के आधार पर बोनस और लाभ में हिस्सेदारी होती है, जहाँ कंपनी इसका इस्तेमाल कर्मचारी के महत्व को पहचानने के लिए करती है, वहाँ उत्पादन हमेशा बढ़ जाता है। क्लीवलैंड में लिंकन इलेक्ट्रिक के कर्मचारियों ने प्रतिस्पर्धी प्लांट्स के कर्मचारियों की तुलना में 12 गुना ज़्यादा उत्पादन किया। जेम्स एफ़. लिंकन के अनुसार इसका एक बड़ा कारण यह है कि कर्मचारियों के काम के लिए उन्हें मान्यता दी गई थी, उन्हें श्रेय दिया गया था।

अच्छी बातें उदारता से बोलें

किसी की प्रशंसा करने के लिए इस बात का इंतज़ार न करें कि वह कोई बड़ा या असामान्य काम करे। अगर सुबह की कॉफ़ी अच्छी बनी है, तो अपनी पत्नी को तत्काल बता दें। इससे न केवल उसका उत्साह बढ़ेगा, बल्कि संभवतः वह अगली सुबह उससे भी अच्छी कॉफ़ी बनाने की कोशिश करेगी।

अगर आपकी स्टेनो उम्मीद से ज़्यादा तेज़ी से आपका पत्र टाइप कर देती है, तो इस बात के लिए उसकी प्रशंसा कर दें। इसके बाद वह आपको ख़ुश करने के लिए और भी ज़्यादा तेज़ी से काम करेगी।

अगर कोई आप पर छोटा-मोटा अहसान कर देता है, तो इस बात के लिए उसकी प्रशंसा करें और "धन्यवाद" कहकर उसे श्रेय दें कि उसने आपके लिए एक महत्वपूर्ण चीज़ की।

ऐसी चीज़ों की तलाश करें, जिनके लिए आप लोगों को धन्यवाद दे सकें। जब भी आप "आपको धन्यवाद" कहते हैं और सच्चे दिल से कहते हैं, तो हर बार आप सामने वाले को श्रेय दे रहे हैं- आपके लिए महत्वपूर्ण कोई चीज़ करने के लिए उसकी प्रशंसा कर रहे हैं।

प्रशंसात्मक शब्द बोलें। लोगों को अपने दिल की भावना बता दें। इस बात को हल्के में न लें कि वे तो पहले से ही जानते हैं कि आप उन्हें महत्व देते हैं : ऐसा नहीं है, उन्हें यह बात बता दें। जब आप लोगों को बता देते हैं कि उन्होंने जो किया है, उसे आप महत्वपूर्ण मानते हैं, तो वे आपके लिए और भी ज़्यादा करने के इच्छुक रहेंगे।

"धन्यवाद" कहने के छह नियम

"धन्यवाद" वैसे तो केवल एक शब्द हैं, लेकिन यदि इसका सही इस्तेमाल किया जाए, तो ये मानव संबंधों में जादू कर सकता है। इन छह नियमों को याद कर लें। ये आज़माए हुए हैं।

1. धन्यवाद सच्चा होना चाहिए।

इसे दिल से कहें। इसमें थोड़ी भावना और जीवंतता भरें। यह सामान्य नहीं, बल्कि "ख़ास" लगना चाहिए।

2. इसे बुदबुदाएँ नहीं, बल्कि अच्छी तरह बोलें।

बुलंद आवाज़ में धन्यवाद दें। ऐसे न बोलें, जैसे आपको सामने वाले को धन्यवाद देने में शर्म आ रही है।

3. लोगों का नाम लेकर उन्हें धन्यवाद दें।

सामने वाले का नाम लेकर धन्यवाद देने से धन्यवाद व्यक्तिगत बन जाता है। अगर किसी समूह में कई लोगों को धन्यवाद देना हो, तो यह न कहें, "हर एक को धन्यवाद," बल्कि उन सभी का नाम लें।

4. आप जिसे धन्यवाद दे रहे हों, उससे नज़रें मिलाएँ।

यदि वह धन्यवाद देने लायक़ है, तो वह देखने और ग़ौर करने लायक़ भी है।

5. लोगों को धन्यवाद देने के लिए *मेहनत* करें।

चेतन रूप से और आगे होकर दूसरों को धन्यवाद देने की चीज़ें खोजें। उन चीज़ों के अपने आप मिलने का इंतज़ार न करें, बल्कि उन्हें खोजने तब तक कोशिश करते रहें, जब तक कि यह आपकी आदत में शुमार न हो जाए। कृतज्ञता मानव स्वभाव का नैसर्गिक गुण नहीं है। जब ईसा मसीह ने दस कोढ़ियों का उपचार किया था, तो केवल एक ने ही उन्हें धन्यवाद दिया था। क्या हम उन कोढ़ियों से बहुत अलग हैं?

6. लोगों को तब धन्यवाद दें, जब उन्हें इसकी सबसे कम उम्मीद हो।

"धन्यवाद" देना तब ज़्यादा असरदार होता है, जब सामने वाला उसकी बिलकुल भी उम्मीद न करता हो या स्वयं को उसका हक़दार न मानता हो। उस समय के बारे में सोचें, जब किसी ने "आपको धन्यवाद" कहा था, हालाँकि आपको तब लग ही नहीं रहा था कि "धन्यवाद" दिए जाने जैसी कोई बात थी। आशा है, इससे आप मेरा मतलब समझ गए होंगे!

कुछ समय पहले एक छोटा लड़का कंसास शहर में मेरे पास आया और एक पेंसिल ख़रीदने का आग्रह करने लगा। जब मैंने इंकार में

अपना सिर हिलाया, तो उसने मुझे यह कहकर हैरान कर दिया (जैसे उसका सचमुच यही मतलब था) "आपको बहुत-बहुत धन्यवाद, सर।" ज़ाहिर है, मैं तुरंत अपनी जेब में पेंसिल ख़रीदने के लिए सिक्का खोजने लगा। मैंने देखा कि ब्लॉक के छोर तक पहुँचते-पहुँचते वह छह पेंसिल बेच चुका था।

ख़ुशी बढ़ाने का एक सरल फ़ॉर्मूला

अगर आपके मन में अब भी कोई शंका हो कि प्रशंसा और कृतज्ञता में वाक़ई कोई चमत्कारी शक्ति है या नहीं, तो मेरे एक सवाल का जवाब दें। अगर मैं आपको किसी आदमी के बारे में बताता, जिसके पास कोई ऐसी चीज़ है, जिसे वह जितना ज़्यादा देता है, उसके पास वह चीज़ उतनी ही ज़्यादा बचती है... तो क्या आप इसे चमत्कार नहीं मानते?

देखिए, जब आप दूसरों की प्रशंसा करके और उन्हें धन्यवाद देकर उनकी ख़ुशी बढ़ाना शुरू करते हैं, तो यही होता है। आप जितनी ज़्यादा ख़ुशी देते हैं, आपके पास उतनी ही ज़्यादा ख़ुशी बची रहती है।

एक बार फिर, हालाँकि विज्ञान इस बात को स्पष्ट नहीं कर सकता, लेकिन मनोवैज्ञानिक और मनोचिकित्सक जानते हैं कि यह सच है।

रैल्फ़ वाल्डो इमर्सन ने कहा था, "हर जगह अच्छाई खोजने का स्वभाव मानसिक स्वास्थ्य का पैमाना है।"

यदि आप अपनी मानसिक शांति और ख़ुशी बढ़ाना चाहते हैं, तो इससे अचूक कोई फ़ॉर्मूला नहीं है कि प्रशंसा करने के लिए हर जगह दूसरों में अच्छी चीज़ों की तलाश करें। अपने जीवन में भी उन अच्छी चीज़ों की तलाश शुरू कर दें, जिनके लिए आप सचमुच कृतज्ञ हो सकें।

डॉ. जॉर्ज डब्ल्यू. क्रेन का रोचक सिंडिकेटेड कॉलम "द वरी क्लीनिक" कई अख़बारों में प्रकाशित होता है। उन्होंने हज़ारों लोगों को बताया है कि वे "द कॉम्प्लीमेंट क्लब" में शामिल होकर अपनी ख़ुशी बढ़ा सकते हैं।

इस क्लब में कोई अफ़सर नहीं है और क्लब रूम भी नहीं है। इसकी औपचारिक बैठकें भी नहीं होती हैं। सदस्य तो बस हर दिन तीन सच्ची

प्रशंसाएँ करने का संकल्प लेते हैं। प्रशंसा करने से पहले वे इस बात का इंतज़ार नहीं करते कि कोई सचमुच उल्लेखनीय काम करे या सामने वाला आदर्श हो। इसके बजाय वे आगे बढ़कर लोगों में ऐसी ख़ूबियाँ खोजते हैं, जिनकी वे प्रशंसा कर सकें।

दूसरों में अच्छी चीज़ों की जान-बूझकर तलाश करने का हम पर चमत्कारी असर होता है। इससे हमारा दिमाग़ ख़ुद पर से हट जाता है। इससे हम कम आत्म-चेतन बनते हैं। कम अहंकारी बनते हैं। अधिक सहिष्णु और समझदार बनते हैं। डॉ. क्रेन कहते हैं कि इस सरल तकनीक ने सचमुच चमत्कार किया है और उनके पाठकों की हर तरह की चिंता, डर तथा डिप्रेशन को दूर कर दिया है।

कुछ वर्ष पहले कुछ मनोवैज्ञानिक मिलकर एक आसान नियम खोजने लगे, जिससे लोगों को ज़्यादा ख़ुशहाल जीवन और ज़्यादा मानसिक शांति पाने में मदद मिले। उन्होंने एसएफ़एफ़ फ़ॉर्मूला ईजाद किया, जिससे चमत्कार हो सकता था। इसका अर्थ था, "दोष खोजना छोड़ो।"

उन्होंने पाया कि लगभग सभी मनोरोगियों और दुखी लोगों में यह अचूक दुर्गुण था कि वे बहुत ज़्यादा आलोचनात्मक थे। वे जान-बूझकर दूसरों की ग़लतियाँ खोजते थे। बहरहाल, जब उन्होंने अपना नज़रिया बदल लिया और अपने आस-पास के लोगों तथा अपनी परिस्थितियों में अच्छी चीज़ों की तलाश करने लगे, तो वे बहुत ज़्यादा ख़ुश रहने लगे।

कोई भी व्यक्ति आदर्श नहीं होता। और यह कहा गया है कि हर व्यक्ति में कुछ न कुछ अच्छाई होती है। एक प्रयोग करके देखें। यदि कोई व्यक्ति आपको चिढ़ाता है, आपकी हँसी उड़ाता है या आपको विचलित करता है, तो उसमें किसी ऐसी चीज़ की तलाश करें, जिसके लिए आप उसकी प्रशंसा कर सकते हों। भले ही वह आलंकारिक भाषा में आपका सिर चबाता हो-लेकिन तब आप सोच सकते हैं कि शायद उसके दाँत अच्छे हैं। अगर वाक़ई ऐसा है, तो उसके दाँतों की प्रशंसा करें। ऐसी चीज़ों की तलाश करते रहें, जिनके लिए आप उसकी प्रशंसा कर सकें। कुछ ही समय में आप परिवर्तन को देखकर दंग रह जाएँगे। न सिर्फ़ वह बदलता नज़र आएगा, बल्कि आप पाएँगे कि उसके बारे में आपकी राय भी बदल रही है।

प्रशंसा करने के दो नियम

1. यह सच्ची होनी चाहिए।

चापलूसी साफ़ नज़र आ जाती है और उससे आपका या सामने वाले का कोई फ़ायदा नहीं होता। याद रखें कि हमेशा कोई न कोई अच्छी चीज़ होती है, जो प्रशंसा करने लायक़ होती है; आपको तो उसे खोजना भर है। किसी बड़ी चीज़ के लिए सामने वाले की झूठी प्रशंसा करने से बेहतर यही है कि छोटी चीज़ के लिए उसकी सच्ची प्रशंसा कर दी जाए।

मिसाल के तौर पर, किसी महिला की झूठी तारीफ़ करते हुए यह कहना ठीक नहीं है, "आप संसार की सबसे सुंदर महिला हैं।" इससे बेहतर कथन यह है, "आपके हाथ जितने सुंदर हैं, वैसे मैंने किसी के नहीं देखे।"

2. व्यक्ति के बजाय उसके कार्य या गुणों की प्रशंसा करें

व्यक्ति के बजाय उसके कार्य या गुणों की प्रशंसा करें। वह जो है, उसके बजाय, जो उसके पास है, उसकी प्रशंसा करें।

सही : मिस स्मिथ, कुछ समय से आपकी टाइपिंग लाजवाब हो रही है।

ग़लत : मिस स्मिथ, आप एक अच्छी कर्मचारी हैं।

सही : जोन्स, तुम्हारी बिक्री पिछले सप्ताह पूरे जिले में सबसे बेहतर थी।

ग़लत : जोन्स, तुम हमारे सबसे अच्छे सेल्समैन हो।

सही : तुम्हारे बाल वाक़ई सुंदर हैं।

ग़लत : तुम सुंदर हो।

सही : तुम्हारे पास बड़ा ही प्यारा घर है।

ग़लत : तुम सचमुच बड़े आदमी बन गए हो।

जब आप किसी कार्य या गुण की प्रशंसा करते हैं, तो आपकी प्रशंसा विशिष्ट होती है और ज़्यादा सच्ची लगती है। इसके अलावा, सर्वश्रेष्ठ परिणाम

तभी हासिल होते हैं, जब सामने वाला स्पष्टता से यह जान ले कि किस चीज़ के लिए उसकी प्रशंसा हो रही है। व्यक्ति के बजाय कार्य की प्रशंसा करने से आप पक्षपात या पूर्वाग्रह के आरोपों से भी बच जाते हैं। इससे शर्मिंदगी से भी बचा जा सकता है।

यदि आप किसी के पास जाकर कहते हैं, "आप बेहतरीन इंसान हैं," तो अधिकांश लोग असहज महसूस करते हैं (या कम से कम उन्हें ऐसा लगता है, जैसे आप उन्हें दाना डाल रहे हों)।

लेकिन यदि आप उसके किसी ख़ास काम की प्रशंसा करते हैं, तो उसे अच्छा लगता है।

किसी कार्य की प्रशंसा करने से सामने वाले को प्रोत्साहन मिलता है कि वह वही काम बार-बार करे। याद रखें, प्रशंसा में उस विशेष चीज़ को कई गुना बढ़ाने की प्रवृत्ति होती है। किसी व्यक्ति के काम के लिए उसकी प्रशंसा करेंगे, तो वह ज़्यादा काम करेगा। किसी के व्यवहार के लिए उसकी प्रशंसा करेंगे, तो उसका व्यवहार बेहतर हो जाएगा। लेकिन सिर्फ़ व्यक्तित्व के लिए प्रशंसा करेंगे, तो इससे उसका अहंकार और दंभ ही बढ़ेगा। कई लड़कों की ज़िंदगी सिर्फ़ इसलिए बर्बाद हो गई, क्योंकि उनकी माँ लगातार उनसे यही कहती रही, "तुम इस संसार के सबसे अद्भुत व्यक्ति हो।" वास्तव में, हममें से अधिकांश लोग प्रशंसा करने में कंजूसी इसीलिए करते हैं, क्योंकि हमें यह डर होता है कि हमारी प्रशंसा सुनकर कहीं सामने वाले का दिमाग़ सातवें आसमान पर न पहुँच जाए।

किसी व्यक्ति के कार्यों और गुणों की प्रशंसा करने से उसका स्वाभिमान बढ़ता है, जो अहंकार और दंभ से बहुत अलग होता है।

दूसरी ओर, केवल व्यक्ति के रूप में सामने वाले की प्रशंसा करने से उसके घमंडी बनने के आसार ज़्यादा हो जाते हैं।

अध्याय 12 का सार

1. सच्ची प्रशंसा सामने वाले में चमत्कारी ऊर्जा का संचार करती है, शारीरिक रूप से उसका उत्साह बढ़ाती है, साथ ही उसके मनोबल को भी बढ़ाती है।
2. जो व्यक्ति हताश है, घटिया काम करता है या मुश्किल से संबंध बना पाता है, वह शायद कम स्वाभिमान का शिकार है। प्रशंसा उसके स्वाभिमान को बढ़ाने में जादुई दवा का काम कर सकती है और उसके व्यवहार को बेहतर बना सकती है।
3. दूसरों के अच्छे काम के लिए उन्हें श्रेय दें। "धन्यवाद" कहकर उनके कार्यों की प्रशंसा करें।
4. प्रशंसा उदारता से करें। कृतज्ञता आम नहीं है। खुलकर कृतज्ञता व्यक्त करने से आप एक अलग ही श्रेणी में पहुँच जाते हैं।
5. हर दिन तीन बार सच्ची प्रशंसा करके अपनी ख़ुशी और मानसिक शांति बढ़ाएँ।

अध्याय 13

ठेस पहुँचाए बिना आलोचना कैसे करें

जब हम सामने वाले से कहते हैं, "मैं यह तुम्हारी भलाई के लिए बता रहा हूँ," तो लगभग 95 प्रतिशत मौक़ों पर हम सचमुच ऐसा नहीं कर रहे होते हैं। हम उसका कोई दोष बताकर अपने अहं का पोषण कर रहे होते हैं।

लोक-व्यवहार की एक बहुत आम असफलता यह है कि हम (कई बार अचेतन रूप से) सामने वाले के स्वाभिमान को कम करके अपने स्वाभिमान की भावना को बढ़ाने की कोशिश करते हैं। लगातार कमियाँ ढूँढ़ना, सामने वाले को नीचा दिखाना, बार-बार उलाहने देना, पीठ पीछे लोगों का चरित्र हनन करना- ये सभी कम स्वाभिमान के लक्षण हैं।

जैसा जॉन डी. मर्फ़ी ने *युअर लाइफ़* पत्रिका के लेख में कहा था, "दूसरे को नीचा दिखाने के लिए आपको ख़ुद नीचे होना पड़ता है।"

बहरहाल, ऐसे समय भी होते हैं, जब सफल लोगों को अपने साथ वालों की ग़लतियाँ बताने और उन्हें "सुधारने" की ज़रूरत होती है। यह बेशक एक कला है और अधिकांश मुखिया इस कला में निपुण नहीं होते।

आलोचना को नई रोशनी में देखें

चूँकि आलोचना की कला की समझ बहुत कम लोगों को होती है और चूँकि

99 प्रतिशत लोग इसमें निपुण नहीं होते, इसलिए आलोचना शब्द सुनते ही हमारे मुँह का स्वाद ख़राब हो जाता है। इस शब्द के बारे में सोचते ही हमें वे स्त्री-पुरुष याद आ जाते हैं, जिन्होंने हमारी बुरी तरह आलोचना की थी। इससे हम उस व्यक्ति के बारे में सोचते हैं, जो "हमारे गले के नीचे कुछ उतारना" चाहता है, "हमें नीचा दिखाना" चाहता है, हमारा अपमान करना चाहता है या हमें धूल चटाना चाहता है।

बहरहाल, आलोचना का वास्तविक उद्देश्य सामने वाले को धूल चटाना नहीं, बल्कि उसे ऊपर उठाना होता है। उसकी भावनाओं को चोट पहुँचाना नहीं, बल्कि उसके काम को बेहतर बनाने में उसकी मदद करना होता है।

कुछ समय पहले मैं सफल आलोचना के सात नियमों पर (जो आपको जल्द ही बताए जाएँगे) वाल्टर जॉनसन से बातचीत कर रहा था, जो अमेरिकन एयरलाइंस के वाइस-प्रेसिडेंट हैं। हम आलोचना की सच्ची आवश्यकता पर बातचीत कर रहे थे और यह भी कि इससे मदद कैसे मिल सकती है।

उन्होंने कहा, "लेस, तुम जानते हो, हवाई अड्डे पर लैंडिंग करने वाला पायलट सफल आलोचना का एक अच्छा उदाहरण है। टॉवर वाला अक्सर उसकी उड़ान की आलोचना करता है या उसे दुरुस्त करता है। अगर वह सही दिशा से भटक रहा होता है, तो टॉवर वाला उसे यह बताने में ज़रा भी नहीं हिचकता है। अगर वह कम ऊँचाई पर है, तो उसे तत्काल बता दिया जाता है। अगर वह मैदान के पार निकलने वाला है, तो उसे चेतावनी दे दी जाती है। लेकिन मैंने कभी इस आलोचना के कारण हमारे किसी भी पायलट को चिढ़ते या बुरा मानते नहीं देखा। मैंने कभी उनमें से किसी को यह कहते नहीं सुना, 'ओह, वह हमेशा मेरी उड़ान में दोष खोजता रहता है। वह कभी-कभार कोई अच्छी बात क्यों नहीं कहता ?'"

सामने वाले को सही दिशा में कैसे लाएँ

अगली बार जब आपको किसी को दोबारा सही दिशा में लाने की ज़रूरत हो, तो याद रखें कि एयरलाइंस अपने पायलट्स की आलोचना कैसे करती हैं। ध्यान रखें कि उनकी आलोचना का उद्देश्य अहं का पोषण नहीं, बल्कि एयरलाइन और पायलट दोनों के लिए अच्छा अंतिम परिणाम हासिल करना है। टॉवर वाले व्यक्ति को इस बात से कोई लेना-देना नहीं है कि हवाई जहाज़

कौन सा पायलट उड़ा रहा है। वह व्यक्तिगत दोषारोपण नहीं करता है। वह सार्वजनिक लाउडस्पीकर्स के माध्यम से आलोचना नहीं करता, बल्कि पायलट के ईयरफ़ोन्स में गोपनीय रूप से करता है। वह व्यक्ति की नहीं, कार्य की आलोचना करता है।

वह यह नहीं कहता, "अरे, यह तो जहाज़ उतारने का बड़ा मूर्खतापूर्ण तरीक़ा है!" वह तो सिर्फ़ यह कहता है, "आप बहुत नीचे आ रहे हैं।"

पायलट से यह नहीं कहा जाता कि वह केवल बॉस को ख़ुश करने के लिए कोई काम करे। आलोचना से उस पायलट को भी फ़ायदा होता है और इसमें उसका भी स्वार्थ निहित है। इसीलिए वह इसका बुरा नहीं मानता है; वह तो दरअसल इस कार्य की प्रशंसा करता है। वह टॉवर वाले आदमी को कोसता नहीं है। इसके बजाय संभवतः वह उसे एक स्टीक डिनर ख़रीदकर देना चाहेगा।

और सचमुच महत्वपूर्ण बात यह है कि पायलट और उसका बॉस दोनों ही एक अच्छा अंतिम परिणाम हासिल करते हैं। आलोचना से कुछ सार्थक हासिल होता है।

हम इसी भावना से अपनी सारी आलोचना कर सकते हैं। यदि ऐसा होने लगे, तो इतने ही अच्छे परिणाम हासिल हो सकते हैं।

सफल आलोचना के सात अनिवार्य तत्व

1. आलोचना एकांत में करनी चाहिए।

यदि आप चाहते हैं कि आपकी आलोचना कारगर हो, तो आपको सामने वाले के अहं को अपने ख़िलाफ़ उत्तेजित नहीं करना चाहिए। अपना लक्ष्य हमेशा याद रखें– अच्छा अंतिम परिणाम हासिल करना– या उसे दोबारा सही दिशा में लाना। न कि उसके अहं के गुब्बारे को फोड़ना। भले ही आपके उद्देश्य सर्वोच्च हों और सामने वाले की आलोचना करते समय आपकी भावना सही हो, लेकिन याद रखें, सामने वाले की भावना सबसे महत्वपूर्ण होती है। इस बात की काफ़ी संभावना है कि दूसरों की मौजूदगी में सामने वाला हल्की सी आलोचना का भी बुरा मान जाएगा। आलोचना सही हो या न हो, उसे

तो ऐसा लगता है कि उसके सहकर्मियों या सहयोगियों के सामने उसे नीचा दिखाया गया।

आप इस नियम का पालन करते हैं या नहीं, यह आलोचना के आपके सच्चे उद्देश्यों का एक अच्छा पैमाना है। क्या आप किसी कर्मचारी की आलोचना सिर्फ़ तभी करते हैं, जब आस-पास दूसरे लोग मौजूद होते हैं? क्या आप दूसरों के सामने अपने पति के टेबल मैनर्स "सुधारती" हैं? अगर ऐसा है, तो इस बात की काफ़ी संभावना है कि आलोचना करते समय आपका वास्तविक उद्देश्य सामने वाले की मदद करना नहीं है, बल्कि उसे अपमानित करके अपने अहं को संतुष्ट करना है। बच्चे भी इंसान होते हैं। जहाँ तक संभव हो, उन्हें उनके साथियों के सामने न डाँटें। सबसे बढ़कर, दूसरों के सामने उन्हें उपदेश न दें।

2. आलोचना करने से पहले कोई अच्छी बात कहें या प्रशंसा करें

अच्छे शब्द, प्रशंसा, तारीफ़ आदि से दोस्ताना माहौल के लिए मंच बनता है। इनसे सामने वाला यह समझ जाता है कि आप उसके अहं पर वार नहीं कर रहे हैं, बल्कि उसे आरामदेह स्थिति में ला रहे हैं। "मैदान में बुलाए जाने" पर किसी व्यक्ति की नैसर्गिक प्रतिक्रिया यही होती है कि वह अपने अहं की रक्षा करने को तैयार रहता है। इस प्रकार की रक्षात्मक मानसिकता वाला व्यक्ति आपके आलोचनात्मक विचारों को ग्रहण करने की स्थिति में नहीं होता।

जनरल फ़ूड्स कॉरपारेशन के संस्थापक क्लेरेंस फ्रांसिस ने कहा था, "यदि आप किसी व्यक्ति की प्रशंसा करके उसके सर्वश्रेष्ठ गुणों को उभारते हैं, तो आलोचना की ज़रूरत पड़ने पर वह आपकी बात ज़्यादा अच्छी तरह समझेगा।"

प्रशंसा सामने वाले के मन को खोलती है :

> "बिल, तुमने बेहतरीन रिपोर्ट पेश की है। तुमने उसमें सारे महत्वपूर्ण तथ्य शामिल कर लिए हैं। बस एक चीज़ थी..."
>
> "मैरी, जब से तुम हमारी कंपनी में आई हो, तब से तुम्हारा कार्य उत्कृष्ट है। हम तुम्हारी कोशिशों की सराहना करते हैं। बस सुधार

का एक विचार है, जो मुझे लगता है कि तुम्हें पसंद आएगा..."

"जो, तुमने अब तक हमेशा बहुत अच्छा सहयोग दिया है। क्या ऐसा कोई कारण है कि तुमने इस बार क्यों..."

"जॉन, तुम इतने वर्षों से बड़े अच्छे पड़ोसी रहे हो। क्या तुम जानते हो..."

"मैं अपने अनुभव से जानता हूँ कि तुम हमेशा अपने काम को बेहतर बनाने के छोटे-छोटे तरीक़ों की तलाश में रहते हो। इसीलिए मेरे मन में यह विचार आया कि..."

3. आलोचना को अव्यक्तिगत बनाएँ। व्यक्ति की नहीं, कार्य की आलोचना करें।

यहाँ भी आप सामने वाले व्यक्ति की नहीं, बल्कि उसके कार्यों या व्यवहार की आलोचना करते हैं, ताकि उसके अहं को चोट न पहुँचे। देखिए, वैसे भी आपकी रुचि उसके कार्यों में ही है। अपनी आलोचना उसके कार्यों तक सीमित रखकर आप दरअसल उसकी प्रशंसा कर सकते हैं और साथ ही उसके अहं को भी ऊपर उठा सकते हैं :

> "जॉन, मैं पुराने अनुभव से जानता हूँ कि आम तौर पर तुम्हारे काम में इस तरह की ग़लती नहीं होती है।"
>
> "जॉर्ज, मैं तुमसे यह सिर्फ़ इसलिए कह रहा हूँ, क्योंकि मैं जानता हूँ कि तुम आसानी से इससे ज़्यादा अच्छा काम कर सकते हो। यह तुम्हारे ऊँचे पैमाने के अनुरूप नहीं है।"

इस तरह उसकी ग़लतियाँ बताते समय आप उसे ऊपर उठा सकते हैं। आप यह नहीं कहते हैं, "तुम किसी काम के नहीं हो।" इसके बजाय आप दरअसल यह कह रहे हैं, "मैं सोचता हूँ कि तुम्हारी क्षमता इस प्रदर्शन से बहुत ज़्यादा है।"

उसे यह जान लेने दें कि आपकी राय में वह इससे बेहतर काम कर सकता है : कि आप उससे बेहतर प्रदर्शन की उम्मीद करते हैं। यह अपनी उम्मीद पर "खरे उतरने का" बड़ा सशक्त प्रोत्साहन है।

सही : "इस शब्द की स्पेलिंग ग़लत लिखी गई है।"

ग़लत : "मिस जोन्स, आप बहुत ख़राब टायपिस्ट हैं।"

सही : "इन अंकों के योग की दोबारा जाँच कर लें।"

ग़लत : "कितनी मूर्खतापूर्ण ग़लती है!"

सही : "जॉनी, तुम्हें ज़्यादा मेहनत से पढ़ना चाहिए और अपना ग्रेड ऊपर करना चाहिए।"

ग़लत : "तुम इतने मूर्ख क्यों हो ?"

ऐसी परिस्थितियाँ बन सकती हैं, जहाँ व्यक्ति के कार्य के बजाय किसी दूसरी चीज़ की ओर इशारा करना अधिक कूटनीतिक हो। मिसाल के तौर पर :

> "फ्रेड, वीकली रिपोर्ट न जाने कैसे अकाउंटिंग विभाग नहीं पहुँच पाई। (उसे भेजना फ्रेड की ज़िम्मेदारी है।) फ्रेड, क्या तुम जानते हो कि उस रिपोर्ट का क्या हुआ ?" यह तरीक़ा बेहतर है। यह कहना उतना अच्छा नहीं है, "फ्रेड, तुमने अकाउंटिंग ऑफ़िस में रिपोर्ट समय पर नहीं भिजवाई।"

4. जवाब भी पेश कर दें।

जब आप सामने वाले को बताते हैं कि उसने क्या ग़लत किया है- तो साथ ही यह भी बता दें कि उस ग़लती को सही कैसे करना है। ग़लती पर नहीं, बल्कि उसे सुधारने के तरीक़ों पर ज़ोर देना बेहतर होता है। साथ ही प्रक्रिया पर भी ध्यान देना चाहिए, ताकि दोबारा वह ग़लती न हो।

कर्मचारियों की सबसे बड़ी शिकायतों में से एक यह है, "मैं नहीं जानता कि मुझसे क्या उम्मीद की जाती है। मैं जो भी करता हूँ, उससे बॉस ख़ुश नज़र नहीं आता, लेकिन मुझे पक्का पता ही नहीं है कि वे मुझसे क्या चाहते हैं।"

किसी ऑफ़िस, कारखाने या घर पर किसी दूसरी चीज़ से मनोबल इतना कम नहीं होता, जितना कि आम असंतुष्टि के माहौल से होता है, जिसमें यह स्पष्ट ही न हो कि आपसे क्या उम्मीद की जाती है। अधिकांश लोग "सही चीज़ करने" के लिए तत्पर रहते हैं, बशर्ते आप उन्हें बता दें

कि "सही" क्या है।

जैसा एक कर्मचारी ने मुझे बताया, "मेरे बॉस हमेशा दोष खोजते रहते हैं और मेरे काम की आलोचना करते रहते हैं। मैं तो बस इतना जानता हूँ कि मैं चाहे किसी भी तरीक़े से काम करूँ, वह "ग़लत" ही होता है। लेकिन वे कभी मुझे यह नहीं बताते हैं कि "सही" क्या है। कोई पैमाना ही नहीं है, जिसके आधार पर कार्य किया जाए। यह तो अँधेरे में तीर चलाने जैसा है, जबकि आपको पता ही न हो कि निशाना कहाँ पर है। मैं तो बस इतना जानता हूँ कि मैं चाहे जिस भी दिशा में निशाना साधूँ, मैं हमेशा चूक जाता हूँ।"

5. सहयोग की माँग न करें, बल्कि पूछें।

माँग करने के बजाय पूछने से ज़्यादा सहयोग मिलता है। "क्या आप इसे सुधार देंगे?" से कम द्वेष उत्पन्न होता है, जबकि "इसे दोबारा करो और भगवान के लिए इस बार सही करना!" से ज़्यादा द्वेष पनपता है।

जब आप माँग करते हैं, तो आप सामने वाले को ग़ुलाम की भूमिका में रख देते हैं और ख़ुद मालिक की भूमिका में आ जाते हैं। जब आप पूछते हैं, तो आप उसे अपनी टीम के सदस्य की भूमिका में रख देते हैं। शक्ति के बजाय टीम भावना या सहभागिता की भावना से अधिक सहयोग मिलता है।

इससे भी बहुत फ़र्क़ पड़ता है कि आपकी आलोचना का मूल भाव क्या है। क्या आप इस भावना से आलोचना करते हैं, "मैं बॉस हूँ और तुम इसे इस तरह इसलिए कहो, क्योंकि मैं ऐसा कहता हूँ?" या फिर आप इस भावना से आलोचना करते हैं, "हम इस पर निशाना लगा रहे हैं और आप इस लक्ष्य को इस तरह हासिल कर सकते हैं।"

यदि आप आदेश देने के बजाय सामने वाले को अपने कार्य बदलने के लिए प्रेरित करते हुए कोई *मनचाहा* पारितोषिक देंगे, तो आप ज़्यादा आगे पहुँचेंगे।

डेटन, ओहियो की नेशनल कैश रजिस्टर कंपनी की सेल्स टीम को आम तौर पर पूरे अमेरिका में बेहतरीन माना जाता है। कंपनी के सेल्स ट्रेनिंग डायरेक्टर रैल्फ़ नेग्री ने मुझे बताया कि सेल्समैन को सही दिशा में रखने का रहस्य उन्हें यह भाषण पिलाना नहीं है कि कंपनी क्या चाहती है, बल्कि

पारितोषिक देकर उनके मन में ज़्यादा अच्छी तरह बेचने की इच्छा जगाना है।

रैल्फ़ ऐसा कभी नहीं कहते हैं, "यदि आप यहाँ काम करना चाहते हैं, तो आपको बहुत सी यात्राएँ करना होंगी।" इसके बजाय, वे यह कहते हैं, "यदि आप इस वक़्त बाहर जाकर कुछ और कॉल्स करें, तो आप अपनी आमदनी को बहुत ज़्यादा बढ़ा सकते हैं।"

6. एक ग़लती के लिए एक बार आलोचना।

किसी ग़लती पर एक बार ध्यान दिलाना तर्कसंगत लगता है। दो बार ध्यान दिलाना अनावश्यक है। और तीन बार करने पर तो यह उलाहने की श्रेणी में आ जाता है। आलोचना करते वक़्त अपना लक्ष्य हमेशा याद रखें : अहं का युद्ध जीतना नहीं, बल्कि काम करवाना।

जब आपके मन में अतीत की खुदाई करने और किसी पुरानी ग़लती को दोबारा याद दिलाने का प्रलोभन जागे, तो याद कर लें कि टॉवर में बैठा आदमी पायलट को सुरक्षित नीचे उतारने के लिए किस तरह उसकी आलोचना करता है। वह उससे कहता है कि वह इस समय जो कर रहा है, वह ग़लत है। एक बार जब वह उसे सुधार देता है, तो फिर वह उसके बारे में भूल जाता है। अगर पायलट ने जीवन में कभी एक बुरी लैंडिंग कर दी थी, तो इसका मतलब यह नहीं है कि टॉवर वाला आदमी जीवन भर के लिए उसका विरोधी हो जाएगा।

यह उतना ही मूर्खतापूर्ण और निष्प्रभावी है कि आप पुरानी ग़लतियों को खींच लाएँ और उन्हीं पर ध्यान केंद्रित करते रहें।

केवल नियोक्ता ही यह ग़लती नहीं करते हैं। पति-पत्नी भी अतीत की ग़लतियों को उखाड़ लाते हैं, जो मुर्दों की तरह क़ब्र में दफ़न थीं। माता-पिता बच्चों के साथ व्यवहार करते समय पुराने मुद्दे घसीट लाते हैं। इससे सामने वाले को वर्तमान में बेहतर कार्य करने में कोई मदद नहीं मिलती है; दरअसल इसका उल्टा असर होने की आशंका ही ज़्यादा होती है।

7. मुद्दे को दोस्ताना अंदाज़ में सुलझाएँ।

जब तक कोई मुद्दा दोस्ताना अंदाज़ में न सुलझे, तब तक यह दरअसल

पूरी तरह ख़त्म नहीं होता। चीज़ों को बाद में सुलझाने के लिए हवा में न लटकाए रखें। उन्हें सुलझा दें। उन्हें पूरा कर दें। उन्हें दफ़ना दें।

बातचीत के अंत में सामने वाले की पीठ पर हाथ फेरें। मुलाक़ात की आख़िरी याद लात मारने की नहीं, बल्कि पीठ सहलाने की होना चाहिए।

सही (*मुस्कुराते हुए*) : "मैं जानता हूँ कि मैं तुम पर विश्वास कर सकता हूँ।"

ग़लत : "अब मैंने तुम्हें समझा दिया है, ऐसा दोबारा नहीं होना चाहिए।"

सही : "मैं जानता हूँ कि तुम इसमें माहिर हो जाओगे- बस कोशिश करते रहो।"

ग़लत : "तुम या तो जल्दी ही सुधर जाओ- वरना!"

अध्याय 13 का सार

याद रखें, सफल आलोचना का उद्देश्य आपके और सामने वाले (जिसकी आलोचना आप कर रहे हैं) दोनों के लिए ही कोई सार्थक लक्ष्य हासिल करना होता है। केवल अपने अहं को बढ़ावा देने के लिए आलोचना न करें और सामने वाले की ग़लती बताते समय उसके अहं को विचलित न करें।

इन सात अनिवार्य तत्वों को याद कर लें और इन पर अमल शुरू कर दें :

1. आलोचना हमेशा एकांत में करें।
2. आलोचना से पहले कोई अच्छी बात या प्रशंसा करें।
3. अव्यक्तिगत आलोचना करें। व्यक्ति की नहीं, कार्य की आलोचना करें।
4. जवाब भी पेश करें।
5. सहयोग के लिए पूछें – माँग न करें।
6. एक ग़लती की एक बार ही आलोचना करें।
7. दोस्ताना अंदाज़ में बात ख़त्म करें।

खंड छह

संबंधों की अभ्यास पुस्तिका

अध्याय 14

सफलता और ख़ुशी पाने की प्रभावी कार्ययोजना

अधिकांश सफल कंपनियों के पास आजकल मानव संबंध के क्षेत्र में सक्रिय योजनाएँ होती हैं। उनकी लाइब्रेरी में मानव संबंधों पर पुस्तकें ही नहीं होतीं, बल्कि प्रगतिशील कार्यक्रम भी तैयार किए जाते हैं। उनके पास वास्तविक जीवन के कुछ लक्ष्यों तक पहुँचने की निश्चित योजनाएँ होती हैं। फिर कंपनियाँ उन लक्ष्यों को हासिल करने में जुट जाती हैं।

इस अंतिम अध्याय में हम भी मिलकर एक व्यक्तिगत "मानव संबंध योजना" बनाते हैं। यह कहने के बजाय कि "अच्छा, तो मैं इस पुस्तक के सिद्धांत याद रखने की कोशिश करूँगा और देखता हूँ कि मैं कितना कामयाब होता हूँ," आइए हम कुछ वास्तविक लक्ष्य तय करें और उन्हें हासिल करने की दिशा में काम शुरू करें।

आप इस पुस्तक से कुछ हासिल करते हैं या नहीं, यह पूरी तरह आप पर निर्भर करता है। मैंने आपको आज़माई हुई विधियाँ बता दी हैं, जो हज़ारों लोगों के जीवन में सफल रही हैं। मैंने आपको मानव स्वभाव के संबंध में ऐसा ज्ञान दिया है, जो बार-बार सही साबित हो चुका है। लेकिन मानव संबंधों *के बारे में* ज्ञान आपकी सफलता और ख़ुशी के फ़ॉर्मूले का सिर्फ़ एक तत्व है। फ़ॉर्मूला यह है :

ज्ञान + अमल = सफलता

आपको इस ज्ञान पर अमल भी करना होगा।

सकारात्मक नज़रिए से सफलता मिलती है

सबसे पहले तो, बहुत कुछ इस बात पर निर्भर करता है कि आप दूसरे लोगों के साथ बेहतर संबंध क्यों बनाना चाहते हैं। यदि आप इस पुस्तक की तकनीकों का इस्तेमाल मुख्यतः मुश्किलों से बचने या संघर्ष से मुक्ति पाने के लिए करते हैं, तो समझ लीजिए कि आप मानव संबंधों को नकारात्मक दृष्टिकोण से देख रहे हैं। आप अपने मन में मुश्किलों तथा संघर्ष के विचारों को सबसे ऊपर रख रहे हैं और ज़ोर देकर ख़ुद से यह कह रहे हैं कि लोगों के साथ हिल-मिलकर रहना बहुत मुश्किल है। इसके अलावा, इस प्रकार के नकारात्मक नज़रिए से मानवीय संबंधों को बेहतर बनाने की तमाम चुनौती और उत्साह ख़त्म हो जाता है।

आप इस प्रकार की नकारात्मक योजना के बारे में बहुत उत्साहित नहीं हो सकते। आप इस पर अमल करने के लिए दिलोजान नहीं लगा सकते। यदि आपको यह लगता है कि मानव संबंध सिर्फ़ आपकी इच्छाओं और अहं को नियंत्रित करने का एक तरीक़ा है, ताकि दूसरे लोग आपत्ति न करें, तो आपका काम मुश्किल है। दूसरी ओर, अगर आप "दूसरों के साथ हिल-मिलकर रहने" के संदर्भ में यह सोचते हैं कि आप हर एक के दबाव के सामने घुटने टेक दें और हर चीज़ के बारे में दूसरों की राय को ही ऊपर रहने दें, तब भी आप समस्या में हैं।

मानव संबंधों से आपको सफलता और ख़ुशी दोनों ही मिल सकती हैं। आपको इसे एक ऐसी क़ाबिलियत मानना चाहिए, जिसे आप सीखने जा रहे हैं : बहुत ही फ़ायदेमंद क़ाबिलियत। आपके लोक-व्यवहार का लक्ष्य संतुष्टि और उपलब्धि का सच्चा अहसास पाना होना चाहिए। यह सकारात्मक नज़रिया आपको तय किए हुए लक्ष्यों तक पहुँचने के लिए प्रोत्साहित करता है।

अपने उद्देश्य लिख लें

किसी पुस्तक को पढ़ने से हम बेहतर नहीं बनते हैं, इसका एक कारण यह

है कि हम उसमें बताए गए सिद्धांतों पर कभी अमल नहीं करते हैं। हम यह सोचते भी नहीं हैं कि हम जिन तकनीकों और विधियों के बारे में पढ़ते हैं, उन्हें हमारे जीवन की निश्चित स्थितियों में लागू किया जा सकता है।

इस पुस्तक में दिए गए ज्ञान से आपको ज़्यादा लाभ नहीं होगा, जब तक कि आप अपने अनुभव और अपनी समस्याओं के संदर्भ में न सोचें। अपने उद्देश्यों और लक्ष्यों को लिखना बहुत ही कारगर और श्रेष्ठ विधि है, जिससे आपका लक्ष्य आपके मस्तिष्क पर अंकित हो जाता है और आपके व्यवहार को बदलने में आपकी मदद करता है।

तो इस पुस्तक को पढ़कर आपने जो ज्ञान पाया है, उसे हवा में न उड़ने दें। अपने लक्ष्यों और उद्देश्यों को लिखकर उन्हें कील से ठोंककर रखें और उनके बारे में कुछ करें।

मेरे पास यह जानने का कोई उपाय नहीं है कि आपकी समस्याएँ या लक्ष्य क्या हैं। बहरहाल, मैं इतना ज़रूर जानता हूँ कि हममें से अधिकांश लोग जीवन के कम से कम तीन क्षेत्रों में अपने मानव संबंध बेहतर बनाना चाहते हैं : हमारा *पेशा* हमारा *पारिवारिक जीवन* और *हमारा सामाजिक जीवन।*

हम पहले ही सीख चुके हैं कि जब किसी को सहभागी बना लिया जाता है, तो वह किसी लक्ष्य को हासिल करने में ज़्यादा सहयोग करना चाहता है और ज़्यादा उत्साहित भी हो जाता है। इसलिए अब मैं आपसे इस पुस्तक को लिखने के काम में सहभागी बनने को कह रहा हूँ। मैं इस पुस्तक को लिखने में जिस लक्ष्य तक पहुँचना चाहता हूँ, वह यह है कि आप अपने मानव संबंधों और लोक-व्यवहार को बेहतर बना लें। लेकिन इस काम में मुझे आपकी मदद की ज़रूरत है। मैं आपके उद्देश्यों को नहीं लिख सकता। अगर मैं ऐसा कर सकता, तब भी मैं आपको यह नहीं बताता कि उन तक कैसे पहुँचें, क्योंकि यह काम आप ज़्यादा अच्छी तरह कर सकते हैं। इसलिए मेरी मदद करें और आगे के पन्नों में दिए ख़ाली स्थानों को भरें :

पेशेवर जीवन में मेरी संबंध योजना

मेरी सबसे प्रमुख समस्या है..

इस पुस्तक के वे पन्ने, जिनमें दी जानकारी से इस समस्या में मदद मिलेगी.

....

इसी तरह की समस्याएँ सुलझाने में दूसरे लोगों ने जिन तकनीकों और विधियों का इस्तेमाल लिया है, वे इस पुस्तक के इन पन्नों पर हैं..................... ....

मैं जिन बातों पर तत्काल अमल करूँगा, वे हैं :

1 ....
....

2 ....
....

3 ....
....

4 ....
....

5 ....
....

जाँच की तिथि........................... *(एक सप्ताह बाद)*

प्रगति का मूल्यांकन : ( ) *संतोषजनक*। थोड़े और समय की ज़रूरत है।

( ) *असंतोषजनक*। *विधियों को* बदलने की ज़रूरत है।

पिछले सप्ताह पाए गए परिणामों के संदर्भ में मुझे लगता है कि अब मुझे यह करना चाहिए : ....
....
....
....
....
....
....

मेरी दूसरी समस्या है...

इस पुस्तक के वे पन्ने, जिनमें दी जानकारी से इस समस्या में मदद मिलेगी.

....

इसी तरह की समस्याएँ सुलझाने में दूसरे लोगों ने जिन तकनीकों और विधियों का प्रयोग लिया है, वे इस पुस्तक के इन पन्नों पर हैं.........................

....

मैं जिन बातों पर तत्काल अमल करूँगा, वे हैं :

1 ....
....

2 ....
....

3 ....
....

4 ....
....

5 ....
....

जाँच की तिथि........................... *(एक सप्ताह बाद)*

प्रगति का मूल्यांकन : (   ) *संतोषजनक। थोड़े और समय की ज़रूरत है।*

(   ) *असंतोषजनक। विधियों को बदलने की ज़रूरत है।*

पिछले सप्ताह पाए गए परिणामों के संदर्भ में मुझे लगता है कि अब मुझे यह करना चाहिए : ....

....

....

....

....

....

मेरी तीसरे नंबर की समस्या है..

इस पुस्तक के वे पन्ने, जिनमें दी जानकारी से इस समस्या में मदद मिलेगी.

....

इसी तरह की समस्याएँ सुलझाने में दूसरे लोगों ने जिन तकनीकों और विधियों का इस्तेमाल लिया है, वे इस पुस्तक के इन पन्नों पर हैं......................

....

मैं जिन बातों पर तत्काल अमल करूँगा, वे हैं :

1 ....

....

2 ....

....

3 ....

....

4 ....

....

5 ....

....

जाँच की तिथि.......................... *(एक सप्ताह बाद)*

प्रगति का मूल्यांकन : ( ) *संतोषजनक। थोड़े और समय की ज़रूरत है।*

( ) *असंतोषजनक। विधियों को बदलने की ज़रूरत है।*

पिछले सप्ताह पाए गए परिणामों के संदर्भ में मुझे लगता है कि अब मुझे यह करना चाहिए : ....

....

....

....

....

....

....

पारिवारिक जीवन में मेरी संबंध योजना

मेरी सबसे प्रमुख समस्या है...

इस पुस्तक के वे पन्ने, जिनमें दी जानकारी से इस समस्या में मदद मिलेगी.

....

इसी तरह की समस्याएँ सुलझाने में दूसरे लोगों ने जिन तकनीकों और विधियों का प्रयोग लिया है, वे इस पुस्तक के इन पन्नों पर हैं..........................

....

मैं जिन बातों पर तत्काल अमल करूँगा, वे हैं :

1 ....
....

2 ....
....

3 ....
....

4 ....
....

5 ....
....

जाँच की तिथि........................... *(एक सप्ताह बाद)*

प्रगति का मूल्यांकन : (   ) *संतोषजनक। थोड़े और समय की ज़रूरत है।*

(   ) *असंतोषजनक। विधियों को बदलने की ज़रूरत है।*

पिछले सप्ताह पाए गए परिणामों के संदर्भ में मुझे लगता है कि अब मुझे यह करना चाहिए : ....

....

....

....

....

....

मेरी दूसरी समस्या है...

इस पुस्तक के वे पन्ने, जिनमें दी जानकारी से इस समस्या में मदद मिलेगी.

....

इसी तरह की समस्याएँ सुलझाने में दूसरे लोगों ने जिन तकनीकों और विधियों का इस्तेमाल लिया है, वे इस पुस्तक के इन पन्नों पर हैं....................

....

मैं जिन बातों पर तत्काल अमल करूँगा, वे हैं :

1 ....

....

2 ....

....

3 ....

....

4 ....

....

5 ....

....

जाँच की तिथि.......................... (*एक सप्ताह बाद*)

प्रगति का मूल्यांकन : ( ) *संतोषजनक। थोड़े और समय की ज़रूरत है।*

( ) *असंतोषजनक। विधियों को बदलने की ज़रूरत है।*

पिछले सप्ताह पाए गए परिणामों के संदर्भ में मुझे लगता है कि अब मुझे यह करना चाहिए : ....

....

....

....

....

....

मेरी तीसरी समस्या है...

इस पुस्तक के वे पन्ने, जिनमें दी जानकारी से इस समस्या में मदद मिलेगी.

....

इसी तरह की समस्याएँ सुलझाने में दूसरे लोगों ने जिन तकनीकों और विधियों का इस्तेमाल लिया है, वे इस पुस्तक के इन पन्नों पर हैं.....................

....

मैं जिन बातों पर तत्काल अमल करूँगा, वे हैं :

1 ....

....

2 ....

....

3 ....

....

4 ....

....

5 ....

....

जाँच की तिथि.......................... (*एक सप्ताह बाद*)

प्रगति का मूल्यांकन : ( ) *संतोषजनक। थोड़े और समय की ज़रूरत है।*

( ) *असंतोषजनक। विधियों को बदलने की ज़रूरत है।*

पिछले सप्ताह पाए गए परिणामों के संदर्भ में मुझे लगता है कि अब मुझे यह करना चाहिए : ....

....

....

....

....

....

सामाजिक जीवन में मेरी संबंध योजना

मेरी सबसे प्रमुख समस्या है..

इस पुस्तक के वे पन्ने, जिनमें दी जानकारी से इस समस्या में मदद मिलेगी.

....

इसी तरह की समस्याएँ सुलझाने में दूसरे लोगों ने जिन तकनीकों और विधियों का इस्तेमाल लिया है, वे इस पुस्तक के इन पन्नों पर हैं......................

....

मैं जिन बातों पर तत्काल अमल करूँगा, वे हैं :

1 ....

....

2 ....

....

3 ....

....

4 ....

....

5 ....

....

जाँच की तिथि............................ *(एक सप्ताह बाद)*

प्रगति का मूल्यांकन : ( ) *संतोषजनक। थोड़े और समय की ज़रूरत है।*

( ) *असंतोषजनक। विधियों को बदलने की ज़रूरत है।*

पिछले सप्ताह पाए गए परिणामों के संदर्भ में मुझे लगता है कि अब मुझे यह करना चाहिए : ....

....

....

....

....

....

मेरी दूसरी समस्या है..

इस पुस्तक के वे पन्ने, जिनमें दी जानकारी से इस समस्या में मदद मिलेगी.

....

इसी तरह की समस्याएँ सुलझाने में दूसरे लोगों ने जिन तकनीकों और विधियों का इस्तेमाल लिया है, वे इस पुस्तक के इन पन्नों पर हैं......................

....

मैं जिन बातों पर तत्काल अमल करूँगा, वे हैं :

1 ....
....

2 ....
....

3 ....
....

4 ....
....

5 ....
....

जाँच की तिथि.......................... *(एक सप्ताह बाद)*

प्रगति का मूल्यांकन : ( ) *संतोषजनक। थोड़े और समय की ज़रूरत है।*

( ) *असंतोषजनक। विधियों को बदलने की ज़रूरत है।*

पिछले सप्ताह पाए गए परिणामों के संदर्भ में मुझे लगता है कि अब मुझे यह करना चाहिए : ....
....
....
....
....
....

मेरी तीसरी समस्या है..

इस पुस्तक के वे पन्ने, जिनमें दी जानकारी से इस समस्या में मदद मिलेगी.
....

इसी तरह की समस्याएँ सुलझाने में दूसरे लोगों ने जिन तकनीकों और विधियों का इस्तेमाल लिया है, वे इस पुस्तक के इन पन्नों पर हैं......................
....

मैं बातों पर तत्काल अमल करूँगा, वे हैं :

1 ....
....

2 ....
....

3 ....
....

4 ....
....

5 ....
....

जाँच की तिथि......................... *(एक सप्ताह बाद)*

प्रगति का मूल्यांकन : (   ) *संतोषजनक। थोड़े और समय की ज़रूरत है।*

(   ) *असंतोषजनक। विधियों को बदलने की ज़रूरत है।*

पिछले सप्ताह पाए गए परिणामों के संदर्भ में मुझे लगता है कि अब मुझे यह करना चाहिए : ....
....
....
....
....
....

आपकी आत्म-सुधार योजना

बेंजामिन फ्रैंकलिन ने अपनी जीवनी में बताया है कि किस तरह उन्होंने बरसों तक ख़ुद को बेहतर बनाने और कुछ आदतों को छोड़ने की कोशिश की, लेकिन उन्हें कामयाबी नहीं मिली। फिर एक दिन बैठकर उन्होंने उन चीज़ों की एक सूची बनाई, जिन्हें वे अपनी कमियाँ मानते थे, जैसे क्रोध, अधीरता, दूसरों की परवाह न करना आदि। इसके बाद उन्होंने अपनी सबसे प्रमुख समस्या को चुन लिया। "ख़ुद को बेहतर बनाने" का संकल्प लेने के बजाय फ्रैंकलिन ने अपनी सबसे कमज़ोर जगह पर मेहनत करने की कोशिश की। उन्होंने एक बार में एक-एक करके सारी कमियों को लिया और एक बार में एक कमी पर काम किया। अंततः उन्हें इस प्रयास का सकारात्मक परिणाम मिला। साल भर के भीतर ही उन्होंने अपनी कई बुरी आदतों पर विजय पा ली, जो उन्हें पीछे रोक रही थीं।

देखिए, मैं नहीं जानता कि आपमें कौन सी कमियाँ हैं। और अगर मैं जानता, तब भी मैं आपको नहीं बताता। लेकिन अगर आप यह पुस्तक पढ़ रहे हैं, तो इसका मतलब है कि आप इंसान हैं। और अगर आप इंसान हैं, तो आपमें कुछ "बुरी" आदतें भी होंगी। जब मैं "बुरी आदतें" कहता हूँ, तो यह नैतिक संदर्भ में नहीं है। आपको "अच्छा" बनाने की कोशिश करना मेरा काम नहीं है। लेकिन मैं उन आदतों के बारे में बोल रहा हूँ, जो इसलिए बुरी हैं, क्योंकि वे आपको अपनी मनचाही चीज़ें नहीं पाने देतीं। मैं उन आदतों के बारे में बोल रहा हूँ, जो आपको अनावश्यक रूप से वे चीज़ें पाने से रोकती हैं, जो आप जीवन से चाहते हैं।

मैं आपसे नैतिक कारणों से उन्हें छोड़ने के लिए नहीं कह रहा हूँ, बल्कि इसलिए कह रहा हूँ, क्योंकि वे उस बेजान बोझ की तरह हैं, जिनके अनावश्यक वज़न से आप जीवन के खेल में पिछड़ रहे हैं। जब आप उनसे मुक्ति पा लेंगे, तो आप पाएँगे कि सफलता और ख़ुशी की राह पर प्रगति करना ज़्यादा आसान हो गया है।

आत्म-विश्लेषण जाँच सूची

1. क्या मैं मानव स्वभाव की बहुत ज़्यादा आलोचना करता हूँ ? क्या मैं यह उम्मीद करता हूँ कि दूसरे लोग पूरी तरह "निःस्वार्थ" रहें, लेकिन मुझे अपनी मनचाही चीज़ दे दें ? ( ) ( )

....

....

....

2. क्या मैं हर मिलने वाले से आदर्श व्यवहार की उम्मीद करता हूँ या मैं इस बारे में ढील देते हुए सामने वाले को शंका का लाभ देता हूँ ? ( ) ( )

....

....

....

3. क्या मैं अपनी मनचाही चीज़ पाने के बदले सामने वाले को उसकी मनचाही चीज़ देना चाहता हूँ ? ( ) ( )

....

....

....

4. हर व्यक्ति अपना स्वाभिमान बढ़ाना चाहता है। क्या मैं अपनी उपलब्धि द्वारा अपने स्वाभिमान को संतुष्ट करता हूँ या फिर दूसरे लोगों को छोटा दिखाकर ख़ुद को बड़ा दिखाने की कोशिश करता हूँ ? ( ) ( )

....

....

....

5. क्या मैं सामने वाले और उसकी समस्याओं में सचमुच रुचि लेता हूँ ? ( ) ( )

....

....

....

6. क्या मैं दूसरे लोगों पर पर्याप्त ध्यान देता हूँ? ( ) ( )

....

....

....

7. क्या मैं दूसरे लोगों को अपनी बराबरी का दर्जा देता हूँ या फिर मुझमें ख़ुद को श्रेष्ठ व बेहतर मानने की प्रवृत्ति है? ( ) ( )

....

....

....

8. क्या मैं सामने वाले को थोड़ा बेहतर महसूस कराता हूँ या फिर मैं नीचा दिखाने की कोशिश करता हूँ? ( ) ( )

....

....

....

9. क्या मैं सामने वाले के व्यक्तित्व और वैयक्तिकता के प्रति सम्मान रखता हूँ? ( ) ( )

....

....

....

10. क्या मैं उसके प्रति सम्मान व्यक्त करता हूँ और इस तरह कार्य करता हूँ, ताकि वह ख़ुद को महत्वपूर्ण माने? ( ) ( )

....

....

....

11. क्या मैं सामने वाले के रवैये को दोस्ताना मानता हूँ और आगे बढ़कर उससे मिलने की पहल करता हूँ? ( ) ( )

....
....
....

12. क्या मैं अपने हुलिए को लेकर पर्याप्त सावधान रहता हूँ ? जूते चमचमाते हुए ? हील्स घिसे हुए नहीं ? बाल कटे हुए ? कपड़े प्रेस किए हुए ? नाख़ून साफ़-सुथरे ? ( ) ( )

....
....
....

13. क्या मैं सामने वाले के प्रति भी वही नज़रिया प्रदर्शित करता हूँ, जो मैं उससे अपने प्रति दिखाने की उम्मीद करता हूँ ? ( ) ( )

....
....
....

14. क्या मैं अच्छा वक्ता हूँ ? इस प्रकार का व्यक्ति, जिसे "जानना-आसान-हो ?" ( ) ( )

....
....
....

15. क्या मैं दूसरे लोगों की बातें ग़ौर से सुनता हूँ ? क्या मैं पर्याप्त समय तक सुनता हूँ ? ( ) ( )

....
....
....

16. क्या मैं दूसरे लोगों तक अपने विचार पहुँचाने में सक्षम हूँ ? ( ) ( )

....
....

....

17. क्या मैं दूसरे लोगों का सहयोग लेने में सफल रहता हूँ? ( ) ( )

....

....

....

18. जब मैं दूसरे लोगों से मदद माँगता हूँ, तो क्या मैं उन्हें सहभागी बनाता हूँ? अगर वे मुझसे जुड़ते हैं, तो क्या मैं उन्हें मुनाफ़े में से हिस्सा देता हूँ? ( ) ( )

....

....

....

19. क्या मैं अपने साथ काम करने वालों के शारीरिक श्रम के साथ-साथ उनके वैचारिक मस्तिष्क का भी अधिकतम लाभ उठाता हूँ? ( ) ( )

....

....

....

20. क्या मुझे पता है कि प्रशंसा की चमत्कारी शक्ति का उपयोग कैसे किया जाता है? किसी चीज़ के लिए मैंने आख़िरी बार कब किसी की तारीफ़ की थी? उस बात को कितना समय हो गया? ( ) ( )

....

....

....

21. दूसरे लोग जो करते हैं, क्या उसके लिए मैं उन्हें हमेशा श्रेय देता हूँ? ( ) ( )

....

....

....

22. "आपको धन्यवाद" कहकर मैंने आख़िरी बार किसी को कब महत्व दिया था? उस बात को कितना समय हो गया? ( ) ( )

....

....

....

23. क्या मैं दूसरे लोगों को बग़ैर क्रोध दिलाए या उनकी भावनाओं को आहत किए बिना उनकी आलोचना कर सकता हूँ? ( ) ( )

....

....

....

24. क्या मैं दूसरे लोगों के साथ अपने व्यवहार में ईमानदार हूँ? ( ) ( )

....

....

....

25. क्या मैं लोक-व्यवहार में कुछ ज़्यादा ही उतावला हूँ? ( ) ( )

....

....

....

26. क्या मैं हमेशा सामने वाले को कोई न कोई प्रोत्साहन देता हूँ- कोई व्यक्तिगत कारण, ताकि वह मेरा मनचाहा काम कर दे या मुझ पर अहसान कर दे? ( ) ( )

....

....

....

27. क्या मुझमें शिकायत या द्वेष पालने की प्रवृत्ति है? ( ) ( )

....

....

....

28. क्या अपने क्रोध के कारण मुझे दूसरे लोगों के साथ मुश्किल आती है ? ( ) ( )

....

....

....

29. क्या मैं अपने डर को छिपाने के लिए डींगें हाँकता हूँ या महानता का ढोंग करता हूँ ? ( ) ( )

....

....

....

30. क्या मुझमें दंभ या अहंकार का दोष है ? ( ) ( )

....

....

....

ऊपर बताई गई चीज़ों में से मुझे इस वक़्त जिन पर काम करने की ज़रूरत है, उनके क्रमांक ये हैं ....

....

....

....

दूसरे बिंदु, जिनमें सुधार की ज़रूरत है :

1 ....

2 ....

3 ....

4 ....

5 ....

इस पुस्तक के जो संदर्भ इन बिंदुओं पर सुधार करने में मेरी मदद करेंगे, वे इन पृष्ठों पर हैं..

पहला बिंदु, जिस पर मैं काम करूँगा, यह है

....

इस बिंदु को बेहतर बनाने के लिए मैं जो निश्चित क़दम उठाने वाला हूँ, वे हैं :

....
....
....
....
....

इस पुस्तक का अंत आपको लिखना होगा

जब मैं यह पुस्तक लिखने बैठा था, तो मेरे मन में केवल एक ही उद्देश्य था। आपकी–पाठक की–मदद करना, ताकि आप अपने मानव संबंध को बेहतर बना लें और जीवन में अधिक ख़ुशी व सफलता पा लें। और जहाँ तक मेरा संबंध है, पुस्तक तब तक पूरी नहीं होगी, जब तक कि यह उद्देश्य हासिल नहीं हो जाता।

तो एक बार फिर मुझे आपकी मदद की ज़रूरत है! क्योंकि केवल आप ही इस पुस्तक को पूरा कर सकते हैं।

जब आप अपनी मानवीय संबंध योजनाओं पर काम कर लेंगे.... जब आप उन पर अमल कर लेंगे और उन्हें सही साबित कर देंगे और इस पुस्तक के नीचे लिख देंगे, "लक्ष्य पूर्ण हुआ," तभी यह पुस्तक पूरी होगी।

मेरी आपसे गुज़ारिश है कि यह व्यक्तिगत अहसान ज़रूर करें : मेरी पुस्तक को अधूरा न रहने दें। मैं असफल नहीं होना चाहता और जब तक आप इन सिद्धांतों पर अमल नहीं करते, तब तक इस पुस्तक को लिखने में मैं असफल रहूँगा।

आपकी लाइब्रेरी की अलमारी पर इस पुस्तक के आराम करने से आपको कुछ हासिल नहीं हो सकता। इस पर अपने दैनिक जीवन में अभ्यास करें, ये सिद्धांत आपके लिए भी वही काम कर सकते हैं, जो इन्होंने हज़ारों अन्य लोगों के लिए किया है : ये आपको भी सफलता और ख़ुशी दिला सकते हैं।